中央高校基本科研业务费专项资金资助

北京外国语大学双一流建设科研项目资金资助（项目批准号：2019YLXKCB006）

张 霖 著

赵树理
与通俗文艺改造运动

（1930—1955）

南京大学出版社

序

张　均

　　张霖的新著《赵树理与通俗文艺改造运动（1930—1955）》即将付梓，她嘱我代我们的导师程文超先生写几句话。十几年前，我们先后受教于文超先生门下。记得入读不久，张霖即以系统严格的学术训练而深受文超先生器重，并被寄予厚望。遗憾的是，在张霖攻读博士学位的最后一年，文超先生却因病辞世，但我想，倘若他有机会读到张霖的这部著作，一定会为她的努力与成就而深感欣慰。因此，我很乐意遵嘱略述对这部著作的阅读体会，既以此表达对于文超先生的一份纪念，也希望通过理解张霖研究的独特个性来呈现自己之于现当代文学史研究的一二思考。

　　选择赵树理作为通俗文艺改造运动的解剖"样本"，是张霖这部著作的独到"史识"。这不仅指她对作家个体的发现,更指她对赵树理作为"通俗文学家"的写作位置的精确定位。赵树理是怎样一位"通俗文学家"呢?依我自己而论,主要是把他理解为一位长于借鉴与挪用"旧文艺"的新文学作家。这个看法不一定准确,所以如此理解,与此前我对赵树理的阅读主要偏于小说有关。对他的戏曲作品,倒也有所耳闻,但并未认真研读过。不过事有凑巧,2019 年 6 月初正好购进一套 5 卷本的《赵树理全集》,其第 3 卷专收赵树理的剧本、曲艺作品。断断续续读下来,对《邺宫图》《万象楼》《开渠》《三关排宴》《十里店》诸作皆印象深刻,且由此意识到赵树理的被我忽略的另外一面:他同时也是一位深谙新思想的"旧作家"。可以说,赵树理同时施展"新""旧"两副笔墨,且终生并用之(甚至同一故事分写小说、曲艺两个版本),兼求"新文学"通俗化与"旧文艺"现代化。对此,张霖援引的陈伯达的一段议论应该非常贴合赵树理的"通俗化实践"的复杂诉求:"(我们)应该和一切新文学家联合,去消灭那荒唐,迷信,海淫海盗的旧小说,旧鼓词,把最广大的下层社会读者夺取过来。在文学上,在一切艺术范围内,应该强调'人的文学','国民文学','通俗文学','为人生而艺术'的口号。"对于一般"新文学家"而言,这可能意味着吸收旧的文艺形式,但对赵树理来说,则还有落到实处的"旧瓶装新酒"的问题,如《开渠》《十里店》等剧本,虽取泽州秧歌、上党梆子等"旧形式",但其内容,却与旧的忠孝节义相去甚远,而《创业史》《艳阳天》更为接近,甚至更为尖锐,皆涉及社会主义政治/文化想象的深层矛盾。赵树理写作的这种双重杂糅性质,几乎是现当代文学史上的唯一个案。张霖的精确在于,她比其他学者更早地把握住了赵树理的这一特质。陈寅恪曾言:"一时代之学术,必有其新材料与新问题。取用此材料,以研求问题,则为此时代学术之新潮流。治学之士,得预于此潮流者,谓之预流。"(《〈敦煌劫余录〉序》)张霖对赵树理通俗化实践的研究,约略亦有此意。在她用以阐发赵树理的概念中,"翻译"一词给我特别的启发。"翻译"本是赵树理自己使用的说法,但张霖却创造性地将之发展为一套阐释框架,认为"在某种意义上,他的'通俗化'实践也就是在进行知识分子话语和农民话语的互译"。这种"互译",不单指在"看"的文本与"讲唱"的文本之间的相互转换,更指概念互译、语言互译和叙述方式互译。以此为基础,张霖还重新解释了"赵树理方向"的文学史内涵。她的这些论述,多能见人之所未见,无疑是对赵树理研究的深化与推进。

不过,张霖这部著作予人印象深刻之处,并不止于论述的敏锐与精准,事实上,她在研究方法上的自觉与纯熟,也是同龄学者中不多见的。因是同门,兼之研究领域相近,我很早就很留意、参考张霖的研究。大约十年前,她在《文学评论》上发表了《两条胡同的是是非非——关于五十年代初文学与政治的多重博弈》一文(其论述主旨亦可见本书的相关章节),思路宏阔,论述大气,令人神往。当然,其中更为重要的,是一种可称为"动态的多元主义"的研究方法。这种方法贯彻这部著作的始终,用张霖自己的话说,是"希望考察通俗文艺改造运动中各种文化力量在表面的统一之下所构成的周旋、合作、冲突、抵牾等活跃的文化互动关系,以揭示共产主义文艺内部的复杂性和丰富性"。以多边互动的眼光来面对文学与历史,不能不说是张霖学术个性的充分见证。她明确批评"重写文学史"思潮存在"研究视野的局限性",却另对唐小兵、洪长泰等学者的新文化史方法情有独钟。新文化史发端于海登·怀特的文学与历史学具有亲缘性的挑战性的观点,张霖则更参之以传统的"文史互动"方法,进而形成了她自己的"动态的多元主义"。付诸实践的,则是她将赵树理的通俗化实践放置在农民、知识分子和共产党的文化干部三种文化要求、审美趣味之间,考察其平衡与互动之关系。譬如,在《李家庄的变迁》中,她敏锐地提炼出主题政治化、结构评书化、人物典型化三种不同艺术经验之间的"协同创新",认为赵树理"找到了知识分子所要求的思想性、农民读者的审美习惯和共产党的文化干部的政治诉求三者之间的平衡"。与此同时,在《东、西总布胡同的是是非非》一节中,她也将文艺观念、政治力量与宗派势力的三边关系提炼成了文艺事件分析时可以普遍运用的三维框架。

　　与这种"动态的多元主义"相关，张霖在这部著作中还着力引入了底层视角。她之研究赵树理，不仅是文本分析与文艺观念的探究，而且还非常注意文本与作家的"周边材料"，尤其是作品的接受与传播史料。其来源也纷繁多种，包括原始期刊、回忆录、日记、见闻录、政策文件、地方志，等等。其中有些材料得来可能并不容易，如中条山有色金属公司编的内部参考书《赵树理研究资料》。而且据我所知，为了这项研究，她还做了不少田野工作，与赵树理研究专家黄修己先生、李士德先生，与《说说唱唱》编辑、"《金锁》事件"当事人邓友梅先生，与赵树理故旧邢野之女邢小群女士，都有比较密切的接触与学术往来。对此，张霖具有方法的自觉："努力跳出知识分子精英文化立场的局限，站在民众的角度，重新考察二十世纪文学，特别是共产主义文艺运动，以期展现以往研究所忽略的民众意志与民众参与的历史因素对二十世纪中国文学发展的影响。"不得不说，在"目光向下"的历史人类学方法影响下，文学研究者有此意识并不太难，但真正能落到实处去"深耕细作"的学者，却是并不多见的。

　　研究方法上的多边互动，使张霖的论述从不执于一端，或泥于某一立场内的材料，相反，开阔、通脱、大气，构成了张霖研究的"品牌性"特征。现在细读这部著作，还能找到当年读她论文时的那种莫名的喜悦与由衷的钦佩。张霖是一个在很年轻时就显示出成熟气象的学者。无论是方法还是问题,皆是如此。时光逐渐淘洗我们所有人的青春,但学术之路却会在漫长耕耘之后迎来收获的喜悦。从目前可见的成果看,张霖对"通俗化实践"的研究尚是一个"未完成的故事",因为无论是赵树理"新""旧"笔墨的施展,还是同时代小说家、剧作家从"革命英雄传奇"到"样板戏"的"通俗化"工作,都还有新的"多边关系"有待探讨。而且,在社会学视野的强势介入下,包括赵树理通俗化实践在内的社会主义现实主义文学的问题空间也在发生急剧的转换。这些,对于张霖来说,都具有永久的魅惑力量。因此,我对她的下一部著作的出现充满期待与向往。

2020 年 5 月 20 日

目　录

绪 论

在二十世纪三十年代到五十年代初,以抗战建国为总目标的通俗文艺改造运动,曾经是中国各界知识分子共同关心的重要问题。由于这一文学运动是以对民众的启蒙和政治动员为宗旨的,因而它牵涉的范围相当广泛。

早在三十年代初期,在左翼作家开展"文艺大众化"论争的同时,通俗文艺的改造问题就被提及,并且"通俗化"与"大众化"在意义上相互交叉,两个概念经常出现混用的情况。抗战爆发后,救亡运动风起云涌,阶级矛盾成为次要矛盾,左翼作家普遍意识到新文学的普及对政治动员的重要意义,于是,开始出现以"通俗化"概念代替"大众化"概念的趋势。司马文森在他的《战时文艺通俗化运动》一书中,就痛陈中国民众民族意识之薄弱,急切呼吁作家积极投入"文艺通俗化运动",大量地创作"民族动员之作",使之能够"对各阶层——特别是智识落后的劳动大众,更深入的动员","尽可能的去教育他们而鼓励他们,使其成为保卫中华民族的伟大力量"。① 阿英则廓清了通俗文艺与大众文艺的关系。他指出,在淞沪会战爆发之前,大众文艺与通俗文艺不存在本质的差别,当时在命名上是二而一的,因为"'大众'成为了刺激的名辞",所以"经过周密的研究,决定了延用'通俗'二字来替代。实际上的涵意,是与旧时所谓'通俗'不同,和'大众'的意义完全一样"。但淞沪会战爆发后,由于抗日民族统一战线的建立,民族矛盾取代阶级矛盾上升为主要矛盾。在这一时期,不仅左翼作家的文艺大众化运动在"本质上却有了一个变化",而且通俗文学也发生了变化,"已不是象过去专为劳苦的工农大众而作,而是在号召各阶层的文盲,和文化水准落后的国人,连妇女儿童也不在例外的,来参加这一回民族自卫的抗敌战争"。② 在此情况下,通俗文艺的改造运动在文艺界普遍展开。1938 年 3 月,中华全国文艺界抗敌协会成立,它所提出的"文章下乡,文章入伍"的口号就是抗日救亡的时代氛围下通俗化创作潮流的直接反映。此后不久,左翼作家阵营内又开展了"民族形式"论争,通俗文艺的改造运动开始受到马克思主义中国化思潮的影响,使之由战时的地域性的以政治动员为目的的文艺策略,

---

① 司马文森:《战时文艺通俗化运动》,上海:生活书店,1937 年,第 3—7 页。

② 阿英:《再论抗战的通俗文学》,原载《救亡日报》,1937 年 10 月 11 日,见《阿英文集》,北京:生活·读书·新知三联书店,1981 年,第 355 页。

转向了长期的全国性的文艺建国方略的思考。1942 年延安整风运动之后,解放区为了推动农工大众的政治动员和知识分子的思想改造运动,也展开了大规模的通俗文艺改造运动。毛泽东的《在延安文艺座谈会上的讲话》再次影响了这一文学运动的方向,将其推向了"文艺为工农兵服务""文艺为政治服务"的思想改造的轨道上来。到五十年代初期,"工农兵文艺"作为解放区改造农民文化的成功经验,应用于城市通俗文艺的改造运动中,被纳入全民性的思想改造运动,并对新中国工农主体国家政权的巩固以及抗美援朝战争的胜利起到了重要作用。可以说,二十世纪三十年代以来,以共产主义为思想资源的文学创作所取得的主要成就都与通俗文艺的改造运动有着直接或间接的关系。

与左翼作家的通俗文艺改造运动同步,国民党也进行过相关的运动。他们打出"民族主义"旗号,攻击新文学与民众间的隔阂,利用通俗文艺进行政治宣传。1932 年,国民党就颁布了《通俗文艺运动计划书》,要求利用民间文艺改造大众的人生和社会观念,灌输民族国家意识。1934 年,蒋介石所倡导的新生活运动再次推动了国民党的通俗文艺运动,并明确提出使民间文艺"党化"的要求。① 他们的文艺主张和文学活动从侧面刺激了左翼作家对通俗文艺改造运动的思考。此外,

---

① 参见倪伟:《"民族"想象与国家统制——1928—1948 年南京政府的文艺政策及文学运动》,上海:上海教育出版社,2003 年,第四章《文化统制与民族文艺》的第二节《通俗文艺运动》,第 198—218 页。

其他的民间文教团体也积极参与了文艺通俗化实践,使这一创作与民众启蒙运动紧密地联系在一起。三十年代,在河北定县和南京燕子矶等地所进行的平民教育运动和乡村建设运动中就已经出现了通俗文艺改造的种种努力,晏阳初和陶行知等教育家都曾经尝试利用各种注音白话报纸、秧歌、鼓词、说书等通俗化的文艺形式对民众进行启蒙。"九一八"事变后,民间的文教组织也开始投入新文学的通俗化工作,其中,顾颉刚创办的通俗读物编刊社就是一个最有影响的民间组织。在他的领导下,该社在抗战期间创作、编辑、出版了大量通俗化的新文艺作品,包括鼓词、唱本、章回小说、漫画、识字课本等,为民族国家观念在下层社会中的传播做了极大的贡献,并提出"旧瓶装新酒"的文艺通俗化方案,推动了新文学与通俗文艺在创作方法上的融合。

由此可见,通俗文艺的改造运动不仅是一个流布广泛、持续时间较长的文学创作潮流,而且该实践还牵涉二十世纪中国文学史上诸多重要的文艺理论问题,甚至还对二十世纪中国下层社会中的启蒙运动和共产主义思想的传播有重要影响。但是,在目前的文学史研究中,对这个问题的关注仍然十分有限。这一方面是抗战通俗文艺研究中史料零散驳杂的状况造成的,另一方面,也与二十世纪中国文学史的研究视野的局限性有关。虽然"重写文学史"的口号使文学研究走出了阶级斗争的樊篱,但又陷入了对文学审美标准的固执。也就是说,当远离政治、注重审美的自由主义文学重见天日之际,贴近政治、强调功利性的左翼文学又被打入冷宫。因此,二十世纪中国文学史研究再度出现了简单化的倾向:在文学史的评价上,新文学的启蒙作用和文学成就被无限夸大,而通俗文艺的社会价值和文学价值则被略去不谈;在史料选择上,往往只关注知识分子作家和政党对新文学运动的巨大作用和影响,却很少注意民众在这一运动中的要求、作用,以及他们与知识分子和政党之间的文化关系。

由于通俗文艺改造是一个非常驳杂的历史过程,又以中国共产党所投入的人力、物力和精力为最大,因而,本书试图主要从共产党文化人的相关活动入手,勾勒通俗文艺改造的一个面向,拓宽二十世纪中国文学史研究的视野,将文学史研究从作家流派、作品文本的层面拓展到文学的生产、传播、接受等层面。同时,努力跳出知识分子精英文化立场的局限,站在民众的角度,重新考察二十世纪文学,特别是共产主义文艺运动,以期展现以往研究所忽略的民众意志与民众参与的历史因素对二十世纪中国文学发展的影响,并力图突出新文学与通俗文学相互影响的事实。更为重要的是,本书还希望考察通俗文艺改造运动中各种文化力量在表面的统一之下所构成的周旋、合作、冲突、抵牾等活跃的文化互动关系,以揭示共产主义文艺内部的复杂性和丰富性。

通俗文艺改造是一个旷日持久、影响广泛的文学创作潮流,由于篇幅的限制,本书试图在以下范围内展开讨论:在时间范围上,以 1930 年的大众文艺论争对通俗文艺改造问题的提出为上限,以 1955 年前后通俗文艺改造的重要组织大众文艺创作研究会的解体和该会的主要文艺阵地《说说唱唱》杂志的终刊为下限;在地域上,以抗战时期的华北地区和新中国成立后的北京地区为主;在内容上,以赵树理所参与的通俗文艺改造运动的文学活动为主要线索,文本以新文学作家独立创作的通俗文艺作品以及新文学作家与民间艺人共同创作的通俗文艺作品为主,包括小说、故事、诗歌、民歌、鼓词、唱本、秧歌剧、戏曲剧本等。

　　由于通俗文艺的改造运动不仅是文学改良,也与社会改造运动密切相关,因而,单纯的作家、作品分析不能充分地展现这一文学实践的丰富性与复杂性。所以,本书试图从文学的生产(production)、传播(dissemination)、接受(reception)和挪用(appropriation)的角度入手,描述这一创作实践在二十世纪三十年代到五十年代左翼文化阵营中的发展脉络,展现新文学和通俗文艺相互改写的过程,考察在社会改造运动中,精英和民众之间的文化关系。

　　在本书中,文学的"生产"意在研究文艺作品如何产生,"传播"则要考察这些作品通过何种渠道、工具散播开去,"接受"则分析同一作品在不同读者群中的影响。至于"挪用",则探讨读者的反应,看他们是否完全接受作者的意图,很多时候,读者不但没有接受作者意图,反而在接触这些作品时将自己的意见加入其中,将作品挪为己用,甚至对其进行改写。①

此外,还要阐明两个概念,一为"精英",一为"民众"。精英是指掌握文化权力和政治权力的人,即文化精英和政治精英。具体而言,文化精英指左派知识分子,主要为左翼作家,包括教育家陶行知,哲学家陈伯达,作家赵树理、丁玲、郭沫若、茅盾等;政治精英指中共领导人,主要是文艺工作的领导人,包括政治领袖毛泽东,军事将领彭德怀,文化官员周扬、胡乔木等。民众与精英相对,指不掌握文化权力和政治权力的劳动大众,包括工农兵、小市民和民间艺人。

还要简要说明的是,之所以选择赵树理为本书的线索人物,首先因为他是共产党方面通俗文艺改造的倡导者和最重要的实践者之一,他主要的文学活动基本都是围绕通俗文艺改造展开并贯穿其整个过程。同时,他的通俗文艺改造思想的来源与这一文学运动的理论背景有诸多暗合之处,他本人也兼具农民、民间文艺家(类似于艺人)、左翼新文学作家、共产党的文化干部等多重身份。因而,在某种程度上说,赵树理是考察通俗文艺改造运动这一影响广泛、内容庞杂的文学运动的一个具体而微的模型,以赵树理为线索,可以帮助我们更准确也更好地把握这一实践的脉络。

在二十世纪中国文学史的研究中,通俗文艺的改造是一

---

① 参见[美]洪长泰:《新文化史与中国政治》,台北:一方出版有限公司,2003年,第81页。

个尚未得到充分讨论的话题。这一实践涉及范围很广,目前通行的现代文学史著作中,对这一文学现象的描述尚未成形,只是比较零星地散落在对二十世纪三十、四十年代的通俗文学的论述中。而较为系统的论述仅见于抗战文学史和解放区文学史中,这些论述为本书的写作奠定了研究基础,代表作有蓝海的《中国抗战文艺史》(济南:山东文艺出版社,1984 年)、刘增杰主编的《中国解放区文学史》(开封:河南大学出版社,1988 年)、文天行的《国统区抗战文学运动史稿》(成都:四川教育出版社,1988 年)等。但是,这些著作受客观研究环境和研究视野的影响较大,一般只涉及左翼作家的通俗文艺创作,且大多从政治动员的角度出发评价这一文学实践的意义,而没有强调它与下层社会启蒙的密切关系,也很少涉及民众参与对其产生的重要影响,更加忽视了国民党和非左翼的民间团体在这一实践中的活动。本书正是从这些层面将此项研究进一步向前推进。

“重写文学史”口号提出后,二十世纪中国文学研究向非左翼作家的文学创作倾斜,并且开始关注抗战通俗文艺,其代表作有杨中的《大后方的通俗文艺》(成都:四川教育出版社,1990 年)和孔庆东的《超越雅俗——抗战时期的通俗小说》(北京:北京大学出版社,1998 年)。前者收集了 1937 年至 1949 年间国统区大量的稀缺通俗文艺资料,并在书中论及新文学作家与民间艺人的合作,其研究视野和使用的材料对本书的写作有很大的帮助。后者采用传统的文本研究方法,全面描述了抗战时期通俗小说的发展状况,为本书的研究提供了一个扎实的文学背景。此外,倪伟的《"民族"想象与国家统制——1928—1948年南京政府的文艺政策及文学运动》(上海:上海教育出版社,2003年)一书,以南京国民政府的文艺政策和文学运动为研究对象,从文学的生产机制入手,阐述文学与现代民族国家建设之互动关系,其中有不少章节涉及了国民党在通俗文艺改造运动中的活动,该书不仅是本书对通俗文艺改造运动进行研究的一个重要基础,其研究思路对本书也有直接启发。然而,上述几种著作一般只涉及1928年到1949年之间的通俗文艺改造运动,对这一实践在1949年后的延续情况则未加考察。而目前通行的当代文学史著作对1949年到1955年间的城市通俗文艺改造活动也缺乏系统的描述。鉴于此种情况,本书以北京地区的通俗文艺改造为例,对此阶段通俗文艺改造运动给予了详细的考察,希望能够对二十世纪中国文学史研究有所补益。

除了文学史的写作之外,一些学者也开始运用文化研究的方法对二十世纪中国革命通俗文艺的生产、传播和接受等方面进行考察。比如,在文学领域有陈思和先生的《民间的浮沉——从抗战到"文革"文学史的一个尝试性解释》、刘禾的《一场难断的"山歌"案:民俗学与现代通俗文艺》、蔡翔的《革命/叙述:中国社会主义文学—文化想象(1949—1966)》等;在思想史领域,有汪晖的《地方形式、方言土语与抗日战争时期"民族形式"的论争》;在文化研究领域,有唐小兵编的论文集

《再解读——大众文艺与意识形态》;在历史研究领域,美国学者洪长泰(Chang-Tai Hung)对抗战时期的通俗文艺和1949年后中国大陆的政治文化进行专门研究,其两本主要著作分别是《战争与通俗文化:现代中国的抵抗(1937—1945)》(*War and Popular Culture: Resistance in Modern China, 1937 - 1945*)和《新文化史与中国政治》。下面就以上著作与论文对本书的重大启发做一扼要说明,并致以由衷的感谢。

陈思和先生在《民间的浮沉》一文中把二十世纪中国文化分为"庙堂、广场、民间"三个空间,并把"民间"作为以国家权力为支撑的政治意识形态和知识分子为主体的西方外来文化形态之外的文化形态,引入现当代文学史研究领域。① 他的这一洞见精辟地概括出二十世纪四十年代以来中国文学的复杂构成,从而使二十世纪中国文学研究走向了一个更为开阔的领域。刘禾先生的《一场难断的"山歌"案》一文,从民间歌舞剧《刘三姐》的版权纠纷出发,重新思考民间(口头)文学,特别是少数民族文化与官方通俗文艺间的冲突和联系。② 这两篇文章对不同文化群体之间文化冲突的考察,启发了本书对通俗文艺改造运动中精英和民众文化关系的思考。汪晖先生的《地方形式、方言土语与抗日战争时期"民族形式"的论争》,从

---

① 该文在《上海文学》1994年第1期首发,收入王晓明编:《二十世纪中国文学史论》,上海:东方出版中心,2003年。

② 该文收入刘禾:《语际书写——现代思想史写作批判纲要》,上海:上海三联书店,1999年。

"地方形式""方言土语"问题入手,分析抗日战争时期发生的
"民族形式"论争,指出这一论争与马克思主义中国化思潮之
间的内在联系,并系统阐释了方言问题对以都市文化为中心、
以普遍书面语系统为内容的现代白话文运动的挑战,以及这
一挑战没有贯彻到底的经由地方性创造"全国性"命题的发展
轨迹。① 该文启发了本书对通俗文艺改造运动中新文学与通
俗文艺间关系的思考。以上几篇论文对本书论点的形成有很
大影响。

　　唐小兵、蔡翔、洪长泰三位先生的著作对本书的研究方法
具有决定性的指导意义。唐小兵先生主编的《再解读》是一本
在现代民族—国家这一政治地域范畴内,从文化生产过程考
察"大众文艺"与意识形态关系的论文集。其中收录的孟悦
《〈白毛女〉演变的启示——兼论延安文艺的历史多质性》一
文,通过分析延安文艺的代表作《白毛女》的几次修改,考察
"新文化""通俗文化"以及新的政治权威间的相互关系及其演
变,并从政党的宣传需要、知识分子的精英趣味和工农兵大众
对新文艺的接受等方面对延安文艺的历史多质性进行初步的
研究。② 该文从延安文艺的生产、传播、接受的角度对共产主
义文学的历史多质性进行观察的方法对本书论述角度的确立

---

① 该文收入彭小妍主编:《文艺理论与通俗文化》,台北:"中央研究院"中
国文哲研究所,1999 年。经修改以同题收入汪晖:《现代中国思想的兴起》,下卷,
第二部,北京:生活·读书·新知三联书店,2004 年。

② 该文收入唐小兵编:《再解读——大众文艺与意识形态》,香港:牛津大
学出版社,1993 年。

具有很大的提示作用。蔡翔先生的《革命/叙述:中国社会主义文学—文化想象(1949—1966)》在文学史和社会政治史间建立互文关系,并关注文学对政治的歧义化和多义化,这一思路对本书中通俗文艺文本的阐释有很大的启发。

美国历史学家洪长泰先生的两本力作《战争与通俗文化》和《新文化史与中国政治》,均运用了新文化史的研究方法。前者从战争与通俗文化之关系的角度对中国现代通俗文化的兴起进行了广泛的研究,涉及戏剧、漫画、新闻、文学、曲艺等多个领域,旨在考察由知识分子、城市通俗文化和乡村文化共同构成的新政治文化的形成。其材料丰富、多样,是历史学与文学、政治学、文化研究等多学科交叉的研究典范。后者主要通过对抗战到中华人民共和国成立这一时期的图像、建筑、舞蹈、音乐等文化媒介的研究,全面考察中国政局变迁,研究政治文化以及大众的反应。[①] 本书主要借鉴了他运用多样的材料,对历史进行动态描述的方法,从新文学与中国政治的角度研究精英与民众之间的文化关系。

另外,关于作家赵树理的研究是二十世纪中国文学研究中基础较好的一个部分,虽然关于赵树理的评价受到时代因素的影响较大,褒贬不一,但在史料收集和文本解读方面已经比较充分,其代表作有董大中先生的《赵树理年谱》(增订本)

---

① Chang-Tai Hung(洪长泰), *War and Popular Culture: Resistance in Modern China, 1937 - 1945*. Berkeley: University of California press, 1994. [美]洪长泰:《新文化史与中国政治》,台北:一方出版有限公司,2003 年。

（太原：北岳文艺出版社,1994 年）、《赵树理评传》（天津：百花
文艺出版社,1990 年）,黄修己先生的《赵树理评传》（南京：江
苏人民出版社,1981 年）、《赵树理研究》（太原：山西人民出版
社,1985 年）、《赵树理研究资料》（太原：北岳文艺出版社,1985
年）和《不平坦的路：赵树理研究之研究》（天津：天津教育出版
社,1990 年）,还有李士德先生以口述史方法采写的《赵树理忆
念录》（长春：长春出版社,1990 年）,戴光中先生的《赵树理传》
（北京：北京十月文艺出版社,1993 年）,以及席扬先生的《多维
整合与雅俗同构：赵树理和"山药蛋派"新论》（北京：中国社会
科学出版社,2004 年）,李国华《农民说理的世界：赵树理小说
的形式与政治》（上海：上海书店出版社,2016 年）等。还有多
种赵树理研究资料汇编,收集了从二十世纪四十年代到九十
年代主要的关于赵树理的文学评论和研究论文。以上资料为
本书的写作解决了史料方面的诸多障碍。

　　除此之外,本书参阅了大量的第一手资料,包括原始期
刊、回忆录、日记、见闻录、政策文件、地方志等。而且,还对参
与或了解通俗文艺改造运动的有关人士进行访问,包括对《说
说唱唱》杂志编辑邓友梅的访问,对赵树理故交邢野的女儿、
当代文学研究者邢小群女士的访问。

　　此外,本书还参考了大量第二手研究成果,如书中所涉及
人物（包括赵树理、老舍、丁玲、周扬、韩起祥、陶行知等人）的
年谱、传记、文集、主要的评论专著,抗战时期国统区和各抗日
根据地、解放区的文学活动史料集,《延安文艺丛书》《中国抗

日战争时期大后方文学书系》等理论、创作丛书,革命文学、大众文艺、大众语、民族形式论争等文艺论争资料集,以及本书所涉及作家、作品的研究资料汇编、各种文学史著作等。还就一些具体问题与赵树理研究专家黄修己先生、董大中先生、李士德先生谈话与通信,获得了很多启示和帮助。

本书主要采取文学史与新文化史(又称社会文化史)研究相结合的方法。新文化史源于历史学家海登·怀特(Hayden White)的文学与历史学具有亲缘性的学术构想,并受到拉卡普拉(Dominick LaCapra)运用文学批评方法进行历史研究的启发以及福柯文化史研究的影响。该方法兴起于二十世纪七十年代,繁荣于九十年代,其先行者为英国历史学家 E. P.汤普森(E.P. Thompson)和美国历史学家娜塔莉·泽蒙·戴维斯(Natalie Zemon Davis),前者的代表作为《英国工人阶级的形成》,后者的代表作为《马丁·盖尔归来》。新文化史借鉴文学批评与文化人类学的研究方法,扬弃量化的、科学的研究,强调历史叙述,在很大程度上类似于中国"文史结合"的传统治学思路。其研究主题大致分为五个方面:一、物质文化的研究,如食物、服装等;二、身体、性别研究;三、记忆、语言的社会史;四、形象的历史;五、政治文化史,其与传统政治史的区别在于它不包括政治事件、制度的研究,而是研究非正式的规则,如人们对政治的态度、组织政治的方式、政治对传媒和民众社会生活的影响等。

　　本书之所以采用文学史与新文化史相结合的方法进行写作,是希望将文学史与文化史研究结合起来,立足中国问题和本土经验,尽量避免近年中国文学研究中出现的以西方理论为中心,对中国经验进行简单化处理的弊端。强调对下层社会的文化状况表示同情的态度,考察上层文化在下层社会的传播,以及民众对上层文化的接受过程,避免研究中的上层文化本位意识,力图兼顾民众的文化生活,将二十世纪中国文学研究向更开放的社会层面拓展。本书的写作还特别关心新文学和通俗文艺在新中国政治文化史上的作用,希望通过将新文化史中有关政治文化史的研究思路引入文学史研究中,达成对二十世纪中国文学与政治之复杂关系的理解。

第一章　通俗文艺改造的理论准备

　　通俗文艺改造运动是以通俗文艺为改造对象的创作潮流,在无产阶级革命的政治强势下,它借助共产主义思潮对左翼作家的影响力,对以城市知识分子为中心的"五四"新文学进行了检讨,在很大程度上加速了新文学由"启蒙"向"救亡"的转向。在政治的推力下,通俗文艺改造运动的开展相当迅速,它的理论准备阶段却长达十余年,基本贯穿了左翼文学运动中的主要文艺论战。

第一节 / 通俗文艺改造的理论背景

　　文艺"大众化"问题,是通俗文艺改造的理论出发点。对于这一问题的讨论,曾在二十世纪二十至四十年代左翼文学界内部的几次文艺论争中反复出现:在二十年代的"革命文学"论争之初这一问题就已初露端倪,在三十年代的"文艺大众化"论争中被正式提出,在四十年代的"民族形式"讨论中得以深化,在毛泽东的《在延安文艺座谈会上的讲话》中得到系统阐释和总结。通俗文艺改造运动正是在上述文艺论争中得以逐步展开,而这些文艺论争又在通俗文艺改造运动中得到逐一解决。这一系列文学论争构成了通俗文艺改造的理论背景。因此,在展开具体论述之前,有必要对这一背景进行廓清,从而认识这一影响广泛的文学运动的动机、取向、方案与纲领。

自二十世纪初期以来,中国进步知识分子一直致力于对民众进行思想启蒙。而知识分子对大众实施教化的主要工具就是通俗文艺。[1] 1910 年后,李大钊在俄国"民粹主义"思想的影响下,开始倡导"到民间去"的运动。在文学领域,顾颉刚、周作人等知识分子也对中国的民间文学传统产生了兴趣。1922 年,北京大学创办《歌谣》周刊,通过对民间歌谣的搜集,兴起民俗学研究的热潮。[2] 但这些活动并没有对"五四"文学革命的创作构成直接的影响。新文学主要在城市的知识分子

[1] 李孝悌先生就戏曲、说书等形式在二十世纪初的民众启蒙运动中的作用有详细的论述。参见李孝悌:《清末的下层社会启蒙运动:1901—1911》,石家庄:河北教育出版社,2001 年,第四章、第五章。
[2] 参见[美]洪长泰:《到民间去——1918—1937 年的中国知识分子与民间文学运动》,董晓萍译,上海:上海文艺出版社,1993 年,第一章、第二章。

和学生读者中流行,未能在广大的农村地区有效地传播。1927年后,由于革命形势的急转,知识分子开始意识到他们在社会中孤立无援的处境,因而,发动群众就成为革命所必需的工作。在这种情况下,如何使新文学对民众产生广泛、切实的影响就成为知识分子所关心的问题。为解决这一问题,成仿吾在他著名的《从文学革命到革命文学》一文中初步提出改良新文学的语言,创造"工农大众的用语"的设想,他说:"我们要努力获得阶级意识,我们要使我们的媒质接近农工大众的用语,我们要以农工大众为我们的对象。"并指出知识分子应该改变自己的立场,"克服自己的小资产阶级的根性……开步走,向那龌龊的农工大众!"[①]而茅盾没有成仿吾这样的乐观,作为一个资深的新文学编辑,他从传播与接受的角度深切地反省了"五四"以来新文学对民众影响微弱的事实:"我们应该承认:六七年来的'新文艺'运动虽然产生了若干作品,然而并未走进群众里去,还只是青年学生的读物;因为'新文艺'没有广大的群众基础为地盘,所以六七年来不能长成为推动社会的势力。现在的'革命文艺'则地盘更小,只成为一部分青年学生的读物,离群众更远。所以然的缘故,即在新文艺忘记了描写它的天然的读者对象。你所描写的都和他们(小资产阶级)的实际生活相隔太远,你的用语也不是他们的用语,他们

---

① 成仿吾:《从文学革命到革命文学》,原载《创造月刊》,1928年2月1日,第一卷第九期,见李何林编:《中国文艺论战》,西安:陕西人民出版社,1984年,第243—244页。

不能懂得你,而你却怪他们为什么专看《施公案》《双凤珠》等等无聊东西,硬说他们是思想太旧,没有办法……如果你能够走进他们的生活里,懂得他们的感情思想,将他们的痛苦愉乐用比较不欧化的白话写出来,那即使你的事实中包孕着绝多的新思想,也许受他们骂,然而他们会喜欢看你,不会象现在那样掉头不顾了。"①针对茅盾所指出的新文学的这种困境,克兴直接地触及文艺的"通俗化"问题,他说:"据我看,以后革命文艺是应该推广到工农群去,那么,文句应该通俗化,应该反映工农的意识。"②虽然这些讨论说明一部分新文学作家已经意识到要扩大革命的影响,新文学有必要进行"通俗化"的改良,但是当时的认识也就止于此,并没有提出什么明确的概念,更谈不到什么实际的效果。并且,此时"大众化"概念与"通俗化"概念经常混用,"通俗化"不过是"大众化"的另一种提法,二者的意义非常接近。

直到 1930 年 3 月,当中国左翼作家联盟(以下简称"左联")在上海成立之际,"文艺大众化"的口号才被正式提出,并被视为"中心口号"。③ 在这个口号提出后,知识分子在文学上

---

① 茅盾:《从牯岭到东京》,原载《小说月报》,1928 年 10 月 10 日,第十九卷第十期,见李何林编:《中国文艺论战》,第 272 页。

② 克兴:《小资产阶级文艺理论之谬误——评茅盾君底〈从牯岭到东京〉》,原载《创造月刊》,1928 年 12 月 10 日,第二卷第五期,见李何林编:《中国文艺论战》,第 182 页。

③ 潘汉年:《左翼作家联盟的意义及其任务》,见丁易编:《大众文艺论集》(增订本),北京:北京师范大学出版部,1951 年,第 4 页。

找到了调整自己与民众文化关系的方向,正如冯乃超指出的,
"文学的大众化的问题,就是怎样使我们的文学深入群众的问
题"。① 本书希望对这一论争的回顾,有助于理解左翼作家如
何看待他们与民众的文化关系,并可以在一定程度上解释他
们关注和参与通俗文艺改造运动的基本动机。

在"左联"成立之初(1930 年 3 月),《大众文艺》杂志将 2
卷 3 期设为"新兴文学专号",组织左翼作家发表笔谈,讨论文
艺大众化问题。许多著名的左翼作家都参加了这次讨论。②
在这次笔谈中,他们一致承认新文学创作与民众间存在严重
的隔阂,呼吁新文学的发展应该向"大众化"的方向发展。但
值得注意的是,此时的"大众化"并不意味着左翼作家有意改
变自己的精英文化立场,对民众的文化方式进行妥协,相反,
它的根本目的是对民众进行阶级意识的启蒙。因此,尽管有
不少作家已经意识到文艺大众化运动应该赋予民众文化的权
力,但这种认可只限于理论层面,实际上,他们所呼唤的大众
文艺仍然是左翼知识分子趣味的翻版,并没有顾及民众的实
际需要。比如,郑伯奇提出:"大众文学应该是大众能享受的
文学,同时也应该是大众能创造的文学。所以大众化的问题

---

① 冯乃超:《大众化问题》,原载《大众文艺》2 卷 3 期,见丁易编:《大众文艺
论集》(增订本),第 48 页。
② 1930 年春,《大众文艺》编辑部在 2 卷 3 期、4 期两次发表了对于该问题
的笔谈,鲁迅、郭沫若、沈端先(夏衍)、郑伯奇、陶晶孙、冯乃超、王独清、郁达夫、
柔石、潘汉年、戴平万、洪灵菲、王一榴、余慕陶、孟超、华翰(阳翰生)、周全平、钱
杏邨、画室(冯雪峰)、穆木天等人参加了讨论。

的核心是怎样使大众能整个地获得他们自己的文学。"但是，他同时又反对向大众的文学趣味妥协，认为"《施公案》《彭公案》《杏花天》《再生缘》以至新式的三角四角老七老八鸳鸯蝴蝶才子佳人等等等"的通俗文艺是"文艺圈外所遗弃的残滓，而且这些残滓又都满藏着支配阶级所偷放安排着的毒剂"。他站在知识分子的精英文化立场，要求大众文学成为"真正的启蒙文学"，明确将"启蒙"确立为"大众化"的动机。① 与郑伯奇相比，郭沫若对流行于民众中间的通俗文艺表现出一种相对宽容的态度。他认为，无产阶级文艺应该走向"通俗化"。因为无产阶级文艺的对象"是无产大众，是全中国的工农大众，是全世界的工农大众"，因此，它的发展方向就是"要向着大众飞跃"，"不是飞上天"，而是"飞下凡"。他批评无产阶级文艺家是"红色的高蹈派"，根本无法和大众结合起来。但是，这言之凿凿的"通俗化"呼声并不意味着郭沫若对属于民众的通俗文艺的态度不同于其他正统的新文学作家。他特别提醒说，无产阶级文艺的责任是充当大众的"先生"和"导师"，因此，"通俗化"的目的不是成为"大众的文艺"，甚至也不是"为大众的文艺"，而是"教导大众的文艺"。② 很显然，郭氏对大众文艺的设想仍然是从知识分子启蒙的动机出发的，他的"通俗

---

① 郑伯奇：《关于文学大众化的问题》，见文振庭编：《文艺大众化问题讨论资料》，上海：上海文艺出版社，1987年，第14—17页。

② 郭沫若：《新兴大众文艺的认识》，见文振庭编：《文艺大众化问题讨论资料》，第10—11页。

化"的主张只是为了方便知识分子教育民众,并没有向民众文化妥协的意思。陶晶孙对"大众化"口号暗藏的精英立场表达得更为明确:"文艺大众化的本意不是找寻大众的趣味为能事。还要把他们所受的压迫和榨取来讨究,大众所受的欺骗来暴露,那么大众文艺可以知道不是跟在大众之后而在大众之前的。"①相对这些作家较高的期望而言,鲁迅则比较现实。他提出了民众的教育水平问题,认为中国的农工读者"首先是识字,其次是有普通的大体的知识,而思想和情感,也须大抵达到相当的水平线。否则,和文艺即不能发生关系"。在这种情形下,作家的写作应该从读者的实际水平出发,在追求作品的深刻之外,也要"竭力来作浅显易解的作品,使大家能懂,爱看,以挤掉一些陈腐的劳什子"。至于文艺大众化所能取得的效果,鲁迅则本着务实的态度指出:"若是大规模的设施,就必须政治之力的帮助,一条腿是走不成路的,许多动听的话,不过文人的聊以自慰罢了。"尽管鲁迅对"文艺大众化"所能取得的成绩期望不高,但他并不因此就同意增加对民众的迁就。他说:"若文艺设法俯就,就很容易流为迎合大众,媚悦大众。迎合和媚悦,是不会于大众有益的。"②所以,他的动机与其他人并无不同,都是为着启蒙的目的来鼓吹"文艺大众化"的必

① 陶晶孙:《大众化文艺》,见文振庭编:《文艺大众化问题讨论资料》,第12页。

② 鲁迅:《文艺的大众化》,见文振庭编:《文艺大众化问题讨论资料》,第17—18页。另见《鲁迅全集》,第7卷,北京:人民文学出版社,1981年,第349—350页。

要性。从上述作家的意见中可以看到,"思想启蒙"是左翼作家进行新文学"大众化""通俗化"改良的主要动机。

但是,共产党的知识分子与左翼作家对"文艺大众化"运动的期待不尽相同。钱杏邨在对这次讨论所做的评论中,一方面赞同鲁迅、郭沫若等人的启蒙主张,另一方面又将有明显的阶级解放意识的政治主张融入其中,强调这一文学运动的政治目的。他指出"文学大众化的理由和目的,是要使新兴阶级的文学运动,当然也就是政治运动深入于群众之中",因此,"文艺大众化的目的,并非是要'挤掉一些陈腐的劳什子',它的积极的任务,是扩大新兴阶级的政治影响,完成新兴阶级的解放运动"。[①] 瞿秋白也期望阶级意识能够超越启蒙的说法,赋予这一文学运动更为明确的政治色彩,他说:"普洛大众文艺的斗争任务,是要在思想上武装群众,意识上无产阶级化。"因此,文艺大众化运动不止于"五四"的"资产阶级的自由主义启蒙主义的文艺运动",而是要创造一个"无产阶级的五四",即"无产阶级的革命主义社会主义的文艺运动"。[②] 也就是说,"革命的大众文艺问题,是在于发动无产阶级领导之下的文化

---

① 钱杏邨:《大众文艺于文艺大众化:批评并介绍大众文艺新兴文学号》,原载《拓荒者》一卷三期,1930 年 3 月。见丁易编:《大众文艺论集》(增订本),第 64—65 页。着重号为引者所加。

② 史铁儿(瞿秋白):《普洛大众文艺的现实问题》,作于 1931 年 10 月 25 日,原载《文学》半月刊第 1 卷第 1 期,1932 年 4 月 25 日。见丁易编:《大众文艺论集》(增订本),题为《大众文艺的现实问题》,第 116 页。

革命和文学革命"。① 尽管当时大部分左翼作家并没有做如此想,但共产党的知识分子从一开始就将新文学的"大众化""通俗化"的文学改良实践纳入了阶级解放的轨道,期望以此实现直接、速效的政治动员。

事实上,在"左联"成立之际,"文艺大众化"运动就被赋予了鲜明的阶级意识,其实质是一场无产阶级夺取文化领导权的运动。这一意图在 1931 年 11 月"左联"执委会通过的《中国无产阶级革命文学的新任务》的决议中有明确表达。该决议将文学的大众化视为"中国无产阶级革命文学必须确定的新路线",以"组织工农兵贫民通信员运动,壁报运动,组织工农兵大众的文艺研究会读书班等等"为首要任务,期望能够"使广大工农劳苦群众成为无产阶级革命文学的主要读者和拥护者",并强调,"只有通过大众化的路线,即实现了运动与组织的大众化,作品、批评以及其他一切的大众化,才能完成我们当前的反帝反国民党的苏维埃革命的任务,才能创造出真正的中国无产阶级革命文学"。② 特别要引起注意的是,这一任务的提出与第三国际的指示直接相关。1930 年 10 月,国际革命作家联盟在哈尔科夫会议上将"左联"吸收为会员,并通过

---

① 宋阳(瞿秋白):《大众文艺的问题》,原载《文学月报》创刊号,1932 年 6 月。见丁易编:《大众文艺论集》(增订本),第 151 页。

② 《中国无产阶级革命文学的新任务》,原载 1931 年 11 月 15 日《文学导报》一卷八期。见北京大学、北京师范大学、北京师范学院中文系中国现代文学教研室主编:《文学运动史料选》,第二册,上海:上海教育出版社,1979 年,第 240 页。

了关于中国无产文学的十一条决议,提出"发展工人通讯员及工人出身之作家,俾无产文学运动得深入工人群众而成为工人群众的运动","使工作进展于劳动阶级的读者,使无产文学普遍化,用种种方法加紧无产文学对于大众的影响"。① 为执行这一决议,"左联"成立了大众化工作委员会,把工厂和郊区农村中的一部分热爱文艺的进步青年组织起来,举办夜校和工人(农民)文艺小组,并利用这些组织发动工人斗争,培养共产党员和党的基层干部。在 1934 年 2 月,大众化工作委员会通过工人文艺小组领导了震动上海的美亚绸厂数千工人的大罢工。② 以上事实说明,由于共产党人对文学大众化运动的全面介入,通俗文艺改造从一开始就处于不同意识形态相互交织、政治与文学相互裹挟的发展状态。但是,无论是政治动员的大众化运动还是思想启蒙的大众化运动,无论是共产主义的阶级意识还是自由主义的启蒙思想,其传播都只局限于城市,局限于部分工人和小资产阶级知识分子的小圈子之中,并没有对民众,特别是农村社会产生影响。因而,无论是思想启蒙还是政治动员,这两种动机都没有取得应有的效果。

针对上述困境,著名的共产党文艺家瞿秋白提出了自己

---

① 《国际革命作家联盟对于中国无产文学的决议案》,1931 年 11 月 15 日《文学导报》一卷八期。见北京大学等主编:《文学运动史料选》,第二册,第 246 页。

② 参见《吴奚如回忆"左联"大众化工作委员会的活动》,见文振庭编:《文艺大众化问题讨论资料》,第 403 页。

的解释。在 1931 年至 1932 年间,他写了一系列文章对"五四"文学革命展开批评。在这些文章中,他开始质疑知识分子的精英立场,号召作家走下启蒙者的讲坛,站在民众的立场,思考文化压迫的问题。他指出,大众文艺运动的停滞是因为其内部存在着高低文化等级的压迫,"中国文艺界之中也是不但有阶级的对立,并且还有等级的对立。……第一个等级是'五四式'的白话文学和诗古文词——学士大夫和欧化青年的文艺生活。第二个等级是章回体的白话文学——市侩小百姓的文艺生活。……普洛文艺的作品是属于那一个等级?!"在瞿秋白看来,正是由于知识分子以精英自居,不认同大众的文化取向,才导致本应该属于大众的普洛文艺反而成了排斥大众的文学。他称新文学作品所使用的语言是"非驴非马的新式白话",并指责这种欧化的语言"仍旧是士大夫的专制",与"平民小百姓之间仍旧'没有共同的言语'"。要改变这一状况,"革命的作家要向群众去学习","造成新的群众的言语,新的群众的文艺,站到群众的'程度'上去,同着群众一块儿提高艺术的水平线"。① 循着这一思路,瞿秋白指出,要实现新文学的大众化,就必须改变知识分子的文化取向。在他看来,文艺大

---

① 史铁儿(瞿秋白):《大众文艺的现实问题》,见丁易编:《大众文艺论集》(增订本),第 98、102、99—100 页。瞿秋白在 1932 年又重新修改了这篇文章,改题为《大众文艺的问题》,再次重申:"五四新文化运动对于民众仿佛是白费了似的。五四式的新文言(所谓白话)的文学,以及纯粹从这种文学的基础上产生出来的初期的革命文学和普洛文学,只是替欧化的绅士换了个胃口的'鱼翅酒席',劳动民众是没有福气吃的。"见丁易编:《大众文艺论集》(增订本),第 129 页。

众化运动无法落实于创作实践的根本原因即在于"普洛文学运动还没有跳出智识份子的'研究会'的阶段,还只是智识份子的小团体,而不是群众的运动,这些革命的智识份子——小资产阶级,还没有决心走近工人阶级的队伍,还自己以为是大众的教师,而根本不了解'向大众去学习'的任务。因此,他们口头上赞成'大众化',而事实上反对'大众化',抵制'大众化'"。根据这样的分析,瞿秋白得出如下结论:真正阻碍文艺大众化运动发展的,不是群众的落后意识,不是国民党民族主义文学的干扰,而是"革命的文学家和'文学青年'大半还站在大众之外,企图站在大众之上去教训大众"的精英文化立场所造成的。① 因此,文艺大众化的核心问题就是要解决知识分子与民众在文化取向上的矛盾。

其实,早在1931年11月,"左联"在"文学大众化"运动中就开始要求"非无产阶级出身的文学者生活的大众化与无产阶级化"。② 瞿秋白以此观点为契机,要求作家"即使不能够自己去做工人农民……至少要去做'工农所豢养的文丐'。不是群众应该给文学家服务,而是文学家应当给群众服务。不要只想到群众来捧角,来请普洛文学导师指导,而要去向群众唱

---

① 瞿秋白:《我们是谁——和何大白讨论"大众化"的核心》,作于1932年5月4日,选自瞿秋白:《乱弹及其他》,见丁易编:《大众文艺论集》(增订本),第146、147、149页。
② 《中国无产阶级革命文学的新任务》,收入北京大学等主编:《文学运动史料选》,第二册,第240页。

一出'莲花落'讨几个铜板来生活,受受群众的教训"①。也就是说,他明确要求左翼作家彻底放弃启蒙者、民众导师、知识精英的文化立场,即使无法成为无产阶级大众中的一员,至少也要在文化取向上完全地认同他们。另一位共产党的文艺家周起应(周扬)也与瞿秋白有相似的意见,并将知识分子文化取向的改变与政党的意识形态相联系,指出作家要写出健全的大众文艺,就"只有到大众中去,从大众去学习","他不是旁观者,而是实际斗争的积极参加者,他不是隔离大众,关起门来写作品,而是一面参加着大众的革命斗争,一面创造着给大众服务的作品,他的立场是阶级的、党派的","所以文学大众化不仅不是降低文学,而且是提高文学,即提高文学的斗争性、阶级性的"。②

瞿秋白等人对"五四"白话文学的激烈批评,在当时并没有得到广泛认同,茅盾曾以"止敬"为笔名,与瞿秋白就大众文艺的语言、形式、技巧、目标等具体问题展开热烈的讨论。③ 与此同时,鲁迅亦作《"连环图画"辩护》一文,认为大众的连环画与画家的艺术品同等重要,他的言论对瞿秋白以民众的文化

① 史铁儿(瞿秋白):《大众文艺的现实问题》,见丁易编:《大众文艺论集》(增订本),第 124 页。

② 起应(周扬):《关于文学大众化》,原载《北斗》,第二卷三、四期合刊,1932 年 7 月,见丁易编:《大众文艺论集》(增订本),第 208—209 页。

③ 参见止敬(茅盾):《问题中的大众文艺》,原载《文学月报》一卷二号,1932 年 7 月。宋阳(瞿秋白):《再论大众文艺答止敬》,原载《文学月报》一卷二号,1932 年 7 月。收入丁易编:《大众文艺论集》(增订本),第 160—205 页。

取向为出发点的主张进行了呼应和修正。①

　　某种意义上，在瞿秋白等人矫枉过正的批评态度的推动下，新文学的文化取向发生了一定程度的改变，逐渐由"五四"启蒙运动的以文化精英为主导的方向转向了共产主义文化运动的以民众为主导的方向上来。这一呼声的逐渐强烈，不仅意味着通俗文艺改造运动方向的初步确立，也意味着精英与民众的文化关系进入了全面调整的阶段。② 为了实现夺取文化领导权的政治目标，部分左翼知识分子开始自觉地让渡一部分文化权力给民众，在权力转移的过程中，民众被推上了新文化运动的舞台，他们不再被视为"愚民"，而被视为蕴藏着极大社会力量的群体；他们所熟悉的"旧形式"（通俗文艺）也不再被笼统地斥为充满封建毒素的渣滓，而是开始对其进行广泛拣选和详细研究，并试图以之为基础创造出一种比"五四"文学革命所创造的白话文学更具民族性和革命性的无产阶级文学。于是，"旧形式"的评价问题逐渐代替语言问题，成为左翼作家所关心的新议题。正是在此问题的讨论中，通俗文艺改造运动的方案与纲领得以确立。

　　关于"旧形式"的评价问题，是通俗文艺改造运动中最重

---

　　① 鲁迅：《"连环图画"辩护》，原载《文学月报》第 4 号，1932 年 11 月 15 日，收入丁易编：《大众文艺论集》（增订本），第 285—290 页。

　　② 王爱松教授也持此观点，他认为文艺大众化运动"隐含了中国现代知识分子作家社会地位和社会角色的深刻变异"。参见王爱松：《"大众化"与"化大众"》，《南京大学学报》（哲社版），1996 年第 2 期，第 26 页。

要的核心问题。在 1930 年至 1932 年间的文艺大众化论争中,左翼作家就已经开始思考对"旧形式"的利用。从总体上来说,"左联"当时受到共产国际的深刻影响,在批评"五四"白话文学欧化倾向的同时,仍然继续套用苏联无产阶级文化运动的理论、经验,加之知识分子固有的精英文化取向,他们对本土的所谓"旧形式"仍然存在很深的成见,所以,仍希望以普罗文学的新形式(如话剧、报告文学、朗诵诗等)为主来进行文艺大众化运动。1932 年 7 月,即将上任的"左联"党团书记周扬就认为:"我们不要忽略了形式的国际性质的重要性,我们要尽量采用国际普罗文学的新的大众形式,如上面所说的报告文学、群众朗读剧等。……我们不要忘记劳苦大众是应该享受比小调、唱本、说书、文明戏等等更好的文艺生活的。"[①]但是,部分左翼作家已然看到了本土的通俗文艺对民众的巨大影响。1930 年,沈端先(夏衍)在《文学运动的几个重要问题》一文中指出,"为着利用艺术形态,而使大众走向一定的社会的行动,那么问题不该拘泥在文学范围之内,应该动员一切艺术",包括漫画、木人戏、旧戏、说书、大鼓词、连环画等大众熟悉的旧形式,但同时也要注意保证"意特渥洛奇不受影响",即排斥旧形式中有害的成分。[②] 瞿秋白也坚决反对无视"旧形

---

① 起应(周扬):《关于文学大众化》,见丁易编:《大众文艺论集》(增订本),第 207—208 页。

② 沈端先(夏衍):《文学运动的几个重要问题》,原载《拓荒者》,1930 年 3 月 10 日。见上海文艺出版社编:《中国新文学大系(1927—1937)·文学理论集二》,上海:上海文艺出版社,1987 年,第 292 页。

式"而空谈文艺大众化的论调。他认为旧式的大众文艺的优点,"一是它和口头文学的联系,二是它是用的浅近的叙述方法"。所以,他强调革命的大众文艺"必须开始利用旧的形式的优点——群众读惯的看惯的那种小说诗歌戏剧——逐渐的加入新的成分,养成群众的新的习惯"。[1] 他也反对盲目模仿旧形式的"投降主义"。[2] 鲁迅亦作《论"旧形式的采用"》一文以说明新形式无法凭空产生,必须以旧形式为基础,对其进行增删改革,才可以成功。[3] 从这些讨论中可以看到,他们已然为新文艺由"大众化"向"通俗化"的过渡指出了一条可行的方案,即通过对旧形式的利用,过渡到新形式的创造。与之相呼应,在实际的文化普及工作中也已经形成了"旧瓶装新酒"的操作办法。[4] 顾颉刚就是"旧瓶装新酒"方案的积极倡导者,并

---

[1] 宋阳(瞿秋白):《大众文艺的问题》,见丁易编:《大众文艺论集》(增订本),第 136 页。

[2] 史铁儿(瞿秋白):《大众文艺的现实问题》,见丁易编:《大众文艺论集》(增订本),第 110—111 页。

[3] 常庚(鲁迅):《论"旧形式的采用"》,原载《中华日报·动向》,1934 年 5 月 4 日,收入北京大学等主编:《文学运动史料选》,第二册,第 433—435 页。

[4] 目前尚无法确定"旧瓶装新酒"最初由谁提出。据通俗读物编刊社编辑赵纪彬(向林冰)回忆,它成为通俗文艺创作方法的标准,与顾颉刚 1936 年秋在《民众周报》的提倡有关。但当时的影响不大,直到抗战通俗文艺发展起来之后才引起文艺界的普遍反响。参见纪彬:《民间形式的评价与运用》,收入老舍等:《通俗文艺五讲》,出版地缺:中华全国文艺界抗敌协会,1939 年,第 21 页。《民众周报》创刊加大号(1936 年 10 月 2 日)以顾颉刚的名义发表了一篇题为《通俗读物的时代使命与创作方法》的文章(王真代作),并于次年 1937 年 1 月 8 日在《民众周报》又发表《旧瓶装新酒的创作方法论》(王真代作)。收入顾颉刚:《宝树园文存》,卷三,《顾颉刚全集》本,北京:中华书局,2010 年。收入《全集》时,《通俗读物的时代使命与创作方法》更名为《通俗读物的历史使命与创作方法》。

且在 1931 年就在北平创办通俗读物编刊社(以下简称"编刊社"),1936 年又创办《民众周报》,进行广泛的通俗化实践。①

　　三十年代初,瞿、鲁二人的意见并不为左翼文学界普遍认同,但民族救亡形势的日益紧迫,用"旧形式"制作的抗战文艺对民众的影响力和宣传的有效性并不因为"左联"的贬抑而有所减低,反而取得了直线上升的势头。早在 1931 年"九一八"事变之前,国民政府和民间的文教艺术团体就已开始致力于通俗文艺的革新工作,并取得了很大进展。② 抗战爆发后,最为新文学作家所鄙夷的鸳鸯蝴蝶派也以笔为枪,投身抗战。张恨水转换笔调,大量创作"国难文学",写出了《热血之花》《水浒别传》《东北四连长》等颇有影响的通俗文艺作品。相比之下,左翼作家的"大众文艺"创作反而相对迟缓。在此情况下,左翼作家不得不重新评价"旧形式",新文学的通俗化问题

----

　　① 通俗读物编刊社于 1931 年"九一八"事变后在北平成立,组织者为顾颉刚。编辑者有王受真、赵纪彬(向林冰)、王泽民等。他们通过大量出版通俗读物,开展大众抗日救亡宣传活动。他们的读物大多是对民间文艺和通俗文艺的改作,包括很多民族英雄故事。编刊社每月平均出版八种抗战读物,抗战爆发后,编刊社流散各地,最后移到成都,最终因为经济问题被迫停刊。他们出版刊物共计 600 余种,印数大约为 5000 万部。参见[韩]金良守:《论"民族形式"论争的发端问题》,《南京大学学报》(哲社版),1996 年第 2 期,第 49 页。金在文章中注明,他的数据来自日本学者藤本幸三:《通俗读物编刊社とその文艺运动》,《北海道大学人文科学论集》14 期,1978 年。
　　② 1928 年后国民政府先后建立 1612 所民众教育馆,且民间也有文教组织如陕西易俗社(1912)、通俗读物编刊社(1931)等开始从事通俗文艺改造的活动。参见杨中:《大后方的通俗文艺》,成都:四川教育出版社,1990 年,第 4—8 页。关于这一时期国民党方面的文艺政策和文艺运动,参见倪伟:《"民族"想象与国家统制》,上海:上海教育出版社,2003 年。

终于进入了实践方案的具体探讨。

　　首先,1937年8月至11月,以上海《救亡日报》为中心展开了利用旧形式与文艺通俗化的关系的讨论。阿英率先廓清了通俗文艺与大众文艺的关系,他认为,在淞沪会战爆发以前,二者在本质上的差别是不存在的。当时,因为"'大众'成了刺激的名辞",所以"经过周密的研究,决定了延用'通俗'二字来替代。实际上的涵意,是与旧时所谓'通俗'不同,和'大众'的意义完全一样"。可是,淞沪会战爆发后,中国已然进入全面抗战的阶段,在抗日文艺统一战线的旗帜下,左翼作家所从事的文艺大众化运动在"本质上却有了一个变化","因为在这时期的通俗文学,已不是象过去专为劳苦的工农大众而作,而是在号召各阶层的文盲,和文化水准落后的国人,连妇女儿童也不在例外的,来参加这一回民族自卫的抗敌战争"。因此,他认为新文学作家应该对民众的文化取向有所妥协,在写作方式上,"应尽可能的不违背通俗文学的广泛读者的习惯。……只要能够批判的既成的形式,如果不妨碍作品的内容,我们必须尽量的利用"。① 司马文森是赞同利用"旧形式"改良新文学的左翼作家。他在"九一八"后曾成功地在泉州从事过利用方言小调写抗日作品的实践。② 因此,他坚决主张

---

　　① 参见阿英:《再论抗战的通俗文学》,原载《救亡日报》,1937年10月11日。见《阿英文集》,第355、353页。
　　② 司马文森在泉州和上海都曾有利用方言小调进行新文学创作而取得成功的经验和经历。参见司马文森:《战时文艺通俗化运动》,上海:生活书店,1937年,第29—30页。

"尽量利用旧形式来装新内容"①。而艾芜的态度要暧昧一些，一方面他赞同"通俗化"，认为文艺通俗化运动"绝不是在文艺领域内，另外建立通俗文艺一个部门，而是把路子走歪了的文艺，领到通俗化(大众化)这条大路上来"。② 另一方面又反对采用"旧瓶装新酒"的方案，认为"文艺通俗化最重要的地方是语言，是内容，而不是形式"，因此"尽可不必旧瓶装新酒，削了足趾去将就鞋子"。③ 尽管左翼阵营内部还有这样那样的不同意见，但是，在抗日文艺统一战线的纲领下，为了适应全面抗战的新环境，作家们已然明确的是，他们必须暂时忽略"大众文艺"的无产阶级性、国际性与旧的"通俗文艺"所包含的封建性、地方性间的抵牾，接受以"通俗文学"代替"大众文学"的"旧瓶装新酒"的创作方案。经过这次讨论，"通俗化"开始代替"大众化"成为抗战文艺中更为常用的概念。

1938 年 3 月，中华全国文艺界抗敌协会(以下简称"文协")成立，提出了"文章下乡""文章入伍"的口号，通俗文艺工作一度成为左翼文艺界的中心任务。在"文协"领导下，曾设立通俗文艺工作委员会，开设通俗文艺讲习会，聘任有经验的通俗文艺家，如老舍、何容，还有从事过平民教育工作的老向，

① 林娜(司马文森):《展开通俗化运动》《再谈展开通俗化运动》，原载《救亡日报》，1937 年 10 月 3 日、7 日。
② 艾芜:《从文艺通俗化说到战时文艺》，《救亡日报》，1937 年 11 月 4 日。
③ 艾芜:《从文艺通俗化说到战时文艺》(续)，《救亡日报》，1937 年 11 月 5 日。

以及通俗读物编刊社的著名理论家赵纪彬(向林冰)和编辑王泽民担任讲师,培养通俗文艺作者。① 另外,谢冰莹、罗荪、郑伯奇、欧阳山、杨骚、陈白尘等人也都参与了通俗读物委员会的工作。同时,多个通俗文艺刊物,如《高射炮》《时调》《弹花》《抗到底》《老百姓》等也相继创刊。自此,新文学对"旧形式"的评价才发生了普遍的改观。②

那么,新文学作家对"旧瓶装新酒"这一方案是如何理解的呢? 当时主要有两种意见,一种以团结在《七月》周围的正统新文学作家胡风、艾青等人为代表,一种以团结在通俗读物编刊社周围坚定维护"旧瓶装新酒"主张的顾颉刚、向林冰等人为代表。

编刊社对于通俗文艺改造运动寄予了极高的期待。署名顾颉刚的文章说:"过去的新文化运动,不能深入民众的原因,不在内容不适当,而在于作品的形式和大众隔离得太远,更在于提倡者没有根据教育原理替乡村民众创作出特殊的作品来。""这样的通俗读物,在中国文化运动史上,算是一种独创的作风,它在内容上是十数年来新文化运动的承继与发展,在方法上是过去文化运动失败中的教训所产生的新形态,在效力上是直接教育民众唤醒民众的进步的新工具,在价值上可为中国文学史留下'别树一帜'的新派别,在意义上可成为中

---

① 参见老舍:《通俗文艺五讲序》,见老舍等:《通俗文艺五讲》,序第1页。
② 参见文天行:《国统区抗战文学运动史稿》,成都:四川教育出版社,1988年,第44—64页。

国民族解放运动中的一个新动力。"①

在对创作通俗文艺的重要性进行了着力肯定之后,编刊社又继续发文阐述"旧瓶装新酒"创作方法应该作为民众文化运动的指导原则的观点。在《旧瓶装新酒的创作方法论》这篇文章中,作者一方面顾及了新文化运动中知识精英的启蒙姿态,另一方面更着重强调抗战时期民众文化需求的复杂性。比如,在文章的开篇虽然提到"'旧瓶装新酒'的创作方法,其用意在于适应民众的低级鉴赏力,以改变他们的低级趣味"这个目的,但在随后的论述中不断提醒读者注意,普通民众在抗战时期的文化处境大大不同于抗战之前:"民众常披着落后的外套担当着前进的革命的工作,他一方面拿着'小放牛'一类的东西作为精神食粮,另一方面却抱着满腔抗战的热忱而走向民族复兴的前端,这样在他本身便具有新与旧的两种矛盾,因而民众文化运动的创作方法,也不得不用'旧瓶装新酒'的形式。因为这种方法正适合于民众生活的客观情形,所以我们认为他是民众文化运动中的指导原则。"在文章的最后,作者索性提出了战时通俗文艺改造运动的最高目标:"民众的实际生活,民族的解放运动,就是通俗读物创作的对象,也是批判创作的最高标尺与产生创作的源泉,而'旧瓶装新酒'的创作方法,必须从这里发现其出发点与归宿点,而完成其所应负

---

① 顾颉刚:《通俗读物的历史使命与创作方法》(王真代作),见顾颉刚:《宝树园文存》,卷三,第168、170页。

的使命。"①

至于通俗文艺改造中,内容与形式的关系问题,王泽民有更为辩证的阐释:"所谓'瓶'指的是文艺的'形式',所谓'酒'指的是文艺的'内容';'旧瓶装新酒'便是'运用旧形式装进新内容'。"而"旧形式"就是"从前就有现在还在民间流行的文艺形式,如山歌、土戏、评词、大鼓等","新内容"就是"表现民众生活,和在这生活中产生的进步的现象,如封建意识的没落,革命思想的成长,群众力量的壮大,抗战建国中种种的可歌可泣的故事",至于"旧瓶装新酒"的做法就是"二者配合起来……从内容上看,它是大众文艺,再从形式上看,它是通俗文艺。它是'大众化'与'通俗化'的合一"。②向林冰则特别强调"旧瓶装新酒"的用意不在于拥护旧形式,关键是要"在运用中来革新旧形式或扬弃旧形式"。③在救亡的大背景之下,编刊社对于文学与政治、文学与民众的看法,显然更注重政治动员的功利性要求,已然不同于高举"五四"文学独立旗帜的新文学家。

因此,胡风一派的新文学家对编刊社的"旧瓶装新酒"的主张持根本的怀疑态度。胡风批评文艺通俗化运动把旧形式

---

① 顾颉刚(王真代作):《旧瓶装新酒的创作方法论》,见顾颉刚:《宝树园文存》,卷三,第174、175、176页。

② 王泽民:《通俗文艺的写作方法》,见老舍等:《通俗文艺五讲》,第22页。

③ 纪彬(向林冰):《民间形式的评价与运用——旧瓶装新酒的根本问题》,见老舍等:《通俗文艺五讲》,第12页。

的利用"提得过高",他认为这样的做法"把启蒙运动卑俗化了",是"宣传教育工作上的,狭义的功利主义"。吴奚如也批评"旧瓶装新酒"的问题"不是从文学的见地上出发,而是从一定的政治宣传的效果上出发的……可以说能够达到政治宣传上的某种一定的任务,但不能就说是达到了文学上的进步"。对此意见,艾青也表示同意:"宣传与文学是不能混在一起说的。我们的文学革命已经这么多年了,一开始,它就否定了旧形式,现在又把旧形式肯定了,将来不是又要重新来一次否定么?"鹿地亘也认为:"在艺术上,'旧形式的利用'差不多是毫无意义的。……不应该把'应时'的东西给大众。……一个月拿出十篇无聊的东西给读者,倒不如写一篇力作。"①

但是,编刊社完全不接受《七月》的指责,他们以自己所取得的实际业绩为依据,指出了"旧瓶装新酒"方案的必要性和重要性。比如,赵象离认为通俗读物之所以在民众中发展,是因为它在现阶段"有其现实性的物质基础",而"旧瓶装新酒"的创作方法就是知识分子"克服民众落后性的具体方案",并且特别强调了这一方案针对的是"农村大众"。王受真批评反对者有"全盘西化"的倾向,提出"旧瓶装新酒"的目的在于"根据中国固有文化批判的接受外来文化,使二者溶合为一,成一

---

① 参见《宣传·文艺·旧形式的利用——座谈会纪录》,《七月》,第3卷第1期,第8、3、5、7页。

种适应中国更高的文化"。① 向林冰对胡风等正统的新文学作家的批判则更尖锐。他指出二十年来的大众化运动未能广泛展开的主要原因,即在于"缺乏通俗化契机"。而"大众化与通俗化,本质上是统一的——同一的范畴",在中国的启蒙运动史上,却表现为"矛盾或对立",即旧的通俗文艺的"通俗化的反大众化"和新文学的"大众化的不通俗化",这样就造成了"前者在形式上迷惑着大众,在内容上麻醉着大众;后者在内容上代表着大众,在形式上则不能接近大众"的状况。这种矛盾,不仅仅是"文化运动领域内的主要缺陷,而同时又已经转化成抗战建国的政治实践上的实际障碍"。所以,当务之急,是要"争取通俗化与大众化的统一"。以此为据,向林冰首先质疑了知识分子的精英文化取向。他以为"实践决定理论"的规定性要求知识分子由"大众的导师转变为大众的学生",却引起了"自大的精神过度发展的一部分知识分子的反抗"。这些人认为问题不在自己,而在于"大众的落后性",因此解决问题的关键是"如何使大众在自我的指挥下而被征服"。这样的看法导致"文化脱离大众的现象"。② 在另一篇文章中,王泽民进而向"五四"新文学的正统地位提出挑战,批评白话文是"知

---

① 《关于"旧瓶装新酒"的创作方法座谈会记录》,原载《通俗读物论文集》,汉口:生活书店发行,1938年。见蔡仪主编:《中国抗日战争时期大后方文学书系 第二编 理论·论争》,第一集,重庆:重庆出版社,1989年,第55、59页。

② 向林冰:《关于通俗化与大众化的关系及其诸问题》,原载《中苏文化》第3卷第1、2期合刊,1938年12月,见《中国抗日战争时期大后方文学书系 第二编 理论·论争》,第一集,第67—70页。

识分子的东西","它的基础建立在知识分子上面,始终不曾与
民众发生关系";批评胡风等新文学作家的错误在于没有"认
清对象——通俗文艺是民众的文艺",没有"认清事物的发展
阶段——现在通俗文艺正在增加内容时期,不到改变形式时
期"。因此,"除了运用旧形式装进新内容外,别无二法"。①

编刊社与《七月》的这次争论,曾被视作不久后发生的"民
族形式"论争的预演。② 在这次争论中,更多的新文学作家基
于现实的政治、文化环境的考虑而站在向林冰等人一边。在
"文协"开展通俗文艺工作的老舍、老向、何容曾作文说明通俗
文艺写作的技巧,以反对正统的新文学作家贬低民间文艺艺
术价值的态度。③ 何容对胡风等人的怀疑做出温和的解释:
"我们认为旧瓶本质上是无毒的。……用这样的瓶装新酒,目
的不在保瓶,而在销酒。……旧瓶装新酒并不至于妨害新瓶
的创造。利用旧瓶只是接近民众的方法之一……并不是要垄
断市场。"④娄适夷则批评鹿地亘把文艺与宣传截然对立的看
法是不切实际的。⑤ 吴组缃、聂绀弩认为不同读者层次的需要

---

① 纪彬(向林冰):《民间形式的评价与运用》,见老舍等:《通俗文艺五讲》,
第 24—25 页。

② 参见[韩]金良守:《论"民族形式"论争的发端问题》,《南京大学学报》
(哲社版),1996 年第 2 期,第 50 页。

③ 老舍:《通俗文艺的技巧》、老向:《通俗文艺概论》、何容:《通俗文艺韵文
浅说》,均收入老舍等:《通俗文艺五讲》。

④ 何容:《旧瓶释疑》,原载《文艺月刊·战时特刊》,2 卷 8 期,1938 年 12 月
1 日,见《中国抗日战争时期大后方文学书系 第二编 理论·论争》,第一集,第
61—64 页。

⑤ 娄适夷:《答鹿地亘》,《抗战文艺》,第 1 卷第 7 期。

应并行不悖。① 茅盾的意见与向林冰也很接近："二十年来旧形式只被新文学作者所否定,还没有被新文学所否定,更其没有被大众所否定。……新文学作者所当引以为惧的,倒是新文学的老停滞在狭小的圈子里。……事实已经指明出来:要完成大众化,就不能把利用旧形式这一课题一脚踢开完全不理! 一脚踢开是最便当不过的,然而大众也就不来理你。'文章下乡''文章入伍',要是仍旧穿了洋服,舞着手杖,不免是自欺欺人而已。"②凡此种种均表明,"旧瓶装新酒"作为通俗文艺改造运动的方案,已经为新文学作家所广泛接受。

"旧瓶装新酒"虽然已经被确立为通俗文艺改造运动的方案,但是,这一方案的暂时性也是显而易见的。面对抗战建国的紧迫任务,不少左翼作家仍然彷徨于民族问题与阶级问题之间,对知识分子与民众的文化关系、救亡与启蒙的关系、政治与文艺的关系等诸多问题尚未达成共识,因而未能确定通俗文艺改造运动的纲领。与此同时,通俗文艺的发展环境也日趋恶化。国民党对左翼作家过多参与文艺通俗化运动感到不安,于是加大了对通俗文艺的监控管制,通俗文艺工作的空

---

①　二人意见参见《宣传·文艺·旧形式的利用——座谈会纪录》,《七月》,第 3 卷第 1 期,第 2—3 页。

②　茅盾:《大众化与利用旧形式》,原载《文艺阵地》,第 1 卷第 4 期,1938年。见茅盾:《茅盾文艺杂论集》,下册,上海:上海文艺出版社,1981 年,第 725—726 页。

间越来越小。1938 年 10 月,广州和武汉相继陷落,左翼知识分子继续分散转移,刚刚展开的通俗文艺改造运动又再度受到影响。

正在这个空当中,共产党人以"旧形式"的利用为契机,酝酿发起了新一轮夺取文化领导权的攻势。从 1938 到 1941 年,一场以左翼知识分子为主导的,遍及大后方(重庆、桂林、成都、昆明、香港)和边区(延安、晋察冀)文艺界的"民族形式"大讨论拉开帷幕。① 一般认为,"民族形式"的概念是由毛泽东提出的。虽然也有学者指出,毛泽东的这一思想可能受到了陈伯达的启发,②但就这一概念对文艺界发生影响而言,"民族形式"论争应以 1938 年 10 月 14 日毛泽东在中共第六届中央委员会扩大的第六次全体会议上所做的《中国共产党在民族战争中的地位》的报告为发端。该报告是毛泽东的政治报告《论新阶段》的一部分,同年 11 月《论新阶段》在延安《解放》周刊

---

① 关于"民族形式"论争的起止时间的讨论,参见刘泰隆:《关于"民族形式"论争的评价问题》,《学术论坛》,1980 年,第 3 期,第 39—42 页。以及戴少瑶:《"民族形式"论争再认识》,见重庆地区中国抗战文艺研究会、四川省社会科学院文学研究所编:《国统区抗战文艺研究论文集》,重庆:重庆出版社,1984 年,第 300 页。本书从刘说。

② 早在 1936 年,陈伯达即在哲学界发起"新启蒙运动",讨论救亡与传统文化的关系。在 1938 年 5 月和 7 月,即毛泽东发表《论新阶段》之前,陈伯达分别在《我们关于目前文化运动的意见》和《论文化运动中的民族传统》中,使用了"民族形式"这一概念。而且,在 1938 年,陈伯达与毛泽东的关系非常密切,是年 9 月他与毛泽东、艾思奇等人在延安共同发起了"新哲学会",经常交流思想。1939 年春,毛泽东又调陈伯达担任自己的秘书。参见[韩]金良守:《论"民族形式"论争的发端问题》,《南京大学学报》(哲社版),1996 年第 2 期,第 52 页。

发表。"民族形式"的概念就是在这篇文章的《学习》一节被正式提出的。毛泽东说：

> 共产党员是国际主义的马克思主义者，但是马克思主义必须和我国的具体特点相结合并通过一定的民族形式才能实现。……对于中国共产党说来，就是要学会把马克思列宁主义的理论应用于中国的具体的环境。成为伟大中华民族的一部分而和这个民族血肉相联的共产党员，离开中国特点来谈马克思主义，只是抽象的空洞的马克思主义。因此，使马克思主义在中国具体化，使之在其每一表现中带着必须有的中国的特性，即是说，按照中国的特点去应用它，成为全党亟待了解并亟须解决的问题。洋八股必须废止，空洞抽象的调头必须少唱，教条主义必须休息，而代之以新鲜活泼的、为中国老百姓所喜闻乐见的中国作风和中国气派。把国际主义的内容和民族形式分离起来，是一点也不懂国际主义的人们的做法，我们则要把二者紧密地结合起来。[①]

这篇文章与文艺问题并无直接关联，主要讨论的是"马克思主义在中国具体化"问题。而毛泽东之所以要在国际—中

---

① 毛泽东：《论新阶段》，原载延安《解放》周刊，第57期，1938年11月25日，第4—36页。又见《中国共产党在民族战争中的地位》，《毛泽东选集》，第二卷，北京：人民出版社，1991年，第534页。

国的关系中提出"民族形式"问题,是因为中国共产党要诉诸"民族"这个"地方性"问题来对抗共产国际的支配,取得共产主义运动的民族自主性,即成为一个独立自主的政党。① 但是,对绝大多数普通的共产党员来说,他们并没有意识到毛泽东意欲挑战共产国际的意图。在民族战争的气氛中,他们都被毛泽东强烈的民族自信心所打动。该文发表后不久,在边区从事通俗文艺运动的柯仲平率先发文响应,发挥了毛泽东的主张,把"民族形式"概念与战时文艺工作联系起来。他提出,"国际主义的马克思主义应该中国化,其他优良适合的西洋文化也同样是应该中国化的",并且颇自信地指出,"带特殊性的优秀的民族文化,恰足以帮助世界文化的发展"。②

那么,什么是"民族形式"呢?毛泽东本人并没有对此做过界定。柯仲平的定义也相当含糊:"每一个民族,都有自己的气派。这是由那个民族的特殊经济、地理、人种、文化传统造成的。"③作为该概念的早期提出者,陈伯达直接将"民族形式"等同于"旧形式",他说:"近来文艺上的所谓'旧形式'问题,实质上,确切地说来是民族形式问题,也就是'新鲜活泼

---

① 汪晖:《地方形式、方言土语与抗日战争时期"民族形式"的论争》,见汪晖:《现代中国思想的兴起》,下卷,第二部,北京:生活·读书·新知三联书店,2004年,第1496页。
② 柯仲平:《谈"中国气派"》,原载《新中华报》,1939年2月7日。见徐廼翔编:《文学的"民族形式"讨论资料》,南宁:广西人民出版社,1986年,第5页。
③ 柯仲平:《谈"中国气派"》,见徐廼翔编:《文学的"民族形式"讨论资料》,第4页。

的,为中国老百姓所喜见乐闻的中国作风和中国气派'的问题。"①但是,此观点的拥护者如延安的萧三②和重庆的向林冰、方白③等人很快都成为"民族形式"讨论的众矢之的。特别是向林冰,他提出了一个危及新文学正统地位的非常具有争议性的观点——"民间形式是民族形式的中心源泉"。④ 此论一出,左翼阵营内一片哗然,正统的新文学作家坚决反对把"旧形式"作为"民族形式"的"中心源泉"。那么他们是如何理解"民族形式"概念的呢?

与向林冰论战的葛一虹坚决捍卫"五四"新文学,他指责向林冰的"民间形式是民族形式的中心源泉"的论调是对"五四"以来新文艺"含有侮辱的偏见",并指出新文学当前的任务,"是怎样提高大众的文化水准,而不是怎样放弃了已经获得的比旧形式'进步与完善'的新形式,降低水准的'从大众欣赏形态'的地方利用旧形式开始来做什么,而是继续了五四以来新文艺艰苦斗争的道路,更坚决地站在已经获得的劳绩上,

----

① 陈伯达:《关于文艺的民族形式问题杂记》,原载《文艺战线》,1939 年 4 月 16 日,见徐迺翔编:《文学的"民族形式"讨论资料》,第 7 页。

② 萧三的观点与向林冰非常接近,认为"新形式要从历史的和民间的形式脱胎出来。"见萧三:《论诗歌的民族形式》,原载《文艺突击》,新 1 卷第 2 期,1939 年 6 月 25 日,见徐迺翔编:《文学的"民族形式"讨论资料》,第 27 页。

③ 方白主要从农民的需要,强调"民间形式"的重要性。参见方白:《民族形式的"中心源泉"不在"民间形式"吗?》,原载《新蜀报·蜀道》,1940 年 4 月 25 日,见徐迺翔编:《文学的"民族形式"讨论资料》,第 240—244 页。

④ 向林冰:《论"民族形式"的中心源泉》,原载《大公报·战线》,1940 年 3 月 24 日,见徐迺翔编:《文学的"民族形式"讨论资料》,第 193—196 页。

来完成表现我们新思想新感情的新形式——民族形式"。① 因而，"我们的科学的世界观和我们的现实主义的创作方法"才是"民族形式"的"中心源泉"。② 胡风的观点与葛一虹近似，并将"民族形式"的本质视为"'五四'的现实主义传统在新的情势下面主动地争取发展的道路"。③

但大部分作家并不同意葛一虹和胡风将"新形式"等同于"民族形式"的提法。罗荪说："民族形式便决非是旧形式，决非是民间形式，同样，也并不就是五四以来的新形式。要理解什么是我们的新的民族形式……必须是和内容相配合起来的完整的形式。在这新的意义上，是应当理解为'民族的形式，现实的内容'相结合着的。"④冯雪峰也强调了民族形式的创新问题，他指出："民族形式，是我们民族革命的内容所要求，是为了表现这种战斗的内容而在觅求着这种形式；这种形式是战斗的，必须是新创的，是为了民族文化的最终目的——世界文化的建立的……因此，我们所提的民族形式，是大众形式的

① 葛一虹：《民族形式的中心源泉是在所谓"民间形式"吗?》，原载《新蜀报·蜀道》，1940年4月10日，见徐迺翔编：《文学的"民族形式"讨论资料》，第224—225页。

② 葛一虹：《民族遗产与人类遗产》，原载《文学月报》，1940年3月15日，见徐迺翔编：《文学的"民族形式"讨论资料》，第182页。

③ 胡风：《论民族形式问题的实际意义》，原载《理论与现实》，2卷3期，1941年1月15日，见徐迺翔编：《文学的"民族形式"讨论资料》，第512页。

④ 罗荪：《谈文学的民族形式》，原载《读书月报》，2卷2期，1940年4月1日，见徐迺翔编：《文学的"民族形式"讨论资料》，第211—212页。

意思。"①郭沫若则指出了"民族形式"与以往口号的联系:"'民族形式'的提起,断然是由苏联方面得到的示唆。苏联有过'社会主义的内容,民族的形式'的号召。……在中国所被提起的'民族形式'……不外是'中国化'或'大众化'的同义语,目的是要反映民族的特殊性以推进内容的普遍性。"并且,他还强调:"'民族形式'的这个新要求,并不是要求本民族在过去时代所已造出的任何既成形式的复活,它是要求适合于民族今日的新形式的创造。民族形式的中心源泉,毫无可议的是现实生活。"②茅盾也认为:"民族形式,尤其是新文学的民族形式,在今天还没有多少现成的样子可使我们据以为'粉本'……还有待我们这些干文艺工作的人们,通过了学习的努力去创造出来。"而学习的途径有二,一是"中国民族的文学遗产",二是"人民大众的生活"。③

　　尽管对"民族形式"的理解意见各不相同,但是它们有一个显著的相同之处,即所有的讨论者都认为"民族形式"不是现成的形式,而是需要创造的新形式。汪晖先生认为:"这显然意味着在'抗战建国'的总目标下,各派政治和文化力量都

---

　　① 冯雪峰:《民族性与民族形式》,见徐迺翔编:《文学的"民族形式"讨论资料》,第151页。

　　② 郭沫若:《"民族形式"商兑》,原载《大公报》,1940年6月9—10日,见徐迺翔编:《文学的"民族形式"讨论资料》,第315、327页。

　　③ 茅盾:《论如何学习文学的民族形式》,原载《中国文化》,1卷5期,1940年7月25日,见徐迺翔编:《文学的"民族形式"讨论资料》,第368—369页。

认为'民族形式'是一种现代形式。"①从某种意义上说,正是对于新文学的"现代形式"的共同追求,使得左翼文艺界在混乱的争吵中,达成了某种虽然仍旧非常模糊但也有某些共通的心理契机,为接受毛泽东在不久后提出的"工农兵文艺"的文学纲领准备了条件。左翼作家对于"民族形式"的"创新性"的强调,暗示了他们试图建立一套新的文学秩序的要求。在这个意义上,向林冰的"民间形式是民族形式的中心源泉"的提法,亦可视作一种新文学秩序的设想,即以民间形式为中国文学正统的文学观。这一提法遭到大部分左翼作家的抵制,却在解放区的通俗化实践中得到了具体的执行。

正当左翼文学界产生了建立文学新秩序要求的同时,政治精英开始积极介入"民族形式"论争。毛泽东于1940年1月发表《新民主主义论》。在这篇文章中,无产阶级夺取文化领导权的意识更加明确。毛泽东直接指出:"所谓新民主主义的文化,就是人民大众反帝反封建的文化;在今日,就是抗日统一战线的文化。这种文化,只能由无产阶级的文化思想即共产主义思想去领导,任何别的阶级的文化思想都是不能领导了的。"并且,他回答了什么是"民族形式"的问题,指出"中国文化应有自己的形式,这就是民族形式。民族的形式,新民主

---

① 汪晖:《地方形式、方言土语与抗日战争时期"民族形式"的论争》,见汪晖:《现代中国思想的兴起》,下卷,第二部,第1498页。

主义的内容——这就是我们今天的新文化"。①

随着抗日战争即将转入反攻阶段,基于自身的需要,在延安整风运动中,毛泽东提出了一套更加具体的文艺实践纲领。1942年5月2日至23日,毛泽东以共产党的最高领导人的身份,对延安的文艺工作者作了《在延安文艺座谈会上的讲话》(以下简称《讲话》)。与"民族形式"概念讨论的模糊性不同,《讲话》对于文艺工作的指导性意图特别明确。毛泽东从解放区的现实斗争需要出发,对文艺工作者的立场、态度、工作对象、工作与学习等问题做了清晰的界定,他为延安的文艺工作制订了以下纪律准则。

立场:无产阶级和人民大众的立场。对于共产党员来说,也就是要站在党的立场,站在党性和党的政策的立场。

态度:对不同的人采取不同的态度。对于敌人要暴露他们的残暴性和欺骗,指出他们必然要失败的趋势;对于同盟者,应该有联合,有批评,赞成他们的抗战,批评他们抗战的不积极,坚决反对反动的道路;对于人民群众、人民的劳动和斗争、人民的军队、人民的政党,应该赞扬,对于人民的错误要帮助、教育,不能错误地讥笑、敌视。

工作对象:不同于国民党统治区的学生、职员、店员等,文艺作品在根据地的接受者,主要是工农兵以及革命的干部。

---

① 毛泽东:《新民主主义论》,见《毛泽东选集》,第二卷,北京:人民出版社,1991年,第698、707页。

工作:提出思想改造的必要性。文艺工作者第一位的工作是了解和熟悉自己的描写对象和作品的接受者。文艺要做到"大众化",即"文艺工作者的思想感情和工农兵大众的思想感情打成一片"。

学习:学习马克思列宁主义和学习社会。学习马克思主义的基本观点,"就是存在决定意识,就是阶级斗争和民族斗争的客观现实决定我们的思想感情"。学习社会就是"要研究社会上的各个阶级,研究它们的相互关系和各自状况,研究它们的面貌和它们的心理"。①

在《讲话》的"结论"部分,毛泽东直接指出制订这些纪律准则的目的,在于实现"文艺为工农兵服务"。在这一原则下,他以无产阶级的名义,直接提出"民族形式"所要求的文学新秩序,即"文艺服从于政治"的前提和"以政治标准放在第一位,以艺术标准放在第二位"的文艺批评原则。②

以上即毛泽东所提出的工农兵文艺方针的基本内容。这一方针在相当长的时间里都被视为毛泽东个人的理论发现,但是,从对二十世纪三十年代以来影响通俗文艺改造运动的历次论争的回顾中,可以清晰地看到毛泽东的思想在左翼文学阵营内的源流,《讲话》或许是以这些思想为基础的进一步

---

① 以上各条论述,参见毛泽东:《在延安文艺座谈会上的讲话》,见《毛泽东选集》,第三卷,第848—852页。

② 参见毛泽东:《在延安文艺座谈会上的讲话》,见《毛泽东选集》,第三卷,第856、863、866、869页。

阐发。比如,毛泽东对知识分子的不足的批判,要求知识分子注意工农兵的文化,改变与民众的文化关系,从群众的"先生"变成群众的"学生",①这些观点与瞿秋白在《普洛大众文艺的现实问题》等文章中所主张的民众至上的文化取向相当接近。在普及与提高问题上,毛泽东更重视普及,并特别强调文艺应该"首先是为工农兵"而创作,采用"工农兵自己所需要、所便于接受的东西"。他反对生搬硬套"外国人"和"古人"的文艺形式,但不拒绝利用"旧形式",认为只要"给了改造,加进了新内容,也就变成革命的为人民服务的东西"。② 毛泽东的无产阶级文艺建设方案与向林冰等人的"旧瓶装新酒"的主张也相当类似。甚至是他在《讲话》中建立起来的"文艺服从于政治","以政治标准放在第一位,以艺术标准放在第二位"的无产阶级文学新秩序,也可以视作抗战文艺观的折射,当时吴组缃、司马文森等人就有类似表述。吴组缃说:"文学和抗战假若万一有相妨相碍的地方的话,我们宁愿叫文学受点委屈,去服从抗战。"③司马文森也认为:"一部文艺作品的能否为群众所欢迎,爱护,不能以它的艺术价值的高低来决定,而是在于

---

① 参见毛泽东:《在延安文艺座谈会上的讲话》,见《毛泽东选集》,第三卷,第864页。

② 参见毛泽东:《在延安文艺座谈会上的讲话》,见《毛泽东选集》,第三卷,第863、859、855页。

③ 吴组缃的发言参见《宣传·文艺·旧形式的利用——座谈会纪录》,《七月》,第3集第1期,第7页。

该作品的现实性,是否切合于他们的生活要求来决定。"①尽管上述这些论点在左翼阵营内一直处于非主流的地位,但是毛泽东的巧妙之处在于,他找准了左翼文学的两个要穴——阶级论和民族主义。他首先站在无产阶级的道德制高点,指出"现阶段的中国新文化,是无产阶级领导的人民大众的反帝反封建的文化"。② 借助阶级论的盾牌,毛泽东绕过了对以往文艺论争中各派是非的评价,把"文艺为什么人"作为一个根本性的问题,批评各派都"有某种程度的轻视工农兵、脱离现实"的弊病,打中左翼文学空想性的要害。进而又从民族主义的立场出发,为工农兵文艺的功利性进行辩护,提出以社会效果补偿艺术价值的准则,即"政治第一,艺术第二"的批评标准。③ 在"阶级解放"和"民族解放"的崇高共识下,维护"五四"精神和新文学正统地位的左翼作家如胡风等人,也很难对《讲话》提出异议。

《讲话》的发表确立了工农兵文艺的纲领。这一纲领不仅为通俗文艺改造运动提供了系统的实践理论,并且回答了历次文艺论争所提出的主要问题,从而为通俗文艺改造运动在解放区以及 1949 年后的展开扫清了道路。正如洪长泰先生所指出的,"毛泽东《在延安文艺座谈会上的讲话》的重要性,

---

① 司马文森:《战时文艺通俗化运动》,第 17 页。

② 参见毛泽东:《在延安文艺座谈会上的讲话》,见《毛泽东选集》,第三卷,第 855 页。这一观点是在毛泽东 1940 年所发表的《新民主主义论》中首次提出的,见《毛泽东选集》,第二卷,第 698 页。

③ 参见毛泽东:《在延安文艺座谈会上的讲话》,见《毛泽东选集》,第三卷,第 857、864 页。

不单在重新厘定作家和艺术家在社会主义革命中的角色,更重要的是在于提出一个实践理论,要求作家和艺术家认真研究农民的需要"。① 1942 年后,为了贯彻毛泽东的《讲话》,延安及各抗日民主根据地展开了蓬勃的通俗文艺改造运动。农民,作为这一运动的主角,登上了共产主义文化运动的舞台。

第二节 / 赵树理通俗化创作思想的产生

二十世纪三十年代,当左翼文学家们还在为新文学如何大众化、民族化的问题争论不休的时候,一位活跃在太行山区的农民出身的新文学作家,已经用自己的经验和实践找到了一条新文学的通俗化之路。这位作家就是赵树理。

一、赵树理的通俗化主张

在 1934 年左右,赵树理对上海文坛热烈讨论的大众化问题已经形成了一套自己的看法。据其友人回忆,1932 年至 1936 年间,他在太原某小报副刊上发表过很多作品,不是用短篇小说来揭露社会的黑暗,唤醒工农起来革命,就是用文艺评论来大声疾呼,提倡"文艺创作的大众化"。② 虽然他的主张并

---

① 　[美]洪长泰:《新文化史与中国政治》,第 150 页。
② 　王中青:《太行人民的儿子》,见王中青:《评论与回忆》,太原:山西人民出版社,1982 年,第 187 页。

未得到普遍认可,但业已引起山西文坛的注意。1933 年 12 月 8 日,有报章在刊发太原作家的消息时提到了赵树理(当时他的笔名为"野小"):"'赵野小'现在太谷某小学任教职,对大众文艺研究甚力。以'尚在'笔名在中报副刊及本刊先后有文发表。"①可惜这些理论文章保存下来的非常有限,我们无法得知赵树理在三十年代是如何认识大众化问题的。从目前所能见到的材料中可知,赵树理本人在谈论大众化问题时,常常使用的概念就是"通俗化"。现在所能确知的他本人最早的关于通俗化的论述,主要是由他执笔发表在 1941 年 9、10 月间《抗战生活》杂志上的两篇文章:《通俗化"引论"》(以下简称"《引论》")和《通俗化与"拖住"》(以下简称"《拖住》")。②

事实上,赵树理很可能在三十年代就开始使用这个概念。据其好友王春回忆,赵树理在三十年代初就开始提倡给农民写东西,提倡通俗化。③ 赵树理说:"我有意识地使用通俗化为革命服务萌芽于一九三四年。"④但在 1934 年以前,这个概念

---

① 野小,为赵树理的一个笔名。这条消息为《山西党讯副刊》在"每日漫谈"专栏所发表的史纪言写的《文坛情报》,副题为《曾在太原努力过的几个作家消息》,见董大中:《赵树理年谱》(增订本),太原:北岳文艺出版社,1994 年,第 93 页。

② 这两篇文章分别发表于 1941 年的《抗战生活》"革新"二卷一期、二期。分别署名"吉提"(即集体之意)、"陶伦惠"(即讨论会之意)。据董大中先生考证,此两篇文章为集体讨论而作,执笔者是赵树理的可能性非常大,故收入《赵树理全集》第 4 卷。

③ 王春:《赵树理是怎样成为作家的》,《人民日报》,1949 年 1 月 16 日,第 4 版。

④ 赵树理:《回忆历史 认识自己》,见《赵树理全集》,第 5 卷,第 384 页。

尚未被赵树理的朋友们普遍接受。因为,在前文所引报章中有关赵树理的介绍,仍称其"对大众化研究甚力",而写这篇报道的就是赵的好友史纪言。赵树理的另一位好友王中青在1933年底写的一篇评论其小说的文章中,也没有使用"通俗化"这个概念,而是说:"我知道他(指赵树理,引者注)是主张文艺大众化的。"① 因此,目前能确知赵树理最早使用这个概念的时间是在1941年7月。当时,赵树理和王春两人在《新华日报》社内成立了通俗化研究会,以少数派的身份公开宣传新文学应进行通俗化实践的主张。此后,赵树理本人也被冠以"通俗文学家"的称号。② 这个组织隶属《抗战生活》编辑部,上述两篇以"通俗化"为题的文章就是在这个杂志上发表的。

那么赵树理所说的"通俗化"是什么意思呢? 在《引论》中,作者对"通俗化"概念做了一个比较粗略的解释。赵树理认为,以往的新文学作品被局限在文化人的小圈子之内,要想让新文学与大众相结合,必须要走文学通俗化的道路。通俗化就其任务和作用而言,有两层意义。第一,新文学的通俗化是为了适应抗战宣传的需要,对广大农民进行社会动员。赵树理认为,新文学的作者应该借鉴民间的"小书"形式,写抗战

---

① 忠卿:《关于〈有个人〉》,原载《山西党讯副刊》,1933年12月24日,见董大中:《赵树理年谱》(增订本),第94页。

② 董大中:《赵树理评传》,天津:百花文艺出版社,1988年,第102页。另外,杨俊回忆他第一次见到赵树理时,看不出他有什么不平常的地方。后来才听人说起他会写"通俗化"的文章。参见杨俊:《我所看到的赵树理》,收入黄修己:《赵树理研究资料》,太原:北岳文艺出版社,1985年。

"小书",去占领农村阅读市场,发动农工读者,使新文学在抗战宣传中发挥巨大的作用。第二,新文学的通俗化是"五四"启蒙运动的继续,同时也是对"五四"启蒙运动的修正。其修正之处在于"首先从事拆除文学对大众的障碍",其继承之处在于都要"改造群众的旧的意识,使他们能够接受新的世界观"。因此,赵树理特别指出,这一文学实践是"'新启蒙运动'一个组成部分"。①

根据现有资料尚无法证明赵树理的通俗化创作思想是否受到大后方通俗文艺运动的直接影响。但是,他的思路的确与编刊社非常接近。首先,他的通俗化实践以抗日动员为主要目的,在对象上特别关注文盲或半文盲的农村读者,因而会考虑他们的欣赏习惯,在形式上不设限制,新、旧、土、洋,兼容并包。这种态度比正统的新文学作家更开放。另一方面,与向林冰的激进观点有所区别,赵树理在对民众的认识和对旧形式的评价上,又与正统的新文学作家接近。他认为,通俗化的目的是"提高",不能"把通俗化本身降低到和群众的落后情况平等",而对旧的文艺形式的利用,"可以说是通俗化工作的一部分,然而绝不是整个部分"。② 并且他还指出应该"提高"的四个方面:第一是改造大众迷信落后思想,使大众都能接受新的宇宙观;第二是灌输大众以真正的科学知识,扫清流行在大众中间的一些对旧事物的错误认识;第三是在文字方面,也

---

① 赵树理:《通俗化"引论"》,见《赵树理全集》,第4卷,第142页。
② 赵树理:《通俗化"引论"》,见《赵树理全集》,第4卷,第144—145页。

应该使大众逐渐能够欣赏新的形式,而不尽拘限在旧的鼓词小调上头;第四是应该注意到大众语言的选择采用,逐渐克服大众语言的缺点,更进一步丰富大众的语言。①

简言之,赵树理所进行的通俗文艺改造运动,是以生活在中国农村的文化程度偏低的劳动群众为主要对象,以抗日动员、普及文化、传播新知的社会改造需要为前提,借鉴中国传统文艺形式,以通俗文艺为主(包括章回体小说、民间文学和旧体诗词等),采用农工大众的口头语言,对新文学和通俗文艺进行融合、改造的一条更开阔的新文学创作道路。

尽管赵树理此时的拥护者还非常有限,但事实上,他已经找到了新文学向大众普及的有效途径。他的通俗化文学观念贯穿了他在二十世纪四十年代全部的文学实践,并将其推上了文学创作的顶峰。客观地说,赵树理的成功并非偶然,他的通俗化文学实践的开展与他个人的思想来源和时代的精神氛围有着非常密切的关系。

二、新启蒙运动对赵树理通俗化实践的影响

是什么原因促使赵树理选择通俗化道路呢?目前学界主要有两种不同的意见。一是认为赵树理的选择是从现实经验和革命需要出发的。这个观点强调赵树理是农民出身:他是民间才子,精通多种民间艺术,了解农民的欣赏习惯,加上后

---

① 　赵树理:《通俗化与"拖住"》,见《赵树理全集》,第4卷,第147页。

来多年从事革命宣传工作,所以开始致力于通俗化的实践。持此观点的有周扬、陈荒煤、孙犁、董大中、范家进等。① 二是认为赵树理选择这条道路依然是"五四"精神影响的结果。持这一观点的研究者强调赵树理的知识分子的身份,认为他在读书期间所接受的理性精神和批判意识始终影响着他的文学实践,他选择"通俗化"道路,是受到三十年代"文艺大众化"论争的影响,而他对民间文艺等传统形式的改造正是为了对大众进行新文化启蒙与阶级启蒙。这一看法的代表有席扬、李文儒等。②

正如上述研究者们详细的论证所表明的,这些背景都是促成赵树理走上新文学"通俗化"的道路的原因。但是,当笔者阅读了大量的研究成果之后,仍然对赵树理的这一选择心存疑惑。因为,目前研究呈现给我们的这些原因——"五四"精神的影响,新文学传播范围的狭小,抗日宣传的意识,甚至通俗文艺形式的借鉴——不仅适用于赵树理,也普遍适用于

---

① 参见周扬:《论赵树理的创作》、陈荒煤:《向赵树理方向迈进》、孙犁:《谈赵树理》(以上均收入黄修己编:《赵树理研究资料》)、董大中:《在文艺民族化、大众化的道路上——介绍赵树理的一批佚文》(收入中国赵树理研究会编:《赵树理研究文集》,中卷)、范家进:《鲁迅、沈从文、赵树理:为什么关注乡村》(载《杭州师范学院学报》,2001年,第3期),还有钱理群等:《中国现代文学三十年》(修订本)的第二十二章《赵树理》中亦持此观点。另外,不同时代所强调的相关原因也不尽相同,周扬和陈荒煤的文章强调了毛泽东《在延安文艺座谈会上的讲话》对赵的鼓舞和影响。孙犁则认为是"时势造英雄"。董大中还提到了鲁迅对赵树理的影响。

② 参见席扬:《农民文化的时代选择——赵树理创作价值新论》、李文儒:《赵树理与五四新文化之关系》,均收入《赵树理研究文集》,上卷。

二十世纪三十年代关注新文学大众化的其他作家。更何况，赵树理并不是一个彻头彻尾的"土"作家。在青年时代，他也曾是一个感伤的文艺青年，同样操着一口地道的新文艺腔，和创造社诸君一样，主张"为艺术而生，为艺术而死"的"艺术至上"主义。那么，究竟是什么原因促使赵树理放弃了他最初的文学主张，走上一条非正统的新文学之路呢？

其实，这个答案在他的《引论》一文中已经明确提及了，只是这个线索一直没有引起学界应有的重视。在文章中，赵树理说道：

> 通俗化也不仅仅是抗战动员的宣传手段……它还得负起"提高大众"的任务……这样一来，通俗化的意义就更加重大了：它应该是"文化"和"大众"中间的桥梁，是"文化大众化"的主要道路；从而也可以说是"新启蒙运动"一个组成部分……这一点，应该成为通俗化最主要的意义所在。[1]

这里，赵树理明确指出，通俗化最主要的意义在于它承担着"新启蒙运动"的任务。那么，何谓"新启蒙运动"呢？

1936年，在北平和上海等地，左派知识分子发起了一场针对国民党"民族复兴运动"的反击。不仅"左联"领导下的文艺

---

[1]　赵树理：《通俗化"引论"》，见《赵树理全集》，第4卷，第143页。着重号为引者所加。

界提出"国防文学"的口号,哲学界也发出了国防动员的呼声。哲学家陈伯达是新启蒙运动的首倡者。他在《哲学的国防动员》一文中说:"当着目前民族大破灭危机的面前,哲学上的争斗,应该和一般的人民争斗结合起来,我们应该组织哲学上的救亡民主的大联合,应该发动一个大规模的新启蒙运动。"[①]在民族危机的情势下,一场知识界检讨"五四"启蒙运动的讨论拉开了帷幕。艾思奇、张申府、胡绳、何干之、王造时等哲学家积极参与了这一讨论。他们对"五四"启蒙运动的反思是站在民族主义立场上发出的。陈伯达首先阐明,新启蒙运动的实质是一个文化救亡运动,它与"五四"启蒙最大的不同,在于反对新文化运动全盘西化的主张,提倡民族文化复兴。因此,新启蒙运动的作用在于"保卫传统文化的优秀部分"和"不盲从西方文化"。[②] 陈伯达说:"我们并不是要推翻中国文化的传统……我们是为保卫中国最好的文化传统而奋斗的。……我们要为'现代文化的中国'而奋斗。"[③]并提出,要在"不可因为国际而忽略民族,也不可因为民族而忽略国际"的标准下,创造

① 陈伯达:《哲学的国防动员——新哲学者的自己批判和关于新启蒙运动的建议》,原载 1936 年 9 月 10 日《读书生活》第 4 卷第 9 期,见丁守和主编:《中国近代启蒙思潮》,北京:社会科学文献出版社,1999 年,下卷,第 157 页。

② 陈伯达:《论新启蒙运动——第二次的新文化运动—文化上的救亡运动》,原载《新世纪》第 1 卷第 2 期,见丁守和主编:《中国近代启蒙思潮》,下卷,第 161 页。

③ 陈伯达:《思想无罪——我们要为"保卫中国最好的文化传统"和"争取现代文化的中国"而奋斗》,原载《读书月报》,1937 年 3 月,见丁守和主编:《中国近代启蒙思潮》,下卷,第 187—188 页。

一种"综合"的"真正新的文化"，即"不应该只是毁弃中国传统文化，而接受西洋文化，当然更不应该是固守中国文化，而拒斥西洋文化；乃应该是各种现有文化的一种辩证的或有机的综合"。① 根据陈伯达所提出的文化新秩序的设想，艾思奇批评"五四"新文化运动"所有的只是片断零碎的成绩"，并没有完成建立新文化的任务。② 为了能够切实解决这些遗留问题，将启蒙运动由知识分子的口号落实到民众的生活中，陈伯达呼吁一切文化人"应该进行民主的大转变"，即"由个人的研究转变为集体的研究"，"由亭子间中，图书馆中，科学馆中的工人工作转向文化界的大众，转向作坊和乡间的大众"，达到真正的大联合。他这样描写这联合的图景：

> 我们应该和一切开明的哲学家科学家联合，普泛地组织科学哲学的演讲会，研究会，无神会……应该和一切科学家联合，去作民间的科学化运动。应该和一切平民教育者，一切小学校教员，一切开明的教育者，一切文字改革者及一切大中小学生联合，去做民间的通俗教育运动，废除文盲运动，各种式样的破除迷信运动。……应该和一切新文学家联合，去消灭那荒唐，迷信，诲淫诲盗的

① 张申府：《五四纪念与新启蒙运动》，原载 1937 年 5 月 2 日《北平新报》，见丁守和主编：《中国近代启蒙思潮》，下卷，第 166—167 页。
② 艾思奇：《什么是新启蒙运动》，原载《国民周刊》1937 年第 8 期，见丁守和主编：《中国近代启蒙思潮》，下卷，第 171 页。

旧小说，旧鼓词，把最广大的下层社会读者夺取过来。在文学上，在一切艺术范围内，应该强调"人的文学"，"国民文学"，"通俗文学"，"为人生而艺术"的口号。用这些口号把一切开明的文学家，艺术家团结起来。①

和陈伯达的这种民族主义的非正统的马克思主义观相当类似，赵树理也曾经从民族主义的角度对左翼文学运动表示不满。他说："现在不是什么组织文坛的时候，而应当搞'文摊'。……大家搞点唱本、蹦蹦，群众花一两个铜板，就可以听书、看戏，得到娱乐。我们要做艺人，到民众中滚去，不要做什么艺术家。"②他甚至直接提出要做"文摊文学家"的志愿："我不想上文坛，不想做文坛文学家。我只想上'文摊'，写些小本子夹在卖唱本的摊子里去赶庙会，三两个铜板可以买一本，这样一步一步地去夺取那些封建小唱本的阵地。"③由此可见，赵树理会在新启蒙运动结束将近五年之后，仍然在他的通俗化宣言中指出他的这一思想与新启蒙运动间存在联系，是有其特别意味的。可以肯定，赵树理的通俗化实践，既是源于"五

<hr>

① 陈伯达：《思想的自由与自由的思想——再论新启蒙运动》，原载《认识月刊》，1937年创刊号，见丁守和主编：《中国近代启蒙思潮》，下卷，第179—180页。着重号为引者所加。
② 此言为赵树理1935年在西北影业公司当演员时对同事亚马所说的话，参见董大中：《赵树理年谱》（增订本），第111页"9月"条。
③ 李普：《赵树理印象记》，见黄修己编：《赵树理研究资料》，太原：北岳文艺出版社，1985年，第19页。

四"新文化运动的启蒙思想,也是对这一启蒙运动的反思。新启蒙运动正为他的反思提供了一个较为清晰的思想指导。

有学者指出,由于抗日战争的爆发,新启蒙运动展开不久就中断了,因而它的影响力是有限的。① 但是,陈伯达从民族主义立场对左翼文化运动的反思,以及他的思想所体现出的民族化的共产主义倾向,照亮了赵树理的通俗化之路。陈伯达的新启蒙思路丰富了毛泽东的"马克思主义中国化"的命题,在毛泽东的《在延安文艺座谈会上的讲话》中,同样可以看到新启蒙运动的影响。正因为有着新启蒙运动这一共同的思想资源,也就无怪乎当赵树理读到毛泽东的《讲话》之时认为:"毛主席是那么了解我,说出了我心里想要说的话。"②所以,尽管赵树理的通俗化实践是在毛泽东发表《讲话》之前就独立进行的,但是他的文学主张和毛泽东的工农兵文艺思想有着诸多共通之处。

三、陶行知的教育思想对赵树理通俗化实践的影响

新启蒙运动是赵树理提出通俗化主张的直接原因之一。但他本人并不是从这次运动才开始思考新文学与大众之关系这一问题的。正如前文所述,自二十世纪二十年代起,知识分

---

① 参见[韩]金良守:《论"民族形式"论争的发端问题》,《南京大学学报》(哲社版),1996 年第 2 期,第 51 页。

② 董大中:《赵树理年谱》(增订本),第 234 页。

子"到民间去"的下层社会改造运动,就已经在中国知识界形成一股潜流,有不少志士仁人曾以各种方式投身这一运动。那么,赵树理的非正统的新文学创作思路是否还有其他的思想来源呢?在对赵树理的早期思想来源的挖掘中,笔者发现,"师范生"教育背景,特别是陶行知的"乡村教育试验",对赵树理"通俗化"意识的形成具有更为深远的影响。

1. 赵树理早期思想的来源

1925 年夏,十九岁的赵树理考入长治山西省立第四师范学校,成为一名师范学生。在此之前六年,也就是 1919 年,他已经接受过初步的现代教育,还修读过英文。[①] 高小毕业后,赵树理当了两年的乡村教师,然后来到长治,成为一名师范学生。在长治读书期间,他接受了"五四"新文化的洗礼,彻底摆脱了父亲传授给他的一套民间宗教的迷信思想,阅读了大量的新文化书籍,不仅包括创造社、文学研究会出版的报刊,鲁迅和郭沫若等人的新文艺作品,还有综合性刊物《东方杂志》等,特别对《胡适文存》《独秀文存》、梁启超的《饮冰室文集》、日本作家菊池宽的作品爱不释手。[②] 而且,他还积极参与政治活动,加入了国民党,不久后又成为秘密的中共党员。

从赵树理的教育背景可知,青年时代的赵树理的思想既活跃又混杂。他曾在一份自述中说到自己学生时代思想的三

---

① 参见李士德:《秋高气爽说"檽小"——张孝骞同志采访录》,见李士德:《赵树理忆念录》,第 40—42 页。

② 参见董大中:《赵树理年谱》(增订本),第 49—50 页。

个来源:"在这一阶段(指 1925—1928 年在长治读师范期间,引者注)……指导我行动者为三个概念:(一)教育救国论(陶行知信徒),(二)共产主义和(三)为艺术而生为艺术而死(艺术至上,不受任何东西支配)。我觉着此三者可以随时选择,互不冲突,只要在一方面有所建树,都足以安身立命。"①在这三者中,赵树理将陶行知的理论列在首位,并以"信徒"自居,可见陶行知对他的影响之大,但以往的研究没有对此给予足够的重视,而是较多谈及艺术至上的文学观和共产主义思想与作家创作道路选择的关系。

　　事实上,后两者对赵树理的通俗化文学道路的选择没有构成决定性的影响。就艺术至上而言,这可谓赵树理所接受的正统的新文学观念之一。他曾经在此观点指引下写过不少新文艺腔调十足的作品,如《白马的故事》(1929)、《悔》(1929)和诗作《山西第四师范同学合影题诗》(1930)等。但是,他习作新文学的热情很快就被现实的挫折所击碎。当他把鲁迅的作品推荐给爱读《红楼梦》的父亲时,父亲完全不能接受。这样的经验使赵树理很早就发现新文学根本打不进农民中去,读者的圈子也狭小得可怜,只不过是在极少数的爱好者中转来转去,从文坛来到文坛去罢了。他把这叫作"文坛的循环",把这种文学叫作"文坛文学"。②　在赵树理成为一名真正的作家之前,这种"艺术至上"的正统的新文学观就被一些更加"高

①　赵树理:《谈话摘录》,见《赵树理全集》,第 5 卷,第 256 页。
②　李普:《赵树理印象记》,见黄修己编:《赵树理研究资料》,第 19 页。

明"的马列主义者"打垮"。① 就共产主义来说,赵树理虽然很早加入了共产党,但这一思想在他青年时代并没有真正成为他的信仰。1930 年,赵树理被捕入狱,在阎锡山的"自新院"中写了一些表示悔改的作品,出狱后就自动脱党了。1932 年,他发表在《民报》上的题为《野小君来函择录》的信中也表达了他的动摇:"生乎现在的人们,头脑在一个集团里,而经济生活另在一个集团里,本是自寻苦恼。……其处理方法有二:一,向一个集团里合并。二,咬紧了牙关受下去。其结果有三:一,'进'。二,'退'。三,'作难'。我现在是用第二种方法,得的是第三种结果。"②事实上,从 1930 年下半年至 1937 年上半年间,赵树理过了七年的流浪生活。他说:"在这七年中,主观上虽是革命的,实质上是流浪—— 一不升学,二不找事,三不回家,四不参加党的组织……"③而这种状况一直持续到 1937 年下半年,他参加共产党领导的群众团体山西牺牲救国同盟会为止。

由此可知,在上述三种可能影响赵树理文学选择的思想资源中,所谓的"艺术至上"因为在现实中碰了壁而放弃了,共产主义也在进退两难中处于观望与止步的状态,唯一没有改变的,就是陶行知的教育救国论。在赵树理流浪的前后几年中,他一直没有放弃从事教育工作的机会。1929 年他在城关

---

① 赵树理:《谈话摘录》,见《赵树理全集》,第 5 卷,第 258 页。
② 赵树理:《野小君来函择录》,见《赵树理全集》,第 5 卷,第 7 页。
③ 赵树理:《谈话摘录》,见《赵树理全集》,第 5 卷,第 258—259 页。

小学教书,开始实验陶行知(当时叫"陶知行")的教育理论,他在给同学的信中说:"我们已经又得到救国救民、安身立命的机会。"并得到朋友寄来的教育方面的书籍。[①] 在出狱后,赵树理还先后在几处乡村小学任教。1936 年,他的好友史纪言、王中青从山西教育学院毕业,回到长治管理上党联立简易乡村师范学校,赵树理再次成为乡村教师,继续他改造乡村的工作。

2. 陶行知的教育思想

陶行知是一位极其重视下层社会改造的知识分子,他终生致力于中国教育普及工作,同时也是最早"到民间去"发动农工大众进行社会改造的先驱人物之一。早在 1919 年夏,陶行知就在南京开设平民识字夜校,设立平民读书处,编写识字课本,摸索出识字教育的一些经验,并利用通俗文艺向民众宣传读书识字的重要性。[②] 1923 年,他与晏阳初等人发起组织中华平民教育促进会,倡导平民教育运动。1924 年 10 月,陶行知发表《平民教育概论》,指出平民教育的对象是二万万处于文盲状态的中国人,而这些人大多集中在农村,"平民教育"要想取得真正的成绩就要使之成为"到民间去的运动","到乡下去的运动",并鼓励学生将课本带到乡下去,向农民普及文

---

① 参见董大中:《赵树理年谱》(增订本),第 66 页。
② 朱泽甫编著:《陶行知年谱》,合肥:安徽教育出版社,1985 年,第 21 页。

化知识。① 1926 年初(也就是在赵树理考入长治山西省立第四师范学校大约半年后),陶行知为了能够真正推进农村教育的普及,达到社会改造、教育救国的目的,开始倡导"乡村教育试验"。是年 1 月,他在《新教育评论》发表《师范教育下乡运动》,提出"乡村师范下乡应有训练乡村教师改造乡村生活的使命",主张师范生要到"眼面前的乡村""去做改造乡村之实习"。② 1927 年,陶行知在南京郊区农村筹办了中国第一所乡村师范学校,即著名的晓庄师范。中华教育改进社在设立乡村师范学校的招生广告中明确写道:乡村师范的培养目标是要造就"(一)农夫的身手;(二)科学的头脑;(三)改造社会的精神"的乡村教师,而投考的学生除了具备一定的文化知识外,还需是有农事或土木工程之经验,"并愿与农民共甘苦,有志增进农民生产力,发展农民自治力者"。③ 在晓庄师范期间,陶行知和他的学生身体力行,与农民共同劳作、共同生活,向农民学习,和农民交朋友。④ 晓庄师范所取得的成绩,使陶行知的平民教育运动和乡村教育试验成为现代中国知识分子与农工大众相结合的最早典范之一。他之所以取得农民的支持,成功地推进乡村改造工作,其最主要的原因在于他找到了

① 陶行知:《平民教育概论》,江苏省陶行知教育思想研究会、南京晓庄师范陶行知研究室合编:《陶行知文集》,南京:江苏人民出版社,1981 年,第 150 页。
② 陶行知:《师范教育下乡运动》,见《陶行知文集》,第 91—92 页。
③ 朱泽甫编著:《陶行知年谱》,第 104—105 页。
④ 参见戴伯韬:《陶行知的生平及其学说》,上海:上海书店,1992 年,第 8 页。

精英知识分子与社会农工大众沟通的方法和途径,改变了二者之间相互隔绝的状态,建立了一种平等互助的关系。陶行知的主要思想为:

第一,特别重视下层社会的启蒙工作,认为"建设工作下层化"才是立国的根本。①

第二,提出知识分子要从实际出发,以"生活农民化"的办法克服书斋革命脱离实际生活的弊病。他说:"我们做乡村工作的人,必先农民化,才能化农民。"②

第三,希望知识分子树立为农民服务的意识,将农民视为"老师"和"朋友",与之建立平等互助的关系。他在为晓庄师生所写的信条中说:"深信教师应当做人民的朋友。"③

3.陶行知对赵树理通俗文艺改造运动的影响

对照赵树理的选择,可以发现,作家在通俗文艺改造运动中的尝试,无论从动机、观念还是方法而言,几乎都可以看作是他对陶行知上述思想的实践。

首先,新文学脱离民众的问题,就是赵树理在响应陶行知乡村教育试验号召,回乡进行新文化普及工作时发现的。1926年暑期,赵树理,这个未来的乡村教师回到了乡间,用学校里学来的新知识、新观念,对他眼前的乡村进行改造。他相

---

① 陶行知:《介绍一件大事——给大学生的一封信》,见《陶行知文集》,第241页。
② 陶行知:《介绍一件大事——给大学生的一封信》,见《陶行知文集》,第240页。
③ 陶行知:《我们的信条》,见《陶行知文集》,第144页。

信,要把新知识灌输给广大农民群众,非通过他父亲这样的农村知识分子不可。① "寒暑假期间,他把他所崇拜的新小说新文学杂志带回去给父亲看……但父亲对他那一堆宝贝一点也不感兴趣。"②他又将《生理卫生》课本给父亲读,父亲看过之后,对新教科书的这种只讲理论,而无实际处理办法的"书呆子气"的写法很不以为然,说:"这书可以不用念,屁大点病都是'延医诊治,或送医院',还'卫'得什么'生'?"③赵树理还从事过反迷信活动。他反迷信反到舅舅家,非但没有说服舅舅,反而被教训了一顿。④ 在现实中碰了钉子的赵树理意识到,仅有陶先生所说的"预备钢头碰钉子"的热情和决心还不能打动人心,⑤必须要改掉知识分子的书呆子气,以实事求是的态度满足农民的真正需要。他回忆自己"有时候从学校回到家乡,向乡间父老兄弟们谈起话来,一不留心,也往往带一点学生腔,可是一带出那等腔调,立时就要遭到他们的议论",于是,

① 赵树理的父亲赵和清(1884—1943),是位种地能手和能工巧匠,精通编织工艺。而且他有丰富的民间文化知识,会测八字,看风水,懂得外科,能够治病,喜欢说故事,有音乐天赋,爱唱戏,拉得一手好锯琴,还爱读小唱本和话本小说。据说在下地劳动时,他经常要带着太湖(赵树理的长子),让太湖帮着端壶捧书,累了就在树荫下边喝茶边读《红楼梦》。他是一位深受农民欢迎的农村知识分子。参见戴光中:《赵树理传》,北京:北京十月文艺出版社,1993年,第21—23、197页。

② 李普:《赵树理印象记》,见黄修己编:《赵树理研究资料》,第17页。

③ 赵树理:《我爱相声〈水兵破迷信〉》,见《赵树理全集》,第4卷,第404页。另见董大中:《赵树理年谱》(增订本),第50页。

④ 赵树理:《运用传统形式写现代戏的几点体会》,见《赵树理全集》,第4卷,第598页。另见董大中:《赵树理年谱》(增订本),第57页。

⑤ 陶行知:《预备钢头碰钉子》,见《陶行知文集》,第71页。

"碰了钉子就学了点乖",面对种种的失败,赵树理开始努力寻找他受挫的原因。① 他发现,乡间父老首先排斥的不是他所说的内容,而是他的"学生腔",即知识分子的说话方式。这一发现对赵树理走上新文学通俗化道路具有决定性的意义,同时,也是他反思知识分子启蒙运动的开始。

第二,赵树理身份意识的形成也受到陶行知的影响。与陶行知不做"书呆子",要求乡村教师具有"农夫的身手,科学的头脑和改造社会的精神"的思想非常接近,赵树理将自己定位为一个"农民出身而又上过学校的人"。② 在生活上,他一直遵循陶行知的"生活农民化"的主张,以"亲民"的态度与农民共同劳作、生活和娱乐,帮助他们排忧解难。农民也都信任他,称他为"老赵",无论是夫妻吵架闹离婚还是母子生气闹别扭,大事小情凡是解决不了的都会请他调解。③ 他与农民无间的融合无疑给所有认识他的知识分子以深刻的印象。④ 他的穿着、举止"完全是一个山西的普通农民模样,上身穿一件黑布对襟的小棉袄,下身是农村常见的棉裤,戴一顶棕色的小毡帽,脸色有些苍黄,丝毫没有一点知识分子的样子,甚至也不

---

① 赵树理:《也算经验》,见《赵树理全集》,第4卷,第186页。
② 赵树理:《也算经验》,见《赵树理全集》,第4卷,第186页。
③ 杨俊《我所看到的赵树理》,见黄修己编:《赵树理研究资料》,第24页。
④ 可参见周扬《赵树理文集序》、孙犁《谈赵树理》、康濯《根深土厚——忆赵树理同志》、马烽《忆赵树理同志》、王中青《太行人民的儿子——忆赵树理同志》、李普的《赵树理印象记》、荣安《人民作家赵树理》等回忆文章。上述诸文均收入见黄修己编:《赵树理研究资料》。

像一个普通的农村干部"。① 陈荒煤还在 1946 年的日记中这样形容赵树理给他的第一印象:"人很老实,身上穿得很脏,像个伙夫。确是土生土长的作家。"②赵树理近乎民粹主义的生活方式给他与其他知识分子的交往带来了很多不必要的误解。以至于在 1949 年初,他的好友王春站出来公开解释他的身份,声明他不是出身于吹鼓手之家,也没有混过旧戏班,而是贫农家庭出身的进步学生。③ 正是在这种"知识分子加农民"的双重身份认同的作用下,赵树理形成了他以农民为读者、为农民服务的通俗化创作思路的心理基础。

事实上,赵树理在以农民自居的同时,从未忘记自己作为一个知识分子所应担负的"改造社会"的责任。他说:"我虽出身于农村,但究竟还不是农业生产者而是知识分子。"④他认为知识分子读书的目的不是"从受苦受难的劳动人民中走出来……向造苦造难的压迫者那方面去入伙",而是与之相反,要回到农村去,帮助农民"摧毁那种不合理的制度,然后建立一种人和人平等的无阶级的社会制度"。⑤ 也正是基于这样的认识,他从不幻想成为大作家,他写小说就是要将农民从愚昧

① 陈荒煤:《向赵树理的创作方向迈进》,见《赵树理研究文集》,上卷,第136 页。

② 陈荒煤:《荒煤日记选》,《新文学史料》,1989 年第 1 期,第 220 页。

③ 王春:《赵树理是怎样成为作家的?》,《人民日报》,1949 年 1 月 16 日,第4 版。

④ 赵树理:《〈三里湾〉写作前后》,见《赵树理全集》,第 4 卷,第 281 页。

⑤ 赵树理:《"出路"杂谈》,见《赵树理全集》,第 4 卷,第 261—262 页。

迷信的文化桎梏中解放出来,"向农民灌输新知识,同时又使他们有所娱乐"。① 他要通过文学创作"为农民说几句真话"②。是以,他把自己的小说称作为农民解决实际困难的"问题小说"③,并提出通俗文艺改造运动应以"老百姓喜欢看,政治上起作用"为准则。④ 因此,赵树理的通俗文艺改造运动之所以对文学的社会功能进行特别强调,与其说是配合外在文艺政策的号召,不如说是源于知识分子社会改造与启蒙信念的内心驱动。而他对通俗文艺形式的回归和对文学娱乐性的重视,并不是迎合农民偏狭的欣赏趣味,而是从事下层社会改造的革命知识分子面对农工大众的文化生活现实所进行的理性选择。

综上所述,有理由认为,赵树理的创作思想是在陶行知和陈伯达的双重影响下形成的。陶行知的教育思想塑造了他的身份意识,决定了他文化选择的根本动机;陈伯达的民族主义立场为他的通俗文艺改造运动找到了理论依据。因此,赵树理的通俗文艺改造运动是新文学民族化的一种可贵尝试,是

① ［美］杰克·贝尔登:《中国震撼世界》,邱应觉等译,第十七节《赵树理》,北京:北京出版社,1980 年, 第 116 页。另见黄修己编:《赵树理研究资料》,第 39 页。
② 陈荒煤:《向赵树理的创作方向迈进》,收入《赵树理研究文集》,上卷,第 137 页。
③ 赵树理:《当前创作中的几个问题》,见《赵树理全集》,第 4 卷,第 428 页。
④ 陈荒煤:《向赵树理方向迈进》,见黄修己编:《赵树理研究资料》,第 200 页。

"马克思主义中国化"的思潮在文学上的产物。正是通过他的先驱实验,共产党率先找到了一条通往民众的文化动员之路。因为他的成功,新文学乃至中国的共产主义文化运动,出现了新的转机。

第二章　根据地、解放区的通俗
文艺改造运动

　　1942 年,毛泽东《在延安文艺座谈会上的讲话》的发表大大推动了根据地、解放区的通俗文艺改造运动。在共产党的文艺工作者与民间艺人的通力合作下,一批脍炙人口的革命通俗文艺作品被生产出来。在歌舞剧方面,取得成果最丰硕的是在陕北秧歌基础上发展起来的秧歌剧,其中最著名的作品有鲁迅艺术学院创作的《兄妹开荒》(王大化、李波、路由编剧)、《夫妻识字》(马可编剧),以及贺敬之等根据民间流传的"白毛仙姑"的故事改编的大型歌剧《白毛女》等;在旧戏曲改革方面,有秦腔《血泪仇》(马健翎)、平剧《逼上梁山》(延安平剧院集体创作)等;在民歌方面,有《王贵与李香香》(李季)、《漳河水》(阮章竞)等;而在小说创作方面,则涌现了大批作家,比如马烽、西戎、柯蓝、孔厥等,其中最著名的一位,就是新文学通俗化的圣手——赵树理。

鉴于解放区文学研究已经取得的丰硕成果和篇幅的限制,本书不想就解放区文艺做更多的赘言,仅以解放区最著名的作家赵树理的形式探索,和被文学史所忽略的改造说书运动中民间艺人与知识分子的合作为个案,展开论述。

第一节 / 赵树理的形式实验

赵树理是通俗文艺改造运动的先驱。与大多数从事新文学通俗化创作的作家不同,他的通俗化实践是独立于《讲话》进行的。早在二十世纪三十年代初,赵树理就开始尝试将新文学与传统的民间文艺和通俗文艺相互融合,在他不懈的努力下,新文学,特别是小说,终于找到了一条有效、可行的通俗化道路。

一、赵树理的通俗化形式选择

据黄修己先生考证,目前所发现的赵树理的最早一篇诗作是他的《打卦歌》。该诗写于 1930 年,于 1931 年 1 月发表于北平《晨报》的副刊《北平艺圃》。[①] 在这篇作品中,赵树理的创作已经与"五四"白话新诗明显不同,开始有意识地进行新文学通俗化的实验。《打卦歌》以游子问卜为内容描写了华北

---

① 黄修己:《赵树理评传》,南京:江苏人民出版社,1981 年,第 29 页。

"阎冯倒蒋"战争时期民不聊生的惨境,其形式类似于七言古诗。在诗歌的附言中,赵树理特别说明了他之所以弃新诗体不用,而采用古体诗的原因:"这段故事,我所以要拿旧体格来写,不过是想试试难易,并没有缩回中世纪去的野心:特此表明。"①既然要"特此表明",可见这一形式的选择并非作者偶然为之的文学游戏,而是有意识地用传统文学对新文学进行改良。这个改良的目的,在于缩短新文学与民众的距离,减小新文学对民众的难度。在《打卦歌》中,作者写道:

> 阔大战场九万里,
> 同胞南北东西徙,
> 世外桃源觅无津,
> 妻失夫兮母弃子。
> 安得卜士千万位,
> 找来组作卜士队,
> 遍行各地慰流人,
> 胜他多少十字会。②

在这首诗歌中,作者将传统生活中的"卜士"与现代社会的慈善医疗组织"十字会"对举,以突显占卜者胜过十字会,揭露了战争带给人民的不只是肉体的痛苦,更是心灵的创伤,从

---

① 赵树理:《打卦歌》,《赵树理全集》,第 4 卷,第 10 页。
② 赵树理:《打卦歌》,《赵树理全集》,第 4 卷,第 9 页。

而表明赵树理对民众精神痛苦的特别关注。值得一提的是，赵树理不是以一个旁观者，而是以一个亲历者的身份发出痛苦的哀叹，更加彰显了作家以农民自居、为农民写作的独特文学立场。因此，此诗被誉为"赵树理创作生涯的真正开始"。①

在《打卦歌》之后，1932 年，赵树理又作了另一首叙事长诗《歌生》，这是作者唯一的一篇浪漫主义作品。这首诗写的是一个无辜的乞丐蒙冤而死，他的游魂附着于各种身份的人物身上，历尽人生哀乐和战乱之苦，最终化身为一个说书人，向世人诉说他遭际的魔幻故事。这首叙事诗从内容到形式都进行了相当大胆的尝试。在内容上，作者借用民间广为流传的"灵魂出窍""鬼魂附体"的传说，控诉社会的不公和战争的残酷；在形式上，它杂糅了新、旧诗体，甚至将民间曲艺等多种文学体裁引进诗中；在语言上，韵文、散文交织，古今白话并用，且句式长短不齐，体例夹杂，雅俗兼备。

在该诗的开篇，作者仿照鼓词的开头套语，写道：

> 朱弦响丁丁，
> 不留停，
> 把我的生平，
> 一声声唱向知人听。

---

① 董大中：《论赵树理的佚诗〈歌生〉》，见《赵树理研究文集》，中卷，第 86 页。

其间,还有仿拟道教咒语的诗句,如:

赫赫阳阳,

日出东方;

昆仑作顶,

五岳为墙;

刀斧不入,

枪炮不伤;

天师勒令,

永保无殃。

以及仿拟戏曲唱词的诗句,如:

促损蛾眉恨难泄,

咬碎银牙怒更增:

"你无能的道人!

再莫使你的鬼八卦来愚人!

什么是'大劫'? 什么是'天运'?

你莫非实塞了耳孔,

听不着半点声音?

满城中呼爷叫肉,

你却说'超凡入圣'。

败兴,败兴!

真来无用!

似这等冷血动物我招你做甚?"

心头火起,我把灵符撕成粉碎。

用白话仿拟的旧体诗,如七言诗:

黑烟滚滚满城焦,

摧楼火焰各逞高,

市民无辜沿路倒,

伤尸和衣带血烧。

五言诗:

日日吟往事,

回回唱生平。

朱弦不绝手,

处处告知人。

仿写的古诗:

杀到来日鸡声起,

我魂已是千百徙,

十人战,九人死,

百万军人，

中无完体。

还有散文体的新诗，如：

我是一只游魂，

任便何人的躯壳，

我都能留存。

当我进了一个人的脑子，

就把他的灵魂一口吞噬；

这个人的躯体，

就能任我驱使。

及至我另换一个躯体，

这个躯体就要七孔流血而死。

当初我是一个叫化，

终日里只知道讨饭寻茶，

"道路"是我的朋友，

"野庙"便作了我的家；

但我是家本分汉，

从不曾设想过发达。①

---

　　①　赵树理：《歌生》，原载史纪言主编《民报》，1932 年 3 月 12 日至 3 月 25 日，第 4 版，收入《赵树理全集》，第 4 卷，第 11—33 页。以上引文均出自此诗。

《歌生》一诗,充分反映了赵树理在新文学改良过程中对形式探索的不羁态度,而他对传统文学、民间文学形式的熟悉程度也由此可见一斑。

如果说,诗歌的写作是对通俗文艺改造运动的语言的磨砺的话,那么小说则是对叙述方式进行探索。目前所知的赵树理最早的一篇在内容上开始倾向通俗化的小说是《铁牛的复职》(1931)。该作品同样是一个关于乞丐的故事,而所谓"复职"在这里有点黑色幽默的意味,即指乞儿铁牛曾经谋到过一份放牛的差事,后来因病被辞退,失业后不得不重新开始过行乞的生活。但由于这个作品已佚,所以,作者是否在叙述上有什么探索已经不得而知了。现在所存的赵树理最早的一篇具有通俗化雏形的小说是《有个人》(1933),该作品是作者在三十年代所作的小说中唯一完整保存下来的。[1] 从中,我们可以辨识出赵树理在小说中所进行的通俗文艺改造的尝试轨迹。

《有个人》的内容和主题与茅盾的《春蚕》和《秋收》有几分类似,写的是在军阀官僚的层层盘剥下,一个识字的农民破产逃亡的故事。正如赵树理的好友忠卿(王中青)在评论中所言,这个作品的出众之处在于没有"把客观的真实的事实观念地处理"。王中青认为赵树理之所以可以避免其他跟随茅盾的作者常犯的"公式化"错误,就是因为他注意了作品的通俗

---

[1]　据友人回忆,赵树理在30年代初创作了四部小说:《铁牛的复职》《有个人》《白的雪》和《盘龙峪》。今仅存《有个人》的全篇和《盘龙峪》的第一章。

性。王中青说："我知道他(指赵树理,引者注)是主张文艺大众化的,所以他想避免了欧化的写法,利用中国旧章回小说的体材(裁),参入新内容。"①从王中青的评论中,我们可以确知,在三十年代初,赵树理就开始有意识地借鉴通俗文学形式来实现新文学与民众的沟通。

然而,处于早期探索中的赵树理并不能完美地将两种文体相融合。在小说《有个人》中,欧化的"新文艺腔"又不经意地从白话的语体文中渗透出来,使得文风出现了明显的混杂,一方面是话本小说的白描笔法,一方面又夹杂了西方小说的心理描写：

　　他握了她的手,但没有说什么。既而他抚摩着她乱散的头发觉着被汗湿透了,而脸上身上也都发了烧,这真使他为难了：自她嫁过来,小鸟也似的十余年不曾离开他,而这年残月尽的冰雪天气,要撇开她去走一条全无把握的暗道,还不知甚年何月才能再会,如何能使他不伤心呢？……

　　　　……

　　他抱了她睡倒,也和拍银妞一样轻轻拍着她一点无言的安慰。不过怀抱中的她和无情的债主终于是不相融洽的,没有五分钟的工夫,他又想起明天的难关……

---

①　忠卿：《关于〈有个人〉》,原载《山西党讯副刊》,1933 年 12 月 24 日,见董大中：《赵树理年谱》(增订本),第 94 页。

她呢,一阵狂烈的心痛已稍稍安定了些,想着他说得话也有理。……

……

鸡叫了,她起来,洒着泪给他去煮饭。他也起来穿好了衣服,把被子卷成了一卷,然后吃饭。他吃着饭,她把行李交代他。吃完饭,他系了条腰带,用毛巾包了头,正待要背行李,却不禁又抱住她,紧紧吻她,仿佛说:"银的娘! 就有天塌大事,我也不走了。"①

虽然这种风格的混杂是作家创作不成熟的表现,却使我们有机会发现赵树理内心两种文化意识的交织。正如作者自己所言:"我会说两种话,跟知识分子说知识分子的话,跟农民说农民的话。"②在他早期的创作中,作者尚不能自如地转换两种话语方式,他在不经意间流露出的"新文艺腔"也正是其知识分子的一面所发出的声音。但正是由于这种混杂,通俗文艺改造运动显露出它的双重文化取向:既是民众的,也是文化精英的。而且,这两种取向在不断地竞争。二者在竞争中相互磨合,在磨合中逐渐达成相互的妥协。随着赵树理创作风格的日趋成熟,在其后来的作品中,他的知识分子身份一直被他的农民式的说话方式完美地掩饰了,而他的通俗故事也在潜移默化中向农工大众传达知识分子的启蒙意图。

----

① 赵树理:《有个人》,见《赵树理全集》,第 1 卷,第 30—33 页。
② 李普:《赵树理印象记》,《长江文艺》,创刊号,1949 年 6 月。

　　1935年,赵树理发表长篇小说《盘龙峪》(未完稿)。作家认为,这篇小说与他的文学道路的选择有密切的关系:"在十五年以前(谈话时间为1949年,引者注)我就发下洪誓大愿,要为百分之九十的群众写点东西,那时大多数文艺界朋友虽然已倾向革命,但所写的东西还不能跳出学生和知识分子的圈子,当然就谈不到满足广大劳动群众的需要。根据我自己的志愿,一九三三年我在太谷当教员时,曾写过一部长篇小说,名字叫《盘龙峪》,是描写农民和封建势力作斗争的故事。"①可惜的是,由于当时出版环境的限制,这个小说并没有完成,现在所存的仅为第一章:

　　　　没有进过山的人,不知道山里的风俗。

　　　　盘龙峪这个地方,真算是个山地方了:合四十多个庄落算一里,名叫盘龙里,民国以来,改为一个联合村。北岩是这一里中的最大村——虽不过有三百余户人家,但在这山中就不可多得了。

　　　　西坪上离北岩最近——说五里,其实只三里多路。西坪上的人家也不少,但比起北岩来要差一半还多;村子里没有卖东西的,想买什么还得上北岩。

　　　　这一天是阴历八月十五,西坪上有个名叫兴旺的,提了个酒葫芦上北岩来。他出门时天就下着小雨,他以为不

---

　　①　荣安:《人民作家赵树理》,《人民日报》,1949年9月30日,第6版。

打紧,谁知走到半路上雨就大了,把他湿得水鸡儿一般。①

从这一章的开头中,可以清楚地感觉到赵树理的文学风格已经趋于成熟。它不再像《有个人》的开头那么简陋,语言的洗练和流畅完全有了十年后《小二黑结婚》的韵味。因此,有理由认为赵树理风格形成于1934年前后。但是,由于此时他处于"萍草生涯"②的流浪阶段,他的作品主要在知识分子的小圈子中流传,除了《打灶王爷》等个别剧作曾经在上党联立简易乡村师范学校为师生演出过外,很少对劳动人民产生直接的影响。

二、赵树理的通俗化形式突破

赵树理的通俗文艺改造运动的全面开展,并直接对劳动人民产生广泛的影响,是从他调入华北新华日报社,独立编辑《中国人》周报开始的。在此之前,赵树理已经从事过一些革命宣传工作。1937年卢沟桥事变后,他加入薄一波领导的"牺牲救国同盟会"(简称"牺盟会"),正式参加革命工作,并重新入党。1938年,赵树理在长治任民宣科长,负责戏剧运动,编写过一些宣传抗日的历史戏曲,并在农村演出,其中影响最大的是《韩玉娘》(改编自京剧《生死恨》)和《邺宫图》。1939年9

---

① 赵树理:《盘龙峪》,见《赵树理全集》,第1卷,第39页。
② 赵树理:《山西第四师范同学合影题诗》(1930)中有"萍草一样的漂泊,或许是我们的前程"之语,该诗见《赵树理全集》,第4卷,第5页。

月,赵树理调任《黄河日报》路东版(又称"太南版")负责编辑副刊《山地》。该报今已不存。据回忆,"山地"一名即为赵树理所起,发刊词是用快板形式写成的。由于来稿不足,他亲自执笔写了很多快板、小鼓词在报上发表,很有些"土气"。也正是由于这个原因,《山地》仅仅办了两个多月就因不够"艺术"而停刊,副刊主编改为姚天珍,更名为《晨钟》,专发新诗和新小说,而赵树理则被调任为司务长管伙食去了。① 尽管这次办报时间不长,但是赵树理初步证实了改造的通俗文艺对群众所产生的影响力。杨献珍回忆:"当时,太南版《黄河日报》出版后送到晋东南各地,每期也留一些贴在各县城门洞。群众看见报社的同志来贴报纸,尤其贴有副刊《山地》的那一期,都蜂拥而上,挤在那里看得津津有味。因此,我知道赵树理是一位很受群众欢迎的文艺作家。"② 赵树理在评价《山地》时不无得意地承认:"老实说我是颇懂一点鲁迅笔法的,再加上群众所熟悉的民间艺术因素,颇有点威力。"③1940 年 5 月,赵树理被调往平顺县石城、回源一带筹办中共太南区党委机关报《人民报》,任该报副刊《大家干》的主编。《大家干》在"文章风格上继续了《山地》之风"④,据《人民报》总编徐一贯回忆,"赵树

---

① 参见董大中:《赵树理传》,第 80—90 页。
② 杨献珍:《从太行文化人座谈会到赵树理的〈小二黑结婚〉出版》,见高捷编:《回忆赵树理》,太原:山西人民出版社,1985 年,第 194 页。
③ 赵树理:《回忆历史　认识自己》,见《赵树理全集》,第 4 卷,第 374 页。
④ 赵树理:《回忆历史　认识自己》,见《赵树理全集》,第 4 卷,第 374 页。

理同志编的《大家干》是《人民报》上最受欢迎的版面"①。赵树理的才华很快被华北新华日报社社长何云发现,只在《人民报》工作了半个月,就以"通俗文艺专家"的身份被调入中共华北地区最大、最主要的宣传机构中共中央北方局的机关报——华北新华日报社工作。起初几个月,赵树理主要负责校对,担任《抗战生活》(当时简称"《抗生》")杂志秘书和"通俗读物丛书"的编辑工作,除在《抗生》发表一些思想教育、鼓舞士气的杂文之外,还编撰了一套木版印刷的《抗日三字经》和《抗日千字文》,销路很广。②

1940 年 7 月 20 日,中共中央北方局宣传部决定出版一份向敌占区人民发行的报纸,定名为《中国人》,交华北新华日报社负责。由于报社人手短缺,社长何云派赵树理独立担纲《中国人》的编辑任务。在此后的两年多时间里,他以极大的热情投入到新文学通俗化的形式探索中。可以说,《中国人》为赵树理提供了一个长期的自由发展空间,正是在这份小报上,他解决了困扰新文学作家多年的"旧瓶"如何装"新酒"的形式难题。

1. 灵活多样的形式实验

《中国人》于 1940 年 8 月 1 日创刊,为周刊,由于战事,大约在 1942 年秋冬间停刊,现仅存第七号至第四十九号,共 43 期,系 1940 年 9 月 30 日—1941 年 12 月 17 日间出版。③ 该报

---

① 董大中:《赵树理年谱》(增订本),第 164 页。
② 参见华山:《赵树理在华北新华日报》,见高捷编:《回忆赵树理》,第 218 页。
③ 《中国人》仅存 43 期,上述起讫时间从董大中先生之考证,参见董大中:《赵树理年谱》(增订本)第 169、212 页。该报的具体版式等数据依据国家图书馆《中国人》报缩微胶卷。

八开四版,每版可排小五号字一千余字。一版为要闻和社论,二、三版为各地消息,四版是副刊,副刊从第二十四号起定名为《大家看》。依照北方局宣传部要求,该报承担以下政治任务:"一,向敌占区人民宣传我党的政治主张,进行抗战教育。二,向敌占区人民揭露敌寇汉奸的一切欺骗宣传。三,介绍敌后抗日根据地,鼓舞敌占区人民的斗争情绪。"①并且提出,在办报风格上,要语言通俗易懂,形式为老百姓喜闻乐见。由于报社在山区,又有明确的宣传目的,因而能得到的稿子非常有限。赵树理必须采、编、写一人全包。据董大中先生考证,《中国人》四个版上包括社论、专论在内的绝大部分文章均为赵树理所作。

赵树理为了使《中国人》能够在敌占区顺利流传,可谓煞费苦心。首先,报头不写地址,只标明"《中国人》周刊社编辑"。其次,在二、三版中缝仿照民间宗教宣传品的广告形式,印有"中国人读中国报,读后讲给别人听,传给别人看,一传十,十传百,功德无量!"的字样。但是,要使报纸能够得到读者的真正欢迎,必须在内容、风格上下足功夫。因此,赵树理以这张小报为载体,进行了大量的通俗化的形式实验。其实验主要体现在以下两方面。

其一,采用的文体形式非常丰富,尤其是副刊上刊载的文章,其类别如下表所示:

---

① 中共中央北方局宣传部《关于出版敌占区报纸〈中国人〉的通知》(1940年7月20日),见戴光中:《赵树理传》,第132页。

《中国人》报上文章所采用文体

类别	文体		例文
新文学 （8种）	小小说		《李大顺买盐》《红绸裤》
	杂文		《汪精卫与木头人》《漫谈持久战》
	访谈录		《李二嫂的炉边闲谈》《答小栓娘问》
	传记		《杨秀峰先生》
	日记		《教弟—— 一段日记》
	寓言		《"你索"寓言选》
	童话		《大了再吃》
	新诗		《惊心话》《服杂役》
古典文学 （2种）	旧体诗	五言诗	《不受骗歌》《敌区归来寄三乐》
		七言诗	《避雨者》《好警士》
	章回小说		《再生录》
通俗文学 （13种）	故事	历史故事	《拽梯郎君》
		抗战故事	《忠孝两全》《"我够本了"》
	笑话		《"帮助"》
	有韵话		《探女》《比一比看》
	快板		《数来宝》《不上当》
	鼓词		《王美云出嫁》《茂林恨》
	相声		《一串鬼话》《很容易》
	小调		《村政民选小调》
	儿歌		《萤火虫》
	民谣		《民侠谣》《筑路谣》《牛儿走的慢》
	童谣		《小学生不学日本话》《沦陷区》
	偈语		《"扫荡""讨伐"偈》
	三字文		《咱更能好好干》
	杂类		《头》《狗尿苔》

　　以现存的 43 期报纸的副刊来看,在仅能容纳千余字的篇幅中,赵树理曾使用不下二十种文体,而运用通俗文学形式所写的作品加起来占到一半以上。通过以上统计可知,在形式选择方面,通俗文学是赵树理通俗化实践的主要形式。可以说,他的实践是在继承通俗文学形式这一方面展开的。但有学者认为,赵树理的通俗化实践不仅表现在对通俗文学形式的继承上,同时还进行了大胆的形式创新——"有韵话"就是完全由作家独创的一种文体。①

　　赵树理的有韵话的确是一种比较罕见的文体,它是用押韵的散文体句式,以句句押韵、一韵到底的方式所写的作品。作家曾用这种特殊的形式写过小剧本《打倒汉奸》、政论文《比一比看》和小说《探女》《李二嫂的炉边闲谈》等。② 为了对这种文体有一个感性的认识,现以《比一比看》一文中的两段话为例:

　　　　想要知道谁是真正为国为民,最好看看他行的是什么政令。你若看了陕甘宁边区的施政纲领,敌寇汉奸的

────────

　　① 董大中:《"有韵话"——赵树理创造的文体》,见《赵树理研究文集》,中卷,第 141—149 页。

　　② 所举四篇作品除小剧本《打倒汉奸》外都是在《中国人》上发表的。《打倒汉奸》为赵树理参加革命前的习作,是现在所能看到的他最早用有韵话形式写的作品。发表于 1937 年 1 月 14 日、21 日的《太原日报》副刊《开展》,署名"常在"。题后标明"相声底本也能演成独幕剧",当时即用押韵的句子写成。1950年,作者根据记忆重写该剧,标为"有韵小剧"。两文分别收入《赵树理全集》第 1卷和第 3 卷。

鬼话,那里还能哄人?

　　你若是五十岁以上的老人,一定见过各色各样的政令:从满清、袁世凯、段执政……直到冀察政委会退出北平,曾有那件事情真正为了人民? 他们的法令深又深,听起来好像驾雾腾云,只能叫人头疼,那肯牙清齿白定出一个施政纲领? 他们那些政令,为了骗人,也许有几条念出来也还好听,可是念来念去,永远不敢执行——例如实施宪政。①

　　那么,有韵话真的是赵树理所独创的吗? 著名民间文学专家谭达先先生指出,在评书的诸多分类方法中,有一种便是"从作品有韵与否来区分",可分为"无韵评书"和"有韵评书"两大类。无韵评书是古代话本的主要形式。有韵评书是一种新形式,是从头到尾连续采用每隔两句或两句和几句相间的押韵句式所组成的作品,在全篇中,有句式字数比较整齐的,也有句式字数不很整齐的。就句式参差错落的作品而言,形式近似于散文评书,讲来顺口,听来有诗,因而又区别于无韵评书。根据谭先生的描述,赵树理的有韵话似乎更接近这种句式参差的有韵评书。那么,赵树理所写的有韵话是否为有韵评书的一种变体呢? 据谭先生考证,现代有韵评书最早可追溯到近代在山西出现的一种有韵的评书作品类型,其代表

---

　　① 赵树理:《比一比看》,见《赵树理全集》,第5卷,第71页。着重号标出的为押韵的字,着重号为引者所加。

作为《武松大闹石家庄》，该作品由头到尾采用了以七言句式为基调的形式，隔句用韵，一韵到底，艺术形式近似快书、大鼓之类，但由于不是用来唱诵的，而是用来讲诵的，因而是有韵评书而不是其他形式。其形式与后来的口语化的现代有韵评书又有区别，因此可以视之为现代有韵评书的"近祖"。①

《武松大闹石家庄》是山西评书的代表作。赵树理本人在1949年以前一直生活在山西，他自幼就是民间曲艺的爱好者，作家很可能熟悉这个作品，并受到它的有韵形式的影响。而评书又称评话（赵树理就称评书为"评话"），有韵评书亦可称为有韵评话。因此，有理由推断，赵树理所谓的"有韵话"就是"有韵评话"的简称。1950年，赵树理在重写剧本《打倒汉奸》时，将其标为"有韵小剧"，并对剧本的形式做了一个简要的说明，指出："这种文体不是我的创造，而是山西东南部说鼓词的艺人们放在正书之前的开场闲话之一种，也叫'书冒'，因此我也可以把它叫作'书冒体'。"②这条材料再次佐证了赵树理所使用的有韵话与山西地区流行的通俗文学形式间的渊源。

其二，有意识地进行"文体挪用"的形式实验。所谓"文体挪用"，是将某种有约定俗成的用途的文体借用过来，用以完成宣传任务。简言之，就是不拘任何形式的限制，使用一切文

---

①　参见谭达先：《中国评书（评话）研究》，香港：商务印书馆，1982年，第32、44页。

②　赵树理：《打倒汉奸》的剧本说明，见《赵树理全集》，第3卷，第176页。

体用于抗战宣传。他用民间杂曲"五更调"①写宣传抗日的散
文,如《五更录》②;用古希腊《伊索寓言》的形式揭发侵略者的
丑恶嘴脸,如《"你索"寓言选》③;借用美国总统罗斯福的"炉
边闲话"的演讲形式,写抗日的对话体小说《李二嫂的炉边闲
谈》④;以有韵评话的形式写宣传党的民主政策的政论《比一比
看》;用快板写战地新闻,如刊登在《中国人》1941 年 3 月 19 日
第一版"要闻"上的快板《神枪手刘二堂》和1941 年 6 月 4 日第
三版"各地消息"的快板《一把锁》等。

2. 形式突破之一:从案头文学到说唱文学

比较幸运的是,现在我们可以同时看到《神枪手刘二堂》
的两个版本,一为赵树理的快板新闻,一为《新华日报》(华北
版)的同名通讯,后者原文如下:

---

① 五更调,又称五更转、五更录等,早在六朝时已经出现,在唐五代时盛
行,在现在看得到的敦煌杂曲中占有不小比例。在内容上分为宗教性的和非宗
教性的,前者主要宣传佛教教义,后者以闺怨和劝学为主要内容。参见任二北:
《敦煌曲初探》,上海:上海文艺联合出版公司,1954 年,第 57—59、60—61、69 页。

② 赵树理在《五更录》的《小叙》中说:"我的五更录,不是什么'一更里怎
样,二更里怎样……'的小调,而是在'五更'时记录下来的一些感想。自小村沦
陷之后,鬼子汉奸的把戏一天不知要来多少套,他们在'活人眼里伸拳头',纵然
想闭住眼过日子,又那里能闭得住呢? 每天憋一肚子气,晚上睡不熟,五更起来
悄悄写一点零星感触,天明就藏起来,予(预)备日后查一查看现在过的是什么生
活。"见《赵树理全集》,第 5 卷,第 137 页。

③ 该文有题解曰:"你索先生是伊索先生的本家,近著寓言一本,可作娱乐
晚会之材料者颇多,特选数则敬投《中国人》周刊,尚希读者指正。——选者"见
《赵树理全集》,第 1 卷,第 110 页。

④ 该文开头有题解,曰:"上月二十七日,罗斯福发表了炉边闲话。二十八
日早晨七点钟,李二嫂的炉边闲话也接着发表了,原文如下……"见《赵树理全
集》,第 1 卷,第 116 页。

(去年)十月二十八日的拂晓,当敌寇逼近辽县五区从镇时,刘二堂离开镇公所和他的同伴们一溜烟奔向窑门寨。

一队黄色的野兽,象赛跑似的窜进窑门口,接着,一团黑烟在窑门口堆谷场上冒了起来。"该是送你们回老家的时候了。"刘二堂喃喃地说着,把子弹送上枪膛。

"砰! 砰!"随着清脆的枪声,两个鬼子扑倒了。敌人象惊弓之鸟,慌忙转了方向。

第二天,天还没有明,刘二堂早已等候在烟子岭上。不大一会儿,敌人的大队人马,果然来到了山下,一个穿黑衣的人影,慢慢地走上岭来。

"砰!"刘二堂的一颗子弹又射穿了他的胸膛。这时候,敌人虽然拼命拿机关枪向山上射击,但是已经晚了——刘二堂早把一枝发亮的三八式步枪、革皮大衣等等礼物,搬移到另外一个山沟里去了。

反"扫荡"后,在全区民兵的检阅大会上,刘二堂得了一面奖旗:"神枪手"。而更值得夸耀的,是他还得到了第十八集团军彭副总司令的光荣奖状及联办杨、薄、戎正副主席奖赏的步枪和子弹。从此,神枪手刘二堂的名字,便传遍了整个辽县。刘二堂本来是个青抗先小队长,因此,全县的民兵便提出"个个学习刘二堂"的口号。①

---

① 转引自戴光中:《赵树理传》,第133页。

当这篇新闻通讯出现在《中国人》上时,变成了一段朗朗上口的快板:

> 辽县老百姓,都学刘二堂。
> 去年十月初,鬼子来扫荡,
> 进到窑门口,遇见刘二堂,
> 砰砰两子弹,一对鬼子亡。
> 到了第二天,鬼子又逞强,
> 进攻烟子岭,自寻苦恼尝;
> 二堂早等候,子弹装上膛;
> 对准黑影子,一击中胸膛。
> 收拾胜利品,步枪大衣裳。
> 从此根据地,都知刘二堂。
> 民兵大检阅,奖旗空中扬,
> 上写"神枪手,辽县刘二堂"。①

从上述引文中,我们可以清楚地看到,这两篇新闻的内容完全相同,不同的只是文体,而文体上最显著的区别即在于前者为散文,后者为韵文。这一改变很自然地使我们回想到赵树理还曾使用有韵话的韵文形式来创作政论、小说、剧本等常以散文书写的文体。其中,小说《李二嫂的炉边闲谈》不仅带

---

① 赵树理:《神枪手刘二堂》,见《赵树理全集》,第4卷,第65页。

韵,而且还是用对话形式写的。从赵树理对两种完全不同的文学形式的挪用中,可以发现一个非常有趣的现象,即赵树理为《中国人》所写的作品不仅可以用来阅读,而且可以用来讲唱。而这种讲唱性的文本特征是由民间文学的口传方式所决定的。赵树理为什么要使新文学由案头文本向说唱文本回归呢? 这是否与文学在下层社会的传播方式有关?

事实的确如此。形式的回归并非是作家出于对通俗文艺的偏爱所做出的偶然选择,而是由中国底层民众的受教育程度所决定的。据作家西戎回忆,"当时虽然政府在大力推行扫盲工作,但农民中识字的人,仍然很少,报纸出来,只好请村里仅有的'先生'组织读报。……广大农民还不是看报,而是听读报"①。赵树理是农民子弟,又是陶行知的信徒,有多年的乡村教育经验,他对农民的文化状况有非常清醒的认识。他知道,他所面对的农工读者中的绝大部分都是文盲,他们很少能够直接阅读印刷文本,主要是通过看戏、听书等口头传播的民间文艺活动获得知识。对不识字的农工读者来说,印在纸上的文学作品是毫无意义的,因此必须改变新文学在下层社会的传播方式。赵树理采取的也正是"说故事"的办法,借此将新文学介绍给农村读者。他说:"我写的东西,大部分是想写给农村中的识字人读,并且想通过他们介绍给不识字的人听的。"②由此可知,通俗文学在下层社会的主要传播方式不是案

①　西戎:《怀念作家赵树理》,见高捷编:《回忆赵树理》,第21页。
②　赵树理:《〈三里湾〉写作前后》,见《赵树理全集》,第4卷,第281页。

头阅读,而是口头讲唱。因此,赵树理在"文体挪用"中所使用的"散文韵文化"正是为了适应传播方式的改变,因为散文可以容纳大量口语,而韵文适合朗诵,便于记忆。

由于传播方式的改变,新文学的文本性质自然也随之改变,也就是说,新文学由"案头"的文本过渡为"说唱"的文本。① 案头的文本与说唱的文本的最大区别并非是否押韵,而是信息接收方式的不同。前者通过视觉来接受信息,在阅读过程中读者不受文本叙述方式的限制,可以进行反复、跳跃、逆序等不同方式的阅读。因此,如果文本采用倒叙、插叙、闪回、重复等违反时间顺序的叙事策略,非但不会对读者理解作品造成障碍,反而有可能引发读者的好奇,激起阅读兴趣,从而促成作品交流的完成。但说唱的文本则不同,听众是依靠听觉来接受信息的,听觉记忆的时间比视觉记忆的时间要短。而且相对"看"而言,"听"是一种被动的接受方式,听众无法改变故事的讲述顺序,也不可能像读者那样通过反复阅读来重新组织文本所提供的信息。所以,在说唱的文本中,叙述的连贯性和语言的简明性就显得非常重要,并且听众的接受也成为说唱文本特别关注的方面。正是基于这个原因,赵树理曾提出一条编辑方针:"粗通文字的干部群众能看懂,不识字的干

---

① 相关论述可参见董大中:《赵树理评传》,第167—168页。赵勇:《可说性本文的成败得失——对赵树理小说叙事模式、传播方式和接受图式的再思考》,原载《通俗文学评论》,1996年第4期,收入《人大复印资料:中国现代、当代文学研究》,1997年第1期。

部群众能听懂。"①"看懂"和"听懂"是作为通俗文艺改造运动的头等大事来解决的。

3. 形式突破之二:两种话语的互译

新文学由案头的文本变为说唱的文本,将"旧瓶"如何装"新酒"的形式问题向前推进了一大步,但是到此为止,这个问题还未能完全解决。因为新文学具有说唱性,只能说明它有向农工大众传播的可能性。但农民话语和知识分子话语是两种完全不同的体系,当知识分子向农民传递新思想观念时,并不能保证农工大众可以无障碍地接受这些信息。也就是说,说唱性只是这一交流过程的充分条件,而非必要条件。因此,要想完成交流过程,首先要对知识分子和农民的话语进行意义转换。赵树理也意识到了这个问题。他发现,在向农民介绍知识分子话语的时候,"要设法把知识分子的话翻译成他们的话来说"。② 在这里,"翻译"一词恰当地说明了通俗文艺改造的真正价值,即实现两种话语的意义转换。在现实中,赵树理的"知识分子加农民"的双重文化身份,使他成为两种话语间的天然翻译者。在某种意义上,他的通俗化实践也就是在进行知识分子话语和农民话语的互译。

事实上,这种互译是在三个层面上展开的:

第一是概念的互译,即用传统概念翻译新思想,建立两种

---

① 西戎:《怀念作家赵树理》,见高捷编:《回忆赵树理》,第21页。

② 赵树理:《也算经验》,见《赵树理全集》,第4卷,第186页。着重号为引者所加。

话语的对应关系。比如以"忠孝"解释"爱国"(如《忠孝两全》),借明人抗清的故事宣传抗日(《拽梯郎君》),以传统文学的"劝诫"来说明新文学的"启蒙",赵树理曾说:"俗话常说:'说书唱戏是劝人哩!'……我们写小说和说书唱戏一样(说评书就是讲小说),都是劝人的。"①

第二是语言的互译。即将知识分子所使用的欧化的书面白话文翻译为农工读者所使用的口语。他的经验是:"'然而'听不惯,咱就写成'可是';'所以'生一点,咱就写成'因此';不给他们换成顺当的字眼儿,他们就不愿意看。字眼儿如此,句子也是同样的道理——句子长了人家听起来捏不到一块儿,何妨简短些多说几句;'鸡叫''狗咬'本来很习惯,何必写成'鸡在叫''狗在咬'呢?"②但同时他也反对使用方言土语,因为对于其他地方的读者来说,农民的土话和知识分子的洋名词一样,都是阅读中的"拦路虎"。③ 早在二十世纪三十年代初做乡村教师的阶段,他就在教学中鼓励学生避免使用土话,而努力使用更加典雅、通俗的新白话。④

第三是叙述方式的互译,即将西洋小说以人物性格为中

① 赵树理:《随〈下乡集〉寄给农村读者》,见《赵树理全集》,第 4 卷,第 572 页。

② 赵树理:《也算经验》,见《赵树理全集》,第 4 卷,第 186—187 页。

③ 李普:《赵树理印象记》,见黄修己编:《赵树理研究资料》,第 19 页。

④ 据赵树理的学生陈万国回忆,赵树理在洞庵小学执教期间,教学生作文时说:"不懂的话不说,土话不说,不懂的字不用。"因为"写文章既要本地人懂,也要外地人懂"。陈万国记得,赵树理在修改学生作文时,把土语"不搅汤"改为"拌汤",把"不来"改为"摆"。见董大中:《赵树理年谱》(增订本),第 84 页。

心,截取事件横断面的叙述方式"翻译"为传统话本或评书有头有尾的叙述方式。赵树理发现,在阅读新文学作品时,如果叙述不连贯,农民读者会以为图书缺了页;①在听讲故事时,他们分不清作品中作为叙述人的"我"和现实中的讲述人是什么关系,对于倒叙和插叙也感到别扭。② 因此,赵树理在创作新文学作品时借鉴了话本小说的叙述方法。他认为,"评话硬是我们传统的小说,如果把它作为正统来发展,也一点不吃亏。它是广大群众都能接受的"。③ 并且,他还指出了具体的办法,就是"群众爱听故事,咱就增强故事性;爱听连贯的,咱就不要因为讲求剪裁而常把故事割断了"。④

前文中提到的小说《有个人》就是这一写作实验的最早证明。从该作品的标题中,我们就可以直接看到赵树理的小说与中国传统评书的渊源:"有个人"三字,直接取自小说开篇的首句"有个人姓宋名秉颖"。这个题目看似随意,它的用心却是深的。作者最先透露给读者的,不是小说的人物、情节或背景,而是它的叙述方式:讲故事。这一点也正是《有个人》的最大特色。和话本一样,它首先将故事的主要人物和情节告知读者:

---

① 赵树理:《〈三里湾〉写作前后》,见《赵树理全集》,第4卷,第283页。
② 戴光中:《赵树理传》,第87页。
③ 赵树理:《从曲艺中吸取养料》,见《赵树理全集》,第4卷,第411页。
④ 赵树理:《也算经验》,见《赵树理全集》,第4卷,第187页。

> 有个人姓宋名秉颖;他父亲是个秀才。起先他家还
> 过的不错,后来秀才死了,秉颖弄得一天不如一天,最后
> 被债主逼得没法,只得逃走。完了。
>
> 假如比较详细点说,原来是这么一回事……

这里,读者可以清楚地听到一个故事之外的"说书人"的声音。由说书人来讲故事的叙述方式,是读惯了话本、唱词的中国读者所熟悉的,却为新文学作家们所摒弃。可赵树理没有囿于这种门户之见。现实经验告诉他,新文学之不被大众所接受,首先在于普通的中国读者不熟悉十九世纪西方写实小说"横断面"的、流动的叙述方法,而中国的话本小说是有头有尾的,喜好将事件与事件相互重叠,故事套故事,形成一种静止的叙事结构。[①] 因此,要做到新文学的通俗化,首先就要改变叙述的方式。对中国读者而言,不论其文化程度如何,只要看到"有个人"三字,他便知道一个故事开始了。可以说,"有个人"三字是中国读者最为熟知的叙述"标志"。在小说的结尾,作者再次仿话本的"欲知详情如何,且听下回分解"的惯用语,以"这么着还没有说详细了,假如有机会,我还比较再详细点说"做结,告诉读者故事讲完了。从而,将现代小说"横断面"的叙述方式完全改装为中国读者熟悉的有头有尾"讲故事"的套子。

[①] 参见王德威:《"说话"与中国白话小说叙事模式的关系》,见王德威:《想象中国的方法》,北京:生活·读书·新知三联书店,1998 年,第 90 页。

"有个人"不仅是叙述开始的"标志",还是叙述的"声音",这声音是由"说书人"发出的。说书人是中国传统小说中独有的叙述者,他不是人物,但显在于文本中;他是第一人称叙述者,但同时也是全知的,而且兼具评述功能,可代替作者与读者达成直接的交流。在《有个人》中,每当主人公陷于困境,说书人的评述功能就起到了引导读者的作用。在传统小说中,说书人往往借此机会宣扬儒家伦理或因果报应的思想,但深受新文化影响的赵树理则完全去除了这些内容,他同样利用这个机会向他的读者输送新知,即主人公的种种不幸并非他的命运不济,而是由社会的不公,如"杂役""重税""谷贱伤农"和"官商陷害"等原因所造成的。可见,赵树理在叙述方式上虽然仿照了话本小说,但其主旨仍然是新文学最常见的社会批判主题。

以《有个人》为例,赵树理用话本中显在的说书人替代新文学中隐在的叙述者的做法,在很大程度上改变了新文学的读者与作者间之关系。其一,由于说书人的介入,读者不再单独地面对陌生的文本,他可以依据说书人的指引,迅速地了解情节的发展和前因后果;而且,说书人的评述功能将其价值观、世界观直接传达给读者,不需要读者自己揣测。其二,由于说书人介入了叙述,由知识分子所承担的作者身份在文本中发生了改变。由于说书人不在文本之外,而在文本之中,所以,作者不在读者之外,而就在读者之中,作者(知识分子)和读者(民众)的关系也相应地改变。赵树理的这一做法,创造性地完成了新文学的叙述规则与话本小说叙述成规的转换和嫁接,从而更便于启蒙思想与农工大众的直接接触。

可以说,意义转换的"翻译"工作才是通俗化的"化"意所在。它从根本上解决了知识分子话语与民众特别是农民话语间的隔阂,而知识分子的思想启蒙和抗战工作的社会动员也因此得以在农工大众中发生切实的效用。

三、赵树理通俗化形式的成熟:《小二黑结婚》和《李有才板话》

新文学经过了如此这般的"通俗化"之后,终于打开了进入民众的通道。1943 年,赵树理的创作走向了成熟,在短短几个月内,他相继完成了《小二黑结婚》和《李有才板话》这两部堪称典范的通俗化的新文学作品,他也因此蜚声海内,成为二十世纪四十年代中国文坛一颗耀眼的明星。下面,将结合前文所述赵树理的通俗化主张,对这两部作品的形式进行分析。

1. 说书体的叙述方式

《小二黑结婚》是赵树理第一部成熟的通俗化的作品。作品发表之初,在标题下标有"通俗故事"这样一条文体说明。其实,"故事"是低于"小说"的一个文类,多见于民间文学的分类法。① 很显然,作家如此标识,表明了他对新文学与通俗(民间)文学在形式上的一个自觉的取舍。赵树理曾经表示:"五

---

① 参见娄子匡、朱介凡编著:《五十年来的中国俗文学·导论》中的"俗文学的分类",台北:正中书局,1967 年,第6—18 页。

四以来的新小说……在农村中根本没有培活了；旧小说（包括鼓词在内）在历史上虽然统治着农民思想有年，造成了不小的恶果，但在十年战争中，已被炮火把它的影响冲淡了。"①相比之下，在民众中仍然有生命力的，便是可说可唱的通俗（民间）文学，如民间故事、评书之类。在他看来，"'故事''评书''小说'间没有严格的界限。例如用评书形式写成的《水浒传》，一向被称为'小说'；读了《水浒传》的人向没有读过的叙述起这书的内容来，就又变成了'说故事'。我写的东西，一向虽被列在小说里，但在我写的时候却有个想叫农村读者当作故事说的意图"②。所以，在相当程度上，赵树理的作品是可以当作讲故事或者说评书的脚本的。

这就无怪乎《小二黑结婚》一开始便从"刘家峧有两个神仙"讲起，将大大小小十一个故事，环环相套，娓娓道来；而人物也在各个故事中依次亮相，最后逐一交代归宿，整个故事有头有尾。与之相同，《李有才板话》也是从"阎家山有个李有才，外号叫'气不死'"讲起。据现存作品看来，赵树理最早使用这种方式来讲述故事是在 1933 年，而那篇小说的题目即为《有个人》，这三个字就直接取自小说开篇的首句"有个人姓宋名秉颖"。在很大程度上，"有个人如何如何"，几乎成为赵树理小说的经典开头。这里就姑且将之称为"说书体"。

很显然，赵树理的说书体与新小说的叙述方式不同，它没

---

① 赵树理：《艺术与农村》，见《赵树理全集》，第 4 卷，第 170 页。
② 赵树理：《卖烟叶》，见《赵树理全集》，第 2 卷，第 516 页。

有从中间讲起,再倒叙故事,也没有先描摹地理环境、历史情况,再徐徐进入主题,而是采取了评书讲故事的方法——开门见山,引人入胜。首先就将是什么人、在什么时间、什么地点、发生了什么事情交代清楚,使读者一看就懂,听众一听就明白。① 这样的写法,主要是由农工读者听故事的接受方式所决定的,因为新小说的写法只适合“看”,而完全不适合讲,也不适合听。

2.《小二黑结婚》中的“大团圆”

《小二黑结婚》成功的另一个原因,在于它实现了知识分子的启蒙理念(如反封建、反迷信、个性解放)与农民的传统价值观(如善恶有报、有情人终成眷属)的互译。这一翻译的完成,主要是通过小说的大团圆结局来实现的。

尽管《小二黑结婚》中的“大团圆”总是被视为新文学向旧文学的妥协,但赵树理本人并不接受这样的批评。相反,他从这批评中敏锐地发现了新文学对悲剧的教条化理解。他反唇相讥:“比如按照外国的公式,悲剧一定要死人,这个规律对中国是否适用呢? 有人说中国人不懂悲剧,我说中国人也许不懂悲剧,可是外国人也不懂团圆。”②在这里,赵树理所说的“外国人”只不过是一种修辞,一个虚指,他实际上批评的是那些对通俗文艺心存偏见,而对外国文学亦步亦趋的新文学作家。既然赵树理无意于向通俗文学妥协,那么他为什么将《小二黑

---

① 谭达先:《中国评书(评话)研究》,第55页。
② 赵树理:《从曲艺中吸取养料》,见《赵树理全集》,第4卷,第414页。

结婚》本事的悲剧结果改为喜剧结局呢?[①]赵树理解释说:"既然写反封建的东西,就应该给正面人物找下出路,照那个原来的结局,正面人物是被封建习惯吃了的,写出来不能指导青年和封建习惯作斗争的方向。可是当时是革命的初期,群众性的胜利,例子还不多,光明的萌芽,还仅仅是自上而下的支持着的,除了到上级去解决……没有想到其他的办法。所以才由区长、村长支持着弄了个大团圆。"[②]从赵树理的话中可以知道,在他眼中"大团圆"这种故事的模式并不完全是一种通俗故事的俗套,而是承担了一定的评价功能。它既可以为旧道德所用,也同样可以为新道德开路,关键在于作者用什么样的价值观去充实它。在《小二黑结婚》中,小二黑和小芹的自由恋爱的胜利,不仅是新政权给予每个贫苦农民关于个人幸福问题的许诺,同时也帮助听故事的人实现他们的心理投射。也就是说,让贫苦农民在想象中完成了善恶势力的斗争,代表"善"的小二黑和小芹战胜了代表"恶"(或者是"阻碍力量")的二诸葛、三仙姑、金旺兄弟,从而印证了永恒正义的胜利,而且,更为重要的是,这些故事不仅仅是民间传说,同时也是宣传品。作为宣传品,并不是说它的艺术价值必然就低,而是

---

①　小二黑的原型,民兵队长岳冬至因追求自由恋爱而得罪了村里的恶霸,惨遭杀害。该事的具体经过参见董均伦《赵树理怎样处理〈小二黑结婚〉的材料》一文,收入黄修己编:《赵树理研究资料》。

②　董均伦:《赵树理怎样处理〈小二黑结婚〉的材料》,见黄修己编:《赵树理研究资料》,第212页。

说,故事中的胜利许诺不再是文学幻想,而是有区长、村长等政府机构代表和解放区新的婚姻制度保证的真实图景。因此,赵树理的"大团圆"和中国戏曲"团圆之趣"虽然形式意味是一致的,但是,它既是现实中悲剧人物的反抗在文学中的继续,也是作家对新政权保障下农村反封建斗争的现实指导。可以说,《小二黑结婚》的大团圆结局对"才子佳人受磨难,奉旨成婚大团圆"的戏曲成规进行了创造性转化,这一转化实现了知识分子和农民之间不同价值观念的理解和沟通,同时回应了农民所面临的现实困境,并为他们指明了出路。

　　除了使用"大团圆"之外,在《小二黑结婚》中这样互译的例子俯拾皆是,比如,知识分子所斥责的迷信思想,被具体化为二诸葛和三仙姑嘴里振振有词的"不宜栽种""命相不对""前世姻缘"等;而农民头脑中的封建意识让他们对新政权和新价值观充满了误解,表现为二诸葛向区长求情时说的"恩典恩典",以及金旺称小二黑和小芹的自由恋爱为"勾引"和"奸情"。特别有意思的是,金旺使用"斗争"这个革命语汇来掩饰他对小二黑和小芹的欺压陷害,而恰恰是通过"斗争"与"陷害"这组本来不相等的观念的互译,作家举重若轻地揭露了革命斗争现实的复杂性。赵树理对于农民精神世界的准确把握,实在无出其右。

　　3.《李有才板话》中的"快板"

　　《李有才板话》是赵树理的第二部成功之作,尽管在今天,这个作品的文学史地位因其时代性和政治性的限制而有所下降,但在二十世纪四十年代,正是它给赵树理带来了全国性的知名度。①

　　《李有才板话》的魅力到底何在,可以引起如此的轰动?曾经在清华听课的闻山说,赵树理的作品使他看到了一个"崭新的世界",而农民已经不再是闰土,"他们是生活的主人"。② 这部作品不仅以解放区充满生机的现实生活吸引了国统区普通读者的目光,而且,它在形式上的创新也引起了左翼文坛主帅郭沫若和茅盾的极大兴趣。作为一个诗人,郭沫若对赵树理将"快板"与"诗"并举,将士大夫阶层的"诗话"文体挪用为民间村夫的"板话"文体的创造感到非常新奇,甚至认为丁玲的《我在霞村的时候》的手法比起赵树理的创作来说"是有逊色的"。③ 作为一位以长篇小说著称的作家,茅盾对《李有才板话》的赞美与郭沫若相比要克制得多,但他还是非常敏锐地指出了作家以"快板"入"小说"的匠心所在:"我们试一猜想,当这篇小说在农民群中朗诵的时候,这些'快板'对于听众情绪上将发生如何强烈的感应,便知道作者这一新鲜的手法不是没有深刻的用心的。"这恰恰是赵树理通俗化实践的形式突破

----

① 1946 年,在上海,《李有才板话》连续出版三版六千册,并销售一空;1947年,在香港,华夏书店出版赵树理的小说集《李有才板话》;在北京,朱自清在清华园的课堂上为学生讲解《李有才板话》。参见闻山:《中国大地的声音——怀念赵树理同志》,见高捷编:《回忆赵树理》,第 226 页。

② 闻山:《中国大地的声音——怀念赵树理同志》,见高捷编:《回忆赵树理》,第226 页。

③ 郭沫若:《〈板话〉及其他》,原载《文汇报》,1946 年 8 月 16 日,收入黄修己编:《赵树理研究资料》,第 175—176 页。

所在,即改变了新文学的传播方式,使其变为可讲唱的文本。因此,茅盾认为《李有才板话》标志了新文学"向大众化的前进的一步,这也是标志了进向民族形式的一步"。①

而快板入小说的意义还不仅于此。正如前文已提及的,《李有才板话》的叙述方式类似于评书的故事脚本。赵树理在这里使用的快板,其功能类似于评书中穿插的以韵文(诗歌、快板等)所写的赞赋(或称"赞咏")。在评书中,赞赋大致有两类,一为人物赞,用以夸赞人物的相貌、品质、本领等;一为物赋,用以写景状物。赞赋在文本中主要起一种修饰铺陈的作用,并具一定的评价性。② 但在《李有才板话》中,作家扩大了此类韵文的叙述功能,它不仅具有修饰性,而且具有说理性,并且改变了赞赋描写、抒情的性质,使其具有鲜明的讽刺意味,在很大程度上承担了现实主义文学的分析和批判任务。

在《李有才板话》中,快板有两种。一是对人物言行的评价,多在反面人物出场时使用,类似于传统评书中的人物赞。一是对事件性质的分析评论,这在评书中比较少见,姑且称之为事件评。

人物赞的相貌描写多以脸谱化的方式来表明作者对这类人物的批判。比如村长的儿子阎家祥的出场:

鬼映眼,阎家祥,

---

① 茅盾:《关于〈李有才板话〉》,见黄修己编:《赵树理研究资料》,第194页。
② 谭达先:《中国评书(评话)研究》,第158—163页。

眼睫毛,二寸长,

大腮蛋,塌鼻梁,

说句话儿眼皮忙。

两眼一忽闪,

肚里有主张,

强占三分理,

总要沾些光。

便宜占不足,

气得脸皮黄,

眼一挤,嘴一张,

好象母猪打哼哼!

　　大多数人物赞则基本没有相貌的描写,而是集中对人物进行评论。如村长阎恒元出场,主要揭露了他的假民主把戏:

村长阎恒元,一手遮住天,

自从有村长,一当十几年。

年年要投票,嘴说是改选,

选来又选去,还是阎恒元。

不如弄块板,刻个大名片,

每逢该投票,大家按一按,

人人省得写,年年不用换,

用他百把年,管保用不烂。

事件评,如《丈地》一节中的快板,通过描写"模范村"土改丈地的具体情形,揭露阎恒元为隐瞒田产面积所耍的阴谋:

> 丈地的,真奇怪,
>
> 七个人,不一块;
>
> 小林去割柴,桂英去拔菜,
>
> 老范、得贵去垒堰,家祥一旁乱指派,
>
> 只有恒元与广聚,核桃树底趁凉快,
>
> 芭蕉扇,水烟袋,
>
> 说说笑笑真不坏。
>
> 坐到小晌午,叫过家祥来,
>
> 三人一捏弄,家祥就写牌,
>
> 前后共算十亩半,木头牌子插两块。
>
> 这些鬼把戏,只能哄小孩;
>
> 从沟里到沟外,平地坡地都不坏,
>
> 一共算成三十亩,管保恒元他不卖![1]

这些快板使小说的主题和价值取向进一步明朗化,更为重要的是,它使文学作品在实际工作中具有高度的实用性。因为这些快板所涉及的问题源于现实,使用的是农民的语言,它不仅可以帮助农民理解政策,更可以帮助他们发表政见。

---

[1]　赵树理:《李有才板话》,见《赵树理全集》,第 2 卷,第 174、173—174、190 页。

事实上,《李有才板话》在解放区就是被当作土改教材来使用的。有研究者认为,这些讽刺性的快板"比任何描述更有力量,这主要是因为在这部作品所描写的阎家山的情况是中国大多数农村情况的缩影,稍加变动,到处都可以运用这些诗歌。这样,这些诗所起的作用就超越这本书的范围,成为老百姓共同的武器"。①

第二节 /"赵树理方向":多种文化趣味的平衡

由于《讲话》的公开发表,赵树理在通俗文艺改造运动上所取得的成绩,终于引起了新文学作家的普遍关注。仿佛一夜间,赵树理声名鹊起,从一个普通的新闻工作者突然跃升为根据地、解放区最著名的作家,他的作品甚至被誉为工农兵文艺的发展方向。

一、农民、文化人和共产党的干部间的趣味冲突

赵树理的通俗化探索首先赢得的并非是文化人的认可,而是来自民间,来自文化程度不高的农民和士兵的钟爱。1943 年 9 月,他的成名作《小二黑结婚》由华北新华书店出版,初版印四千册,次年 2 月延安新华书店再版,印五千册。而新

---

① ［捷］普实克:《写在赵树理〈李有才板话〉后面(节录)》,见黄修己编:《赵树理研究资料》,第 524 页。

文学能够在农民读者中取得这样的成功是前所未有的。当时太行山区约有千来万人口,绝大多数是农民。他们很少买文艺书,华北新华书店出版的文艺作品最多印两千册就达到饱和点,①而《小二黑结婚》则多次再版,仅在太行区就销行三四万册。② 而且一本书的传播范围,并不与其印刷数量完全对等,因为书籍还会在相熟的人群中流传,不仅在识字的读者中流传,还可以通过讲故事的方式在不识字者中流传。更加值得注意的是,该小说一经出版,就迅速被改编成戏曲,晋冀鲁豫根据地的各个职业或业余剧团立刻自发地把这个富有浓郁乡村生活气息的故事搬上了舞台。1943 年 10 月,由武乡光明剧团开始,许多职业剧团和业余剧团,如襄垣农村剧团、沁源绿茵剧团等,纷纷把《小二黑结婚》改编成各种戏曲演出。次年春节,仅在涉县一地就有河南店、南庄、桃城、索堡等村庄在上演该剧。③ 1944 年冬,在黎城县南委泉村举行了一次太行区最大规模的群英会,当时太行各地共十二个剧团汇集大会驻地,会场分两处,连续演出十四天,剧目五十八个,观众达八万人次,秧歌剧《小二黑结婚》就包括在其中。④ 由此可知,《小

---

① 参见苗培时:《〈小二黑结婚〉在太行山》,见黄修己编:《赵树理研究资料》,第 221 页。

② 杨献珍:《从太行文化人座谈会到赵树理的〈小二黑结婚〉出版》,见高捷编:《回忆赵树理》,第 208 页。

③ 苗培时:《〈小二黑结婚〉在太行山(节录)》,见黄修己编:《赵树理研究资料》,第 221 页。

④ 董大中:《赵树理年谱》(增订本),第 229、242 页。

二黑结婚》的出版,不仅大大突破了新文学作品在农村销售的纪录,而且它在农民、士兵读者中传播的广泛程度是相当惊人的。

有意思的是,农民对这个新文学作品的接受完全是自发的。据改编过《小二黑结婚》的张万一回忆,当时的演出"全是在农村的野场子里,既不兴卖票,也不用把门,谁来谁看,看了就走,不因首长来了使演出受到拘束,也不因原作者在场而使演员过分紧张,大家都一律平等地站在那里看戏,没有什么特殊接待"。① 农民观众正是在他们熟悉的环境中,像看旧戏一样,开始欣赏新文学作品,同时,也在潜移默化中接受了知识分子的启蒙。

特别值得一提的是,《小二黑结婚》对农民精神世界和现实生活产生了直接的影响。"小二黑"的故事有力地鼓舞农村青年为冲破封建枷锁,追求自由恋爱,实现个性解放而斗争。在上演过《小二黑结婚》的涉县河南店村,一个姓熊的姑娘冲破包办婚姻的枷锁,与她的婆家争取离婚,嫁给了她原来所爱的对象。同样演出过此戏的南庄村也出现了类似的事情。一个青年裁缝,爱上了隔壁村庄的一个童养媳,为了争取自由恋爱,摆脱封建婚姻,他们一起逃出家门,参加八路军。② 直到"文化大革命"时期,造反派要在赵树理的故乡尉迟大队开批

---

① 董大中:《赵树理年谱》(增订本),第229页。

② 这两个实例也是苗培时亲眼所见的。那个离婚的女人是他认识的,后来入党,到北京工作。那个童养媳就是他房东的养女。参见苗培时:《〈小二黑结婚〉在太行山(节录)》,见黄修已编:《赵树理研究资料》,第221页。

斗会,对当地农民进行诱导,让他们揭发赵树理的问题。当干部提到赵树理写的"毒草"《十里店》时,绝大多数农民表示并没有听说过这出戏;但一提到《小二黑结婚》,农民们依然交口称赞,称其为一出好戏。①

　　尽管赵树理的《小二黑结婚》受到了农民群众的热烈欢迎,边区文化人对这个作品却并不欣赏,因此它的出版就颇费周折,以至于要依靠八路军副总司令彭德怀的支持才得以出版。对这个问题,在第四章中会详细说明,此处不赘。在《小二黑结婚》出版后的几年中,它在文化人中的影响仍十分有限,不少知识分子对它心存排斥。赵树理的好友史纪言回忆,"记得我曾和一个同志说过《小二黑结婚》还不错,然而对方的回答,却是'赵树理对解放区的了解也很有限'"。② 还有些知识分子批评它是"低级的通俗故事","甚至当时太行区的一位知识分子出身的干部,看过小说后也摇头说:'这是海派!'"③如此评价,对新文学阵营中的赵树理来说,不可谓不严厉。可见赵树理的通俗化实践在知识分子中受到很大的阻力。

----

　　① 田培植、贾福和:《农民心目中的赵树理》,中条山有色金属公司七二一大学语文专业一九七八级师生编:《赵树理研究资料》,出版地缺,1979 年,第137 页。
　　② 史纪言:《文艺随笔》,中条山有色金属公司七二一大学语文专业一九七八级师生编:《赵树理研究资料》,第 66 页。
　　③ 杨献珍对此非常气愤,特上书邓小平,反映情况。参见杨献珍:《从太行文化人座谈会谈到赵树理的〈小二黑结婚〉出版》,见高捷编:《回忆赵树理》,第208 页。

　　事实也的确如此,赵树理以下里巴人为中心的通俗化主张在太行文艺界属于少数派。据与赵树理同在华北《新华日报》任职的编辑林火回忆:"关于新文艺问题,当时在报社主要有两种意见。有一部分同志认为新文艺应该以郭沫若、茅盾、巴金等知名作家的成功作品为标本,强调语言的科学化、文体的现代化,对明、清以来的通俗章回小说重视不够,瞧不起普通的群众性的文艺,认为太土气。主张这种意见的占多数。另有少数同志,以老赵、王春为主力,力主文艺应该通俗化、群众化、大众化,积极拥护鲁迅关于大众化的主张,认为茅盾、巴金等人的作品不够通俗化、大众化,认为另一部分同志的主张倾向于追求'洋'气,崇拜欧美外国文学。有时争论起来比较激烈,双方各执一词,谁也说服不了谁。"①

　　在农民与文化人的趣味冲突中,可以明显地看到,农民虽然支持赵树理,但是他们的文化地位十分低下,对新文学的发展很难形成有力的影响。事实上,根据地少数的文化精英才是新文学的真正主宰者,即便是在"大众化"的口号下,民众的文化取向仍然处于劣势,遭到文化精英的排斥和压抑。

　　然而,就在《小二黑结婚》在文化人中屡遭冷遇的同时,赵树理的另一部作品《李有才板话》却得到了边区文化干部的普遍推崇。这一点,从两书出版情况的比较中就可得到清楚的

---

① 韩冰野(林火):《赵树理在华北〈新华日报〉社——给董大中的复信》,见《赵树理研究文集》,中卷,第 415 页。

证明。

《小二黑结婚》最迟于 1943 年 5 月完成,经多方努力在四个月后出版。而《李有才板话》作于 1943 年 10 月,完成后在同年 12 月即作为"大众文艺小丛书"的第三种由新华书店出版,印数四千册。① 此后一个月,即 1944 年 1 月,赵树理的另一部拥军题材的剧本《两个世界》,也被编入该套丛书,作为"大众文艺小丛书之六"出版。相比之下,《小二黑结婚》出版在两书之前,却到 1944 年 2 月才作为"大众文艺小丛书之八"收入,这就再一次证明它在边区文化人心中的地位并不很高。然而,《李有才板话》的地位就完全不同,它所受到的礼遇是令人艳羡的。1946 年,该作品分别在《解放日报》(延安,中共中央机关报)、《晋绥日报》《群众》周刊(该杂志为中共主办的在国统区的公开理论刊物)等刊物上连载或转载。《解放日报》在连载的第一天(1946 年 6 月 26 日)还配发了冯牧的《人民文艺的杰出成果——推荐〈李有才板话〉》。《群众》周刊也在开始连

① 据国家图书馆目录,该馆藏有 1943 年 12 月延安新华书店和华北新华书店出版的两种版本的《李有才板话》,延安版标为"大众文艺小丛书之三",华北版标为"晋冀鲁豫边区文艺创作小丛书 3"。笔者在国图只见到 1943 年 12 月由新华书店(未说明是华北还是延安)出版的标为"大众文艺小丛书之三"的版本。赵树理研究专家董大中先生 2004 年 6 月 8 日给笔者的信中说:"太行区出版的图书,有时标华北新华书店,有时标新华书店,加'华北'二字者,是原韬奋书店(即三联书店),不加'华北'二字者,是赵树理和王春所在的华北新华书店。我印象中,当时延安对赵树理不像别的地方重视,直到 1945 年前后才开始介绍赵树理,包括转载赵树理的小说。《李有才板话》刚刚写出来延安就出版,不可能。……标'晋冀鲁豫边区文艺创作小丛书'的华北新华书店版,我没有见到。如有,那么这个书店是韬奋书店,不是新华书店(华北)。"

载之日(1946 年 9 月 29 日所出之第十二卷第十期)配发了茅盾的《关于〈李有才板话〉》。①

在上述对《小二黑结婚》和《李有才板话》的发表和出版情况的比较中,可明显感觉到,边区文化界对两部作品的重视程度差别很大。这种倾向在对两作品的评论中就表现得更突出。当时,除了苗培时(《华北文化》编辑)在《华北文化》(1943 年 10 月)上发表的第一篇专门评论《小二黑结婚》的题为《写了大众生活的文艺》的文章和周扬的《论赵树理的创作》之外,就再没有其他文章关注这部作品,充其量仅对它的畅销表示了惊叹。② 而评论《李有才板话》的规模要大得多,不仅有李大章、周扬、冯牧等共产党的文化领导,还有郭沫若、茅盾等身处国统区的最著名的左翼作家,他们都纷纷撰文评介《李有才板话》。由此可以推测,在二十世纪四十年代左翼文化人心中,《李有才板话》是比《小二黑结婚》更为理想的"大众化"作品。其实,这种偏向在关于《李有才板话》的首篇评论中就已相当清楚地表达出来。还在此书出版前一个月,林火就依据太行区党委宣传部意见,执笔作《介绍〈李有才板话〉》一文,后以李大章的名义,在《华北文化》二卷六期(1943 年 12 月)发表。在文章的开篇,作者写道:"接着《小二黑结婚》的写作,赵树理同志的新作《李有才板话》,在我们认为是比较更有收获的作品,

---

① 董大中:《赵树理年谱》(增订本),第231—232 页。

② 参见周扬:《论赵树理的创作》,茅盾:《关于〈李有才板话〉》,均收入黄修己编:《赵树理研究资料》。

较之前者,更有向读者介绍的价值。"①

　　然而,农民的趣味与文化干部和文化人的趣味都不相同。与精英所推崇的《李有才板话》相比,农民更加喜爱《小二黑结婚》。前文已述,1943 年 10 月,由武乡光明剧团开始,许多职业剧团和业余剧团纷纷把《小二黑结婚》改编成各种戏曲进行演出,有上党落子、上党梆子、中路梆子、武乡秧歌、襄垣秧歌以及歌剧。② 据统计,仅襄垣县秧歌剧团从二十世纪四十年代到八十年代("文革"十年除外)就共演出《小二黑结婚》四千场,也就是说,在三十年中,平均每三天就要演一场。③ 而目前的材料表明当时太行山区仅有襄垣农村剧团将《李有才板话》改编为秧歌剧,虽然在根据地的演出中获过奖,④却很少有材料证明它在农民中的受欢迎程度能与《小二黑结婚》匹敌。

二、政治标准介入通俗化实践

　　《李有才板话》之所以特别得到精英的垂青,是因为作品具有鲜明的政治性并对土改工作有现实指导意义。这一以政治评价代替文学评价的倾向在当时的评论中表现得相当明显。除了周扬的文章外,有关赵树理创作的评论并不怎么在

----

① 李大章:《介绍〈李有才板话〉》,见黄修己编:《赵树理研究资料》,第 169 页。

② 参见董大中:《赵树理年谱》(增订本),第 229 页。

③ 韩宏喜:《上演四十年　观众仍喜欢》,转引自董大中:《赵树理年谱》(增订本),第 230 页。

④ 参见董大中:《赵树理年谱》(增订本),第 297 页。

意作家在通俗化上的努力,倒是无一例外地强调了他作品的政治价值。即使在《小二黑结婚》这个阶级斗争意味非常淡薄的作品中,周扬仍特别强调了这个自由恋爱故事的"最关重要"之意义在于"讴歌农民对封建恶霸势力的胜利"。① 而《李有才板话》鲜明的政治色彩则充分满足了文化干部们的阅读期待。李大章这样介绍小说的内容:"这本小书……简约地写出了根据地的一个乡村生活——主要是政治生活的横断面。"并依据毛泽东《讲话》中论述的文学创作的纪律准则,从作家的阶级立场、描写阶级分析的观点和方法,以及作品的功利作用等方面对《李有才板话》做了全面的政治解读。② 可以说,李大章为《李有才板话》此后的评价定了基调。他已经透露出文艺干部对文学作品的特别要求,即对政治性的关注,相较而言,"恋爱结婚"那样的日常生活题材显然不及"分田丈地"这样的政治生活题材更符合干部们的期待。三年后(1946 年 8月 16 日),冯牧基本依照李大章的评价,称赞《李有才板话》是"最早地成功地反映了解放区农民翻身斗争的作品",并以小说中的老杨同志和章工作员的冲突,印证党在土改中的领导作用,肯定了深入群众的工作方法的成功,同时借此机会,贯彻整风运动指示,批评了主观主义和官僚作风。③ 同年 8 月 26

---

① 周扬:《论赵树理的创作》,见黄修己编:《赵树理研究资料》,第 178 页。

② 李大章:《介绍〈李有才板话〉》,见黄修己编:《赵树理研究资料》,第169—171 页。

③ 冯牧:《人民文艺的杰出成果——推荐〈李有才板话〉》,见黄修己编:《赵树理研究资料》,第 172 页。

日,周扬将赵树理的成功与毛泽东的《讲话》联系起来,认为这是"毛泽东文艺思想在创作实践上的胜利"。[①]

与此同时,在国统区,左翼文学的领军人物茅盾和郭沫若也对赵树理的小说进行了介绍和评论。他们同样更热衷于《李有才板话》而很少谈及《小二黑结婚》。在政治的肯定之外,他们对《李有才板话》的形式和风格也感到浓厚的兴趣。郭沫若自称是被赵树理小说中"新的天地,新的人物,新的感情,新的作风,新的文化""完全陶醉了"。[②] 茅盾也承认"《李有才板话》是一部新形式的小说(这是和章回体的《吕梁英雄传》不同的)",但同时又绕开了文学的评价,对赵树理的通俗化实践进行了政治性解读,称赞"作者是站在人民立场写这题材的,他的爱憎分明,情绪热烈,他是人民中的一员而不是旁观者",因而能写出如此"大众化"的作品来。[③]

最后,将赵树理的创作评价推向巅峰的是陈荒煤。1947年,他在晋冀鲁豫边区文联召开的文艺座谈会上对赵树理大加赞赏。会后,他作《向赵树理方向迈进》一文,提出"向赵树理方向迈进"的口号,明确指出"赵树理方向"即政治方向,表现为以下几点:第一,作品的内容和感情的政治性强,即写阶级斗争且爱憎分明;第二,作家之所以创造出民族形式,是因

---

① 周扬:《论赵树理的创作》,见黄修己编:《赵树理研究资料》,第189页。

② 郭沫若:《〈板话〉及其他》,见黄修己编:《赵树理研究资料》,第175—176页。

③ 茅盾:《关于〈李有才板话〉》,见黄修己编:《赵树理研究资料》,第193—194页。

为能够贯穿群众观点；第三，作品的价值在于体现了为人民服务的革命功利主义精神。①

从文艺界对《小二黑结婚》和《李有才板话》两篇小说的评价对比中，可以清楚地看到，后者之所以受到精英更多的关注，主要在于其具有更直接的政治价值和功利作用。与《小二黑结婚》相比，它更能体现"从实际调查研究出发"的特点。李大章和周扬都特别强调了《李有才板话》中的"丈地"情节对现实工作的指导意义，李大章还建议将其作为土改工作的参考资料来使用。事实上，《李有才板话》也的确发挥着这样的作用。它被列为干部学习的参考资料，并作为通俗文件，向农民宣传土改政策和斗争方法。②

尽管《李有才板话》的故事并不是传统通俗故事的题材，但由于与现实生活中的土改斗争这一重要工作的紧密联系，以及它特殊的传播方式，这个作品同样做到了家喻户晓。《李有才板话》的传播场所是会场，由干部向被组织起来的农民讲述；而《小二黑结婚》的传播场所是野戏台，农民完全是自发地来看戏。后者的接受完全由农民主导，自下而上地取得影响；而前者则是通过边区机关报和国统区的进步杂志的转载在干部和知识分子中逐渐扩大影响，再自上而下地向农工大众宣传，甚至需要赵树理亲自跟着剧团下乡指导演出，向农民讲解

---

① 陈荒煤：《向赵树理方向迈进》，《人民日报》，1947 年 8 月 10 日，第 2 版。
② 参见戴光中：《赵树理传》，第 206 页。

剧情。①

可以说,政治标准的介入使赵树理的通俗化实践被赋予了阶级启蒙、政治动员的社会价值,在这个意义上,他的通俗文艺改造运动回应了左翼文学大众化主张中对阶级性的强调,从而开始得到新文学作家的认同。但同时,赵树理的创作中的政治辩论气息渐浓,乡村的伦理观念改造和社会结构的变革被越来越紧密地结合起来,赵树理逐渐从一个土生土长的乡土作家和通俗作家向着更为激进的文学、政治与现实三者紧密交织的创作道路挺进了。②

三、"赵树理方向"对三种趣味的平衡

在《小二黑结婚》和《李有才板话》出版后,赵树理的通俗化实践日趋成熟。最明显的表现就是他开始调整自己的风格,力图使他的创作能够同时满足农民、知识分子和共产党的文化干部三方的不同要求。

1945年初,他创作了短篇小说《地板》。故事以说明减租减息政策的理据为中心,围绕"土地"与"劳动"的关系,在王老三和王老四兄弟这两位地主之间展开了减租减息法令与乡村

---

① 参见董大中:《赵树理年谱》(增订本),第241页。

② 黄修己先生从家庭伦理变迁和社会变革的复杂性两个方面对于赵树理小说进行了精辟的论述。这是二十世纪八十年代以来在去除政治评价后,最早对赵树理作品进行的较为客观全面的评价。参见黄修己:《赵树理评传》,南京:江苏人民出版社,1981年。另参黄修己:《赵树理研究》,太原:山西人民出版社,1985年。

经济情理之间的辩论。这个作品没有采用说书的叙事方法，而是跳过了说书人，直接由主人公现身说法，使用第一人称叙述，运用直接引语，整篇故事没有情节冲突，都是大段说理。这个带有明显的政治功用且有意忽略故事情节的作品于 1946年 4 月发表在太行文联编辑的《文艺杂志》上。这是赵树理第一次在文化人控制的解放区的杂志上发表作品。《地板》在赵树理的创作中绝对算不上精彩之作，但是，"它是赵树理从《小二黑结婚》到《李家庄的变迁》《邪不压正》等创作上的一个重要转折。这一转折的表征在于，赵树理在他的小说中，更加深刻地表述了他对中国政治的看法。……正是政治视角的有力介入，才最终造就赵树理小说的政治深刻性"。[①]《地板》的发表意味着赵树理通俗化实践向着解放区文艺主流积极靠近，他开始主动尝试在农民、知识分子的欣赏习惯和共产党的政策之间寻找一种平衡，一种更具包容性的表达方式。

1945 年末，赵树理全身心投入了中篇小说《李家庄的变迁》的创作。作家试图通过一个小村庄几十年的社会变迁和一个普通农民张铁锁的命运遭际来展现华北农民革命的历史与现实。这部具有史诗意味的作品的结构方式采用了他所擅长的长篇评书的写法，以张铁锁为线索人物，用章回小说故事连缀的方法展开叙述，在语言上则避免方言土语，尽量使用普

---

① 蔡翔：《革命/叙述：中国社会主义文学—文化想象（1949—1966）》，北京：北京大学出版社，2010 年，第 225 页。关于《地板》这一作品的重要意义，蔡翔先生在该书第五章中有精彩论述，本书不再重复。

通话,并运用典型化的创作手法,其风格非常接近现实主义的新文学作品。

特别值得注意的是,在这个作品中开始出现乡村政治动员会议的讲话场景。有关会议中知识分子与农民的融洽互动的描写,可以说在左翼文学众多的说理性文字中弥足珍贵。在赵树理之前,我们更多看到的是革命青年的会议情景,而赵树理则把农民接受现代民主教育的实况记录了下来。

比如牺盟会特派员小常动员农民救国。他和农民交流的场所就从代表乡村宗族势力的"庙里"转移到了铁锁家的门口,而那些被村长呵斥在庙门之外的看热闹的农民也都跟着聚集在了铁锁家门口,救国动员会就在一个走亲戚、看热闹的乡村生活图景里自然而然地展开了。因为这个章节并不为以往的评述所重视,本书愿意花一些篇幅,详细引用一下:

> 小常见人很多,便道:"就在外边坐吧!"说着就坐在门口的碾盘上。看的人挤了一碾道,妇女、小孩、老汉、老婆……什么人都有,有个孩子挤到碾盘上,悄悄在小常背后摸了摸他的皮带。冷元看见小毛也挤在人缝里,便故意向大家喊道:"都来吧! 这里的衙门浅!"大家都轰的一声笑起来,小常听了,暗暗佩服这个人的说话本领。铁锁悄悄向小常道:"这说话的就是冷元,就是我跟你说的那个好说冒失话的。"又见大家都推着冷元低声道:"去吧去吧!"大家一手接一手把他推到碾盘边,冷元向铁锁道:

"大家从前听你说，这位常先生很能讲话，都想叫你请常先生给我们讲讲话！"铁锁顺便向小常道："这就是冷元。"小常便向冷元握手相认。冷元又直接向小常道："常先生给我们讲讲话吧？"小常看见有这么多的人，也是个讲话的机会，只是他估量这些人都还没有吃过晚饭，若叫他们吃了饭再来，又怕打断他们听话的兴头，因此就决定只向他们讲一刻钟。主意已定，便回答冷元道："可以！咱们就谈一谈！"他看旁边有个簸米台，便算成讲台站上去。听话的人还没有鼓掌的习惯，见他站上去，彼此都小声说："悄悄！不要乱！听！"马上人都静下来……

在抗战动员的国家话语和普通农民发生关系之前，赵树理以白描手法刻画出了牺盟会特派员在与农民交往中带给乡村的全新民主作风。小常和农民的关系，不是在庙堂上居高临下摊派军饷，而是在农人场院里的熟人闲聊。农民见他不需要行礼，只用小孩子爬在他身后悄悄摸皮带的一处闲笔，就将这种自然亲近鲜活地展现出来；小常与冷元初见时"握手相认"的新礼仪，也表现出了尊重农民的民主作风；在小常受邀讲话时，他又照顾农民的生活习惯，只做十五分钟简短即兴讲话。赵树理不仅展现革命干部的民主气象，也注意发掘农民身上的革命性。比如，冷元说话的冒失，其实是农民身上反抗精神的表露。他被众人"一手接一手"推上前的白描笔法，非常传神地表达了群众对他的钦佩，以及农民之间无声的团结。另外,赵树理抓住了农民开会的行为细节,他们虽然还没有习得"鼓掌"这个现代会议礼仪,但是同样会以"悄悄! 不要乱! 听!"的互相嘱咐来表达对讲话者的尊重和诚意。

赵树理直接请小常在小说中说理,介绍牺盟会的救国主旨、牺盟会和其他的救国组织有什么不同、为什么要爱国等。真理成为小说直接言说的内容,有意思的是,读者在阅读中并不感到枯燥,因为小常的这些道理能够为农民所接受,并不仅仅因为语言通俗,更重要的是,这些道理从农民的实际利益出发,符合他们的人情经验。比如,他这样解释为什么农民不热心救国:

> 为什么大家都不干实事啦? 这有两个原因,就是大多数人,没有钱,没有权。没有钱,吃穿还顾不住,哪里还能救国? 象铁锁吧:你们看他那裤子上的窟窿! 抗日要紧,可是也不能说穿裤就不要紧,想动员他去抗日,总得先想法叫他有裤穿。没有权,看见国家大事不是自己的事,那里还有心思救国? 我对别人不熟悉,还说铁锁吧:他因为说了几句闲话,公家就关起他来做了一年多苦工。这个国家对他是这样,怎么能叫他爱这个国家呢? 本来一个国家,跟合伙开店一样,人人都是主人(1946年华北新华书店版"都是主人"作"都有股份",引者注),要是有几个人把这座店把持了,不承认大家是主人(1946年华北新华书店版"是主人"作"都是股东",引者注),大家还有

什么心思爱护这座店啦?

> 十五分钟的讲话结束了,大家特别听得清楚的就是有了裤子才能抗日,有了权才愿意救国……散了以后,彼此都说"人家认理就是很真","就是跟从前衙门派出那些人来说话不同"。①

我们可以清楚地看到,赵树理借小常之口,以铁锁的实际遭遇为实证,以情带理,将农民的抗日热情低迷的表象之下所掩藏的经济权益被剥夺、政治权力被侵害的社会不公的现实揭露出来,指出了战时中国社会动员不力的根本症结不在于农民没有文化,而在于严重的阶级压迫。同时,用"股份""股东"等经济合伙人的关系来翻译民主政体下国家和人民的平等互惠关系。在这里,小常的演讲最大的成功在于农民对他在情感上发生了认同——他说的话不同于"衙门派出那些人"。他站在农民立场上、贴着农民的经验,向农民解释新的政治理念对农民的切实利益。同时,又以传统章回小说的白描手法细致地向知识分子展现了在中国乡土社会推动民主政治的可能性。在赵树理的笔下,农民不再沉默,不再愚昧,他们的文化也不再是无价值的。他们以劳动自立,以行动发声,以反抗自强。

---

① 赵树理:《李家庄的变迁》,见《赵树理全集》,第 1 卷,第 302—305 页。

《李家庄的变迁》凭借它对农民、知识分子、共产党的文化干部三方文化取向的准确把握而赢得了一致的称赞。可以说,赵树理通俗化实践的成功,其实质就在于他找到了知识分子所要求的思想性、农民读者的审美习惯和共产党的文化干部的政治诉求三者之间的平衡点。

赵树理是解放区最著名的通俗化作家,甚至有人以为他的知名度仅在毛泽东和朱德之下。[①] 赵树理的名声意味着通俗文艺改造运动在农村的成功。其成功的根本原因在于他改变了新文学的叙述方式,使之由只适合案头阅读的文学,变成能够口头说唱的文学,大大拓展了新文学在民间的传播范围。同时,赵树理的通俗文艺改造,不仅为知识分子进入下层社会找到了路径,而且,也让新文学的启蒙诉求与通俗文学的娱乐、教化功能和共产党在抗战时期的政治宣传需要有机地结合起来,在旧道德与新思想间实现了不同价值体系的翻译。这一改变的显著效果就是实现了不同的文学形态、价值取向以及政治需求之间的平衡,这一平衡点的出现意味着三股文化力量和谐相处的可能。我们不应该把这种靠近的尝试简单地视作一种创作风格上的妥协,或者是迫于政治压力而牺牲文学性的无奈之举。这个平衡点的发现与其说是赵树理个人对于"大众化"形式难题的突破,不如说是左翼作家群体对阶

① [美]杰克·贝尔登:《中国震撼世界》,邱应觉等译,第109页。

级解放的理解的深化所带来的必然收获。正如蔡翔先生所言："中国革命对下层社会的解放，并不仅仅是政治或者经济的，它还包括了这一阶级的尊严。这一尊严经由'劳动'的主体性的辩论而获得实践可能……'劳动'的正当性的确立，首先在文化上，解放了下层社会，并获得相应的尊严。而离开尊严政治的支持，下层社会的主体性无法完全确立。……也是在这一意义上，中国革命就不仅仅是一场政治革命，同时也是文化革命。"①因此可以说，赵树理通俗文艺改造的成功，促成了解放区的各方文化力量合作互动局面的形成，为共产党最终取得革命的胜利创造了社会动员的文化基础。

第三节 / 知识分子与民间艺人的合作

　　通俗文艺改造运动能够使新文化和共产主义思想在民众中得到真正的普及，除了像赵树理这样的新文学作家的努力之外，还要依靠一个重要的农村文化媒介——民间艺人。
　　正如郭沫若所说，中国老百姓"习见常闻"的对象"并不是民间文艺本身，而是民间文艺的演出"，所以，通俗文艺改造运动对民间文艺的利用，不仅是利用民间文艺的语言、形式，实

---

　　①　蔡翔：《革命/叙述：中国社会主义文学—文化想象（1949—1966）》，第233页。

际上,其"主要契机"是"民间艺人的被利用"。[①] 在这个意义上,所谓知识分子向工农兵学习的体现之一就是要向民间艺人学习,更重要的是动员他们直接参加新文艺的创作和演出,利用他们精湛的技艺,以及他们对农民文化需求的了解,解决新文学与工农兵大众的隔阂,实现新文学的通俗化,提高作品的艺术感染力。同时,借助他们的表演,使负载宣传使命的新文艺作品在农村地区广泛传播。

然而,在以往的文学研究中,关于新文学作家如何在形式上借鉴通俗(民间)文艺的讨论虽已相当广泛且深入,但通俗文艺改造运动过程中知识分子与民间艺人合作的具体过程则很少涉及。民间艺人作为民众文化的载体和化身,他们在通俗文艺改造运动中所起的作用,正可说明民众对新文学,特别是解放区文学的直接参与和影响。

一、背景:知识分子对解放区民间艺人的学习

1942 年毛泽东《在延安文艺座谈会上的讲话》发表以后,延安展开了大规模的学习民间文艺的活动。实际上,对民间文艺的学习早在中央苏区时期就开始了。1929 年,毛泽东在古田会议的《决议》中就指出:根据教育士兵和发动群众的需要,必须重视文艺形式的运用,要把各级政治部的艺术股充实

[①] 郭沫若:《"民族形式"商兑》,见徐迺翔编:《文学的"民族形式"讨论资料》,第 323 页。

起来,开展演戏、打花鼓、出壁报、收集和编写革命歌谣等活动。当时,苏区文学中成绩最大的就是革命歌谣,其中有相当一部分是民间歌手根据民谣、山歌和民间小调改作的。此外,还有不少短小的剧目,也以民间形式的采茶戏、花鼓戏、大鼓词居多。① 当红军到达陕北后,也开展过民间文艺活动。1938年,柯仲平创办了民众剧团,在他的领导下,戏剧家马健翎创作了《查路条》《好男儿》《拿台刘》《一条路》等轰动一时的秦腔新作。② 不过,对民间文艺大规模的采风和学习,仍然是在《讲话》发表以后。诗人李季就是受到毛泽东的启发,在1942年冬天下乡,到陕北民歌"顺天游"(又名"信天游")的故乡三边去收集民歌的。③ 延安鲁迅艺术学院(以下简称"鲁艺")也差不多在这个时候开始转向对陕北秧歌的学习和改造。④ 1943年春节,鲁艺以《兄妹开荒》(王大化等编剧,安波作曲)、《刘二起家》(丁毅编剧)为先声,掀起延安秧歌剧运动的热潮。据统计,从1943年春节至1944年上半年,仅一年多的时间里,延安

---

① 刘增杰主编:《中国解放区文学史》,开封:河南大学出版社,1988年,第17—22页。

② 参见刘锦满:《柯仲平与边区剧运》,《新文学史料》,1989年第4期,第120页。

③ 李季:《我是怎样学习民歌的》,《文艺报》,第一卷第六期,1949年12月10日,第7页。

④ 陕北秧歌(又称"闹红火"),流行于陕西榆林、延安、绥德、米脂等地,是深受农民喜爱的民间歌舞艺术形式,主要在春节时由村民表演。内容以逗乐、取笑、祈福、消灾为主。参见中国艺术研究院舞蹈研究所、《中国舞蹈词典》编辑部编:《中国舞蹈词典》,"陕北秧歌"条释义,北京:文化艺术出版社,1994年,第345页。

就创作并演出了三百多个秧歌剧,观众达到八百万人次。①

　　新秧歌剧受到农民广泛欢迎,与民间艺人的参与有很大关系。1944 年,陕甘宁边区召开陕甘宁边区文教大会,授予多位民间艺人"劳动英雄"称号,如南仓社火艺人刘志仁、郿鄠戏艺人李卜、民间诗人孙万福、木匠出身的民间歌手汪庭有、练子嘴(急口令)艺人拓开科等。在这次大会上,说书艺人韩起祥也被作为典型加以介绍。② 在这些民间艺人中,对秧歌剧有直接贡献的就是刘志仁和李卜。

　　刘志仁是陕西关中地区新宁县南仓村的著名社火艺人。③他不仅是一位出色的艺术家,还是一位农民知识分子。他会创作唱本、导演新戏,因而成为当地社火表演的领军人物。④早在 1937 年,他就自发地根据边区的现实生活对旧秧歌进行

---

　　① 《延安文艺丛书》编委会:《秧歌剧卷·前言》,见《延安文艺丛书》第七卷,长沙:湖南人民出版社,1985 年,第 2 页。

　　② 《解放日报》在 1943 年至 1944 年间对于边区艺人的事迹做了很多介绍,关于上述艺人的情况的文章,可参见周扬、萧三、艾青等:《民间艺术和艺人》,出版地缺:东北书店印行,1946 年。

　　③ 社火,西北地区祭祀社神(土地)和火神的民间娱乐形式。有秧歌、锣鼓、车船、武技、灯火、阁跷等多种表演形式。南仓社火主要包括秧歌和跑故事两种形式:秧歌即表演开场时垫场子唱的吉利话;跑故事类似于短小的舞剧,分为地故事和马故事,演员都需要穿戏装,以舞蹈的形式表演传统戏曲中的一个小故事,区别在于前者是在平地上表演,后者是骑在马上表演。参见陕甘宁边区文教会艺术组:《刘志仁和南仓社火》,原载《解放日报》,1944 年 10 月 24 日,第 4 版。另见周扬等:《民间艺术和艺人》,第 3 页。

　　④ 据《刘志仁和南仓社火》一文介绍,刘志仁小时读过四年私塾和三个月的"国语学校",能够看群众报,自己写歌词。见周扬等:《民间艺术和艺人》,第 8 页。

改造,创作了很多新唱本,并带领他的社火班子在全县演出。他的第一个新秧歌《张九才造反》因为唱出南仓当地农民对军阀的仇恨,获得很大的成功。1939 年后,在边区文艺工作者的支持下,他的创作题材更为广泛,并随着时事的变化,积极增加新的剧目。自 1939 年到 1942 年间,他自己创作、导演了《捉汉奸》《放脚》《开荒》《锄草》等几个新秧歌。其中的《捉汉奸》一剧深受农民欢迎,每每演出完了还被观众拦住要求重新演一遍。① 除了自己创作外,刘志仁还积极演出文艺工作者提供的新剧本。1939 到 1942 年间,他排演了新秧歌剧二十余出,内容相当丰富,既有关于战事报道的演出,如《九一八》《芦沟桥》《百团大战》;也有破除陋习、进行思想启蒙的节目,如《放脚》《读书识字》;还有更多的关于政策解说、政治动员的剧目,如《新阶段》《新开荒》《救国公粮》《生产运动》《边区好政府》《二流子》等。② 除了内容的更新外,刘志仁也热衷形式的改革。他改良了南仓社火重故事、轻秧歌的局面,在秧歌中加入了合唱、舞蹈(扭花)等新形式,使表演更丰富、更活泼,还在以舞蹈为主的故事中加入了更多歌唱的成分,他的改革被称为"新故事"。正如延安的文艺工作者所说的,刘志仁的新故事

---

① 参见陕甘宁边区文教会艺术组:《刘志仁和南仓社火》,见周扬等:《民间艺术和艺人》,第 4 页。
② 参见陕甘宁边区文教会艺术组:《刘志仁和南仓社火》,见周扬等:《民间艺术和艺人》,第 3 页。

已经具备了新秧歌剧的雏形。① 换个角度看,正因为民间艺人已经自觉展开了对旧形式的改造,知识分子的新秧歌剧才有可能得到农民观众的接受。

刘志仁不仅改造旧秧歌,也对新秧歌进行通俗化的改编。他根据当地农民的语言、文化习惯和音乐传统,将剧本中听不懂的词或不熟悉的人名、地名换成当地农民熟知的,把不合韵的字句改成押韵的;对于音乐家作的新歌曲,也不盲从,常常只选用当地农民熟悉的《珍珠倒卷帘》《张生戏莺莺》《绣荷包》等传统曲调表演新剧,对于他认为"群众一定会喜欢"的新歌,如《骑白马挂洋枪调》,他也积极学习。可见,一个有文化、有一定政治觉悟的民间艺人,不仅可以独立进行新文艺的创作,而且有能力对精英提供给民众的作品进行处理和选择。经过民间艺人的改编,新文艺作品在演出中不仅更加通俗化和艺术化,而且大大增强了宣传的针对性。

民间艺人的另外一个作用在于可以通过文教活动对民众社会进行改造。南仓村的男村民大半参加了社火演出,女村民都学会了新秧歌,由于有了正当的娱乐,南仓村"几年来消灭了抽烟、酗酒、赌博、打锤(即斗殴,引者注)等不良现象"。并且,在刘志仁的推动下,南仓村办起了妇女半日校、民办小学、黑板报,连邻村的孩子都到这里来读书,一个民间艺人的

---

① 参见陕甘宁边区文教会艺术组:《刘志仁和南仓社火》,见周扬等:《民间艺术和艺人》,第4页。

社会影响力可见一斑。刘志仁本人也被吸收入党。他历年来都被群众选举为村主任、拥军代表、锄奸委员、评判委员会的仲裁员和乡参议员。[①] 他高超的艺术才能和思想觉悟，都使其成为最理想的共产党文化运动的宣传员。

另外一位对秧歌剧有很大贡献的民间艺人是李卜。李卜生于 1890 年，祖籍山西运城，是著名的郿鄠戏艺人，会唱一百多种调子，因不堪军阀欺压，逃出戏班，除了春节闹秧歌之外，不再公开表演。1940 年冬天，当李卜混在人群中观看民众剧团的新秦腔时，认识了民众剧团的团长柯仲平。作为民间艺人，李卜对民众剧团的演出提出自己的意见："戏是好戏，这是新戏旧演。劝人打日本，做好人嘛，唱工把式差次点，没啥。要是改唱郿鄠就更好，郿鄠吐音清楚，更听得真嘛。"[②]作为"知识分子向群众学习"的表率，柯仲平对民间艺人李卜非常尊重和爱护，称其是"军中一员大将"。为了让李卜能够参加民众剧团，柯仲平不仅给了他安家费，还亲自到县委和李卜家中为其解决生产、生活问题。[③] 甚至对于李卜吸食鸦片的习惯，柯仲平也没有当面批评过，只从旁劝说。在柯仲平的盛情邀请和妥善安排下，李卜加入民众剧团，不仅担任唱腔和做功的指

<hr/>

① 参见陕甘宁边区文教会艺术组：《刘志仁和南仓社火》，见周扬等：《民间艺术和艺人》，第 7—8 页。

② 丁玲：《民间艺人李卜》，原载《解放日报》，1944 年 10 月 30 日，第 4 版，见周扬等：《民间艺术和艺人》，第 12 页。

③ 参见刘锦满：《柯仲平与边区剧运》，《新文学史料》，1989 年第 4 期，第 122 页。

导,有时还亲自上场演出,吸引了很多观众。根据丁玲观察,
李卜加入民众剧团后,"民众剧团的技术因为他更加提高
了"。① 而有延安的"莎士比亚"之称的戏剧家马健翎也尊李卜
为师,跟他学习郿鄠调,以之为基础创作了著名的《十二把镰
刀》和《两亲家》两个新剧本,鲁艺的音乐家马可、安波、张鲁也
来向李卜学习,利用郿鄠调大大丰富了新秧歌剧的音乐。②

　　但是,知识分子和民间艺人间的合作并不都像柯仲平和
李卜这样融洽。鲁艺副院长沙可夫就抱怨说:"改造旧艺人和
改造小资产阶级一样,是比较长期艰苦的工作。"③并且他承
认,文艺工作者在对民间艺人进行改造时,曾采取过一些不恰
当的手段,比如让他们参加军事训练,并禁止他们吸烟。民间
艺人李卜也因为吸食鸦片而遭到鄙视,他因此戒烟了。④ 但
是,大多数艺人并不能做到李卜这样,于是,文艺工作者只好
改变方针,提出"思想上要严些,生活上要宽些"的改造策略,
从技术入手,帮助民间艺人提高思想觉悟。虽然沙可夫称,知
识分子与民间艺人克服了各种困难,最终在工作中实现了很

---

　　① 丁玲:《民间艺人李卜》,见周扬等:《民间艺术和艺人》,第14页。
　　② 任国保:《李卜与眉户剧》,《延安文艺研究》,1986年第3期,第57—
58页。
　　③ 沙可夫:《华北农村戏剧运动和民间艺术改造工作》,见中华全国文学艺
术工作者代表大会宣传处编:《中华全国文学艺术工作者代表大会纪念文集》,北
京:新华书店,1950年,第358页。
　　④ 丁玲:《民间艺人李卜》,见周扬等:《民间艺术和艺人》,第13、15页。

好的结合，①但实际情况是否如此呢？知识分子与民间艺人如何在工作中结合？他们的相互关系是怎样的？民间艺人又能够在多大程度上影响通俗文艺改造运动？

限于资料的缺乏，目前无法得知刘志仁与知识分子合作的情况，加之笔者对于戏曲音乐知识的匮乏，也无法判断李卜对新秧歌剧音乐的影响到底有多大。因此为了回答上述问题，只好以材料相对丰富的改造说书运动中，说书艺人韩起祥与文艺工作者林山等人所组成的说书组之间的合作为例，来做进一步的说明。

二、个案：改造说书运动中说书艺人韩起祥与知识分子的合作②

说书，是一项古老的民间说唱艺术，在民众的日常文化生活中非常普及，因此一直为政治家所重视。利用说书艺术和说书艺人进行政治宣传的情况自古有之。明代著名说书艺人柳敬亭就曾在军中说书，还充当幕僚。③清军入关后，为了消除人民敌意、巩固政权，清政府即以说书的形式"宣讲圣谕"，推行社会教育，并且规定"在全国各地城乡，每月朔望宣讲，引

---

① 参见沙可夫：《华北农村戏剧运动和民间艺术改造工作》，第357—359页。

② 本问题的讨论参考了洪长泰先生的《改造盲书匠：韩起祥与中国共产党的说书运动》一文的内容及观点，特此致谢。参见［美］洪长泰：《新文化史与中国政治》，第五章。

③ 参见娄子匡、朱介凡编著：《五十年来的中国俗文学》，第231—234页。

证古今事迹,务求感动人心,广行教化"。此一活动被简称为
"宣讲","宣"为宣唱,"讲"是讲说,俗谓之"讲善书"。"其性质
及应用类似宗教性的'宝卷',取证日常生活,出诸说书方式,
引古例今,述事说理,在社会教育的需要,其道德价值掩盖文
学价值。""严格说来,宣讲非属俗文学,只以其是依循俗文学
的形式,其讲述故事,在动情说理,深入民间。"鉴于说书对民
众的巨大影响力,清代统治者一直十分重视这一活动。自顺
治到宣统,宣讲一直都被视为学政大事,常有诏议提示。康熙
还颁布过"圣谕"十六条,要求乡间在每次宣讲时都要恭读。
这一风俗对民间的影响很大,直到 1931 年,南北各地城乡夏
季讲善书,仍将"圣谕"请出,由前清有功名的人担任宣讲。①

　　除了政治宣传之外,说书对于开启民智也有很大好处。
因此知识分子对说书也十分看重。在 1932 年文艺大众化运
动中,寒生就提出组织"说书队运动",利用新的评话说书,在
茶馆、老虎灶、露天坝等民众经常活动的地方进行思想启蒙。②
平民教育家陶行知在南京开展平民识字运动时,曾组织五十
多位说书艺人向民众宣传识字的重要性。在乡村教育运动
中,他也曾采用说书形式,在为农民开办的供其休息娱乐的茶
园中,组织晓庄师范的师生轮流说书,为农民讲解时事新闻、
卫生常识,以期寓教于乐,联系群众,传播文化,移风易俗,改

---

　　① 参见娄子匡、朱介凡编著:《五十年来的中国俗文学》,第 253—256 页。
　　② 寒生:《文艺大众化与大众文艺》,原载《北斗》2 卷 3、4 合刊,1932 年 7
月,见文振庭编:《文艺大众化问题讨论资料》,第 98 页。

造社会。①

　　相比之下，共产党对说书艺术的重视则比较晚。据作家林山回忆，直到 1944 年边区文教大会后，党的文艺干部才开始从事对陕北说书的改造工作。② 改造说书没有受到特别重视，并不是因为此项艺术在华北农村不流行，恰恰相反，据林山在陕北的不完全统计，延长和延川两县各有十多个书匠，而这里尚非说书最流行的地区，在清西、米脂、绥德、葭县，说书的风气更盛，仅绥德一地就有书匠九十人。经过调查，林山指出，与秧歌相比，说书的好处在于流动性强，演出更经常，无论平常还是节日都可进行。而且说书表演所需要的人力和物力非常俭省，最简单的情况，只需一个艺人，一把三弦(或琵琶)，在任何地方都可演出。加之说书表演的收费很低，因此表演的场次就特别多，否则艺人无法维持生活。并且说书唱本与章回小说、戏曲本子一样，是华北农民中最流行三种通俗文艺读物之一。③ 由此可知，说书是陕北农村非常流行的一项文化活动，它所具有的宣传力度和对农民的影响力并不下于秧歌，而且对于贫困的农民而言，"简单的说书形式，在某种程度上说，是比秧歌更为适宜农民需要的"。④

---

　　① 朱泽甫编著:《陶行知年谱》，第 135 页。
　　② 林山:《改造说书》，原载《解放日报》，1945 年 8 月 5 日，第 4 版。另见周扬等:《民间艺术和艺人》，第 48、51 页。
　　③ 参见林山:《改造说书》；见周扬等:《民间艺术和艺人》，第 46—47 页。
　　④ 周而复:《后记》，见韩起祥:《刘巧团圆》，香港:海洋书屋，1947 年，第 140 页。

为了夺取说书这一宣传阵地,1945 年,陕甘宁边区文协正式成立说书组,委派林山负责。但是,说书组的经济条件和人员配备都不充足,当时只有林山、陈明和安波三人,而且安波还被安排了其他更主要的工作。① 至于作家柯蓝、诗人高敏夫、作家王宗元、戏剧家程士荣,都是后来加入的。② 同年春夏之交,诗人贺敬之发现了说书艺人韩起祥,并把他带到鲁艺,会见了音乐家吕骥、马可、安波,韩起祥的才华得到文艺工作者的赏识。③ 正是由于韩起祥的加入,"新说书运动在短短的时间内(不到二年),就遍及陕甘宁边区"④。

与前文提到的两位民间艺人刘志仁和李卜相比,韩起祥具备类似的身世和同样高超的艺术造诣。他生于 1915 年,陕西横山县人,幼年因患天花病双目失明。由于家庭贫困,父母双亡,他十三岁时外出拜师学艺,十四岁即登台演出。他的记忆力很惊人,会说七十多部中、长篇的书,会弹奏五十多种民间小曲,能唱许多民间小调,还能够自己编写新书。但本书对他特别关注,是因为他具备刘、李二人所无的优势:第一,从 1945 年到 1947 年,他一直参与说书组的工作,并且与他合作

---

① 参见林山:《略谈陕北的改造说书》,《文艺报》,第一卷第八期,1949 年 6 月 23 日。

② 参见龙东仁:《从延安到陇东——程士荣访问记》,《延安文艺研究》,1986 年第 3 期,第 49 页。

③ 参见胡孟祥整理:《为人民艺术家立传——贺敬之谈著名曲艺家韩起祥》,《曲艺》,1989 年第 10 期,第 5 页。另见林山:《略谈陕北的改造说书》。

④ 林山:《盲艺人韩起祥》,见钟敬文编:《民间文艺新论集》,北京:北京师范大学出版社,1951 年,第 157 页。

的知识分子非常多,如林山、陈明、安波、柯蓝、高敏夫、程士荣、王琳、龙白等;第二,他的创作对新文学史产生了影响。韩起祥是个多产作家,在1944年到1947年间,他创作了二十余部新书,被誉为"说书英雄"。[①] 1949年后,韩起祥当选为第一次文代会代表,还担任过中国曲艺研究会副主席,与贺敬之、老舍、赵树理、王亚平等很多著名新文学作家都有交往。他所创作的《刘巧团圆》《张玉兰参加选举会》《王丕勤走南路》和《宜川大胜利》四篇书目还被收入"中国人民文艺丛书",以《刘巧团圆》为题,结集出版。中国评剧院把《刘巧团圆》改编为评剧电影《刘巧儿》,由著名评剧演员新凤霞主演,成为家喻户晓的新文艺作品。[②]

那么,韩起祥与知识分子是如何结合起来的?知识分子对民间文艺的改造又是怎样入手的呢?林山认为,改造说书的中心环节不是知识分子写新书,而是改造旧书匠。对于旧说书艺人的改造,应该从个别入手,搞出成绩后,再将其他旧艺人组织起来,办培训班,集中训练,利用他们的"竞争心"和"颇重视法令"的胆怯心理进行新书的普及,以形成一种运动。[③] 在这个运动中,文教工作者和知识分子要积极配合,帮助艺人创作新书,主要从事三方面的工作:第一是记录、整理、

---

① 柯仲平:《把我们的文艺工作提高一步》,见中华全国文学艺术工作者代表大会宣传处编:《中华全国文学艺术工作者代表大会纪念文集》,第300页。

② 参见胡孟祥:《韩起祥年谱》,见胡孟祥:《韩起祥评传》,北京:中国民间文艺出版社,1989年,第273—280页。

③ 林山:《改造说书》,见周扬等:《民间艺术和艺人》,第55页。

选择书匠的口头创作,第二是发动知识分子与艺人合作,第三是改编旧说书。① 林山即根据这个方针,以韩起祥为对象,开始了改造说书的试验。他说:

> 我们以韩起祥为对象,决心把他培养成一个典型,对他的思想、生活、创作才能、演唱技术,在群众和说书人中的影响,以至他的生活习惯、兴趣等等,进行了深入的具体的研究,采用各种方式,先和他把关系搞好,然后根据他可能接受的程度,从日常的接触中,从帮助他创作的过程中,一点一滴的提高他的政治文化水准和创作方法。

> 他的认识逐渐提高了,把改造说书看成自己的事了,我们就用他来带头,帮助我们在延安试办一次小小的说书训练班……"现身说法"……效果大得多了。因为第一,他本身就是一个民间艺人,他的话,民间艺人很相信。第二,他的新书和技艺都相当高,民间艺人很佩服。……第三,他教授新书的方法适合民间艺人的习惯。②

从林山的方针中,可以发现一个有趣的现象,即改造说书不同于改造秧歌,艺人具有较大的主动性,知识分子主要起辅助作用。之所以出现这种情况,并不是由于知识分子主动地将他

---

① 林山:《改造说书》,见周扬等:《民间艺术和艺人》,第57页。
② 林山:《略谈陕北的改造说书》,《文艺报》,第一卷第八期,1949 年 6 月 23 日。

们的文化权利让渡给艺人,而是与说书这种特定的表演艺术有关。因为说书是口传文学,它的演出版本并不固定,很多内容都是艺人临时发挥的,因此艺人不仅是表演者,也是创作者,甚至还是导演者。所以,相对于其他艺术而言,说书艺人的创作自主性比较大。①

但是,不能因此就认为新书基本是民间艺人自己的创作,在对韩起祥的改造中,知识分子起到了非常重要的监督和引导作用。这种影响,首先表现在思想上,韩起祥回忆说:

> 我每一回说书,发现好句子他们就记下来;有错误,他们就告诉我那些说错了,为什么是错误。在路上走的时候,同志们就给我读文件,给我讲解政策精神和革命道理。我是个农民,好些事情听也没听过,见也没见过,对于党的政策,有的一时还解不开,想不通……同志们帮助我学了一些革命道理,提高了我的政治思想觉悟。②

在艺术上,知识分子也直接参与韩起祥的创作,程士荣(《张玉兰参加选举会》的记录者)曾回忆:"通常由他(指韩起祥)构思先说出押韵的说段作为初稿,他说时我记录,说毕后我整理修改为定稿,然后我念他听,记熟了演出。"虽然知识分

---

① 参见林山:《盲艺人韩起祥》,见钟敬文:《民间文艺新论集》,第163页。
② 韩起祥口述,黄桂华整理:《没有共产党就没有我韩起祥》,《延河》,1959年10月,第57页。

子的任务主要是记录,但是,程士荣强调"'记'不单是记录,还包括加工修改"①。这样合作的作品很多,最早的是和林山合作的《张家庄祈雨》,后来还有程士荣记录的《张玉兰参加选举会》,与王宗元合作的《时事传》等,其中最著名的《刘巧团圆》也是在高敏大的帮助下完成的,并且前后修改了十三次,历时半年。②

正如洪长泰先生所评价的,"从政治和宣传的角度来看,这种合作是极为理想的,因为它终于实现了结合精英和群众的梦想。但事实上……知识分子在这个结合中,一开始已担任了监督的角色去领导民间艺人"③。那么,在合作中,韩起祥与知识分子的关系又是如何的呢?

1945 年 10 月,韩起祥在说书训练班上"现身说法",对其他旧艺人诉说自己接受改造后的感受时,有这样的诗句:"旧社会有钱人骂咱是穷瞎汉,三教九流咱属最底层!""多亏有了共产党,过去的穷瞎汉成了先生。……文协、鲁艺把咱请,'下里巴人'今胜昔,大雅之堂咱逞能! ……俺要饭的盲娃当了典型。"④根据现有材料无法判断这些唱词是不是韩起祥自己所作的,但是,从其他旁证中,可以证明韩起祥感到自己在说书

---

① 龙东仁:《从延安到陇东——程士荣访问记》,《延安文艺研究》,1986 年第 3 期,第 49 页。

② 胡孟祥:《韩起祥评传》,第 94 页。

③ [美]洪长泰:《新文化史与中国政治》,第 166 页。

④ 胡孟祥:《韩起祥评传》,第 118—119 页。

组中得到了很大尊重。当时说书组的成员都称他为"韩先生",①并且,为了他的安全,每次下乡都有干部陪他一起去,最长的一次,历时三个月,行程上千里。② 而且,从现在所存的知识分子所写的关于韩起祥的文章中,几乎都可看到对他艺术才华的由衷赞美。林山称韩起祥是"多产作家",③陈明称他为中国的"荷马"。④ 曾经看过韩起祥表演的傅克,用了一整篇文章描写韩起祥技艺的精湛,说他一个人的表演,"俨然是一小队乐手的合奏"。⑤ 贺敬之承认,除了政治原因外,他本人对韩的艺术才华也非常"倾倒"。⑥

但是,这并不意味着知识分子能够完全接受韩起祥。在意识形态上,身为启蒙者和无产阶级先锋的解放区知识分子对民间艺人的鄙视是很难克服的。林山就曾抱怨,韩起祥在思想上虽然起了转变,但"旧社会对他的影响太深了……他的思想中还存留着许多落后的东西"⑦。这种落后一方面表现在韩起祥所表演的传统书目中,它们包含了很多封建毒素,不是

---

①　龙东仁:《从延安到陇东——程士荣访问记》,《延安文艺研究》,1986 年第 3 期,第 49 页。

②　林山、柯蓝、王琳(柯蓝的妻子)都曾陪韩起祥下乡。参见胡孟祥:《韩起祥评传》,第 79—82 页。

③　林山:《改造说书》,见周扬等:《民间艺术和艺人》,第 53 页。

④　陈明说:"当我坐在说书人韩起祥身边听他演唱刘志丹时,我的确是起了荷马的感觉。"参见胡孟祥:《韩起祥评传》,第 235 页。

⑤　傅克:《记说书人韩起祥》,《解放日报》,1948 年 8 月 5 日,第 4 版。

⑥　参见胡孟祥整理:《为人民艺术家立传——贺敬之谈著名曲艺家韩起祥》,《曲艺》,1989 年第 10 期,第 6 页。

⑦　林山:《盲艺人韩起祥》,见钟敬文编:《民间文艺新论集》,第 161 页。

贪图富贵(《摇钱记》),就是宣扬迷信(《张七姐下凡》);不是鼓吹封建纲常,就是表现低级趣味,如"奸臣害忠良,相公招姑娘"等。韩起祥的落后,还因为他曾经从事算命等迷信活动。柯蓝认为旧艺人很顽固,他说:"最早我们对旧艺人还估计不足,除了说书,他们还搞些迷信活动、算命。不让他们搞不行,因为他们生活困难。后来我们就说,你算命,最好讲些鼓励人们的话,不要说大灾大难,而讲些大吉大利,鼓励大家搞好生产。"①因此,在"反巫神运动"中,延安县政府曾经取缔过说书。而韩起祥的转变就是从这个时候开始的。迫于生计,他来到政府请求允许他说书,得知旧说书被禁止后,他同意表演新书。② 对于韩起祥想参加革命工作的要求,县政府的工作人员并没有怎样重视。他们把他介绍给贺敬之时,轻蔑地称他为"算命先生"。③ 从这些细节中,可以明显地感到,知识分子和民间艺人在思想上的隔阂并未能够通过互相学习而真正消除。事实上,他们固有的精英文化立场也很难让他们真正意识到民间艺术的价值。他们从事民间文艺工作的目的,主要是根据《讲话》的精神,使之成为政治宣传的武器。因此,林山

---

① 柯蓝:《延安生活与我所喜爱的通俗文学》,《延安文艺研究》,1991 年 3 期,第 62 页。

② 林山:《盲艺人韩起祥》,见钟敬文编:《民间文艺新论集》,第 160、162 页。

③ 参见胡孟祥整理:《为人民艺术家立传——贺敬之谈著名曲艺家韩起祥》,《曲艺》,1989 年第 10 期,第 6 页。

非常满意韩起祥能够了解说书的目的是"一段一段宣传人"，能够认识到说书的目的是"把新社会的好事编出来，下乡去劝善，去感化人！为老百姓工作！"①另外值得引起注意的是，上述事实还从一个侧面证明，韩起祥的接受改造，不完全是由他朴素的阶级感情所决定的，也是客观的政治环境下一个民间艺人唯一的选择和出路。不过，幸运的是，韩起祥抓住了这个机会，以其才华改变了自己的命运，而且没有辜负文艺工作者的期望，将毕生精力都奉献给共产主义的文化宣传工作。

那么，我们是否可以简单地判定韩起祥的新说书也是艺术价值不高的"政治宣传品"呢？如果不是，或者不全是，那么他的作品在多大程度上保留了自己的艺术取向？对通俗文艺改造运动是否产生了影响？以下将以他的名作《刘巧团圆》为例来讨论这些问题。

《刘巧团圆》是韩起祥最为人称道的作品。实际上，韩起祥是根据解放区作家袁静所写的秦腔剧本《刘巧儿告状》进行了改作。1945 年夏，《刘巧儿告状》在延安上演。韩起祥根据别人的转述，得知了故事情节，在几天内将这个剧本改为说书本的《刘巧团圆》。说书本一经演出就大受欢迎，经常在几百

---

① 引文中都为韩起祥自己的话，参见林山：《改造说书》，见周扬等：《民间艺术和艺人》，第 51 页。以及林山：《盲艺人韩起祥》，见钟敬文编：《民间文艺新论集》，第 168 页。

人的大场子里表演,久盛不衰。① 与袁静的《刘巧儿告状》相
比,从内容上看,韩起祥基本上忠于原作,最大的区别是,前者
侧重描写马专员判案的情节,以表现共产党干部精明审慎、为
人民服务的工作作风为主;而后者侧重批判买卖婚姻,塑造了
一系列性格鲜明的农民形象,比如机智爽朗的刘巧、勤劳勇敢
的赵柱(刘巧的未婚夫)、忠厚正直的赵金财(赵柱的父亲)、贪
婪狡猾的货郎刘彦贵(刘巧的父亲)、好色无耻的财东王寿昌
等。从结构上看,韩起祥的《刘巧团圆》紧紧围绕女主人公的
婚事展开,描写了退婚—卖婚—抢婚—判婚—成婚等富于戏
剧冲突的场面,情节环环相扣,结构非常紧凑、完整,因而比起
重在说理、轻于叙事的原作《刘巧儿告状》来说,更富于戏剧
性,容易吸引观众。这一点,"抢亲"一节表现得最为突出。原
作中,赵柱的父亲赵金财化装成强盗,半夜偷偷摸摸去刘彦贵
家抢亲,剧本对于抢亲的场面描写不多,主要写赵老汉抢亲过
程中的矛盾和犹豫。而韩起祥则把赵老汉写得光明磊落,仿
佛英雄一般:

      赵老汉,怒气冲,

      好象张飞把古城!

---

① 韩起祥还凭着这个作品和另外一个陕北著名的说书老艺人杨生福唱对
台,杨唱他的"看家书"——传统书目《杨家将》,韩则表演《刘巧团圆》,结果韩起
祥最终赢得了观众,特别是受到青年观众的欢迎。参见胡孟祥:《韩起祥评传》,
第118页。

一脚踏开门两扇，

窑里的灯光通岗明。

开言就把刘巧叫，

我说话你来听。

要知我的名和姓，

我是你头房亲公公！

你的爹爹把良心卖，

把你给了大坏种。

老子听见不高兴，

今天引人来抢亲！

你要是愿意就出来，

你要是反对就讲明。

婚姻大事要讲理，

我不能把你硬罟定。

刘巧一听心欢喜，

窑掌里出来大救星！

看见牢门一打开，

展开翅膀飞出门。

眼急腿快跑得欢，

毛驴上坐下个织女星！①

---

①　韩起祥:《刘巧团圆》，见《延安文艺丛书·民间文艺卷》，第281—282页。

在语言上,韩起祥的作品比袁静的要丰富生动许多。虽然知识分子经常批评民间艺人语言陈旧相袭、缺乏生气,但同样是写王财东夸富娶刘巧,袁静的描写是这样的:

> 不下苦来不流汗,
>
> 送门的租子堆成山,
>
> 吃的是酒肉和白面,
>
> 穿的是绫罗和绸缎,
>
> 出门骑的高骡大马,
>
> 腰里装的票子银元,
>
> 受苦人谁能比上我?!
>
> 子子孙孙做富汉![1]

而韩起祥只用一句话就刻画了王财东的自负:"王寿昌左思右想喜在心,还是我腰里有劲劲。"("劲劲"即有钱的意思,引者注)转而又以民歌铺陈的手法,通过刘巧的父亲货郎刘彦贵之口继续夸富,明写王财东富有,暗表刘货郎贪婪:

> 王财东是一家富汉,真是一家富汉! 我女子过门,说富汉,夸富汉,看富汉,讲富汉,大缸米,四方炭,坐的椅子扇的扇,抖的绫子换的缎,丫环伙计你使唤,打发家人出

---

① 袁静:《刘巧儿告状》,见《延安文艺丛书·戏曲卷》,第664—665页。

门去买办,冷调猪头捣辣蒜,头刀韭菜二寸半,软硬大米蒸干饭,享不尽的荣华,受不尽的富贵,戴不尽头上金花美翠,穿不尽架上锦绣罗衣,吃不尽世上珍酒美味,轿上来,马上去,底下人排成队,你看这个事情美不美?[①]

比较上面两段文字,新文学作家与民间艺人二者的语言能力和人物塑造能力可分高下。就连原作者袁静也承认韩起祥的说书本子与自己的剧本相比,"在几个主要人物的刻画与整个道白方面来讲,显得更亲切、丰满、突出,富有民间文学的风趣"[②]。

韩起祥作品的成功之处,不仅在于技巧高超,更重要的是,民间艺人比知识分子更熟悉农民的价值观和思考方式。在《刘巧团圆》中,韩起祥巧妙地将抽象的意识形态转译为农民所熟悉的传统价值,在不失民间文化趣味的情况下,生动地反映了阶级斗争理念对农村日常生活、婚姻伦理的深刻影响。

在这个作品中,韩起祥以传统价值观将人物分为忠、奸或曰善、恶两类,忠、善的一方是纺线能手刘巧、变工队队长赵柱、贫农赵金财,奸、恶的一方是贪财的货郎刘彦贵、欺压穷人的财东王寿昌和骗人骗财的刘媒婆。很明显,这种分类受到

[①]　韩起祥:《刘巧团圆》,见《延安文艺丛书·民间文艺卷》,第268—269页。

[②]　高敏夫:《谈韩起祥的说书创作——〈刘巧团圆〉前记》,见《延安文艺丛书·文艺理论卷》,第157页。

了阶级论的影响,地主、商人是恶的代表,贫农是善的代表。但是,当外来的阶级论与农民的世界观相挂钩时,阶级出身并不具有决定性意义,因为善良的刘巧就不是农民出身,而是商人的女儿,那么,以抽象的阶级性来区分善、恶的标准,就被转化为一个更传统的农民价值观,即"勤劳"还是"懒惰"。换言之,劳动能力的强弱就成为判断一个农民阶级立场的行为准则。因此,在韩起祥的书中,反复强调刘巧和赵柱是天生的一对好姻缘,其理由不是传统社会"郎才女貌""门当户对"的老条件,也不是《小二黑结婚》里反对包办、自由恋爱的新道德,而是一个新兴阶级与传统社会共同认可的标准——"好劳动"。①

刘巧在择偶时特别强调劳动能力,并不是出于对传统观念的因循。因为在这个故事中,勤劳的品质是忠、善的劳苦大众与奸、恶的剥削阶级在思想上和行为上的分界线,它建立了

---

① 与赵树理的《小二黑结婚》中对小芹相貌的关注不同,在《刘巧团圆》中,韩起祥基本没有提及刘巧的外貌,只夸奖刘巧是劳动能手,"线子纺得细又匀,车子满年嗡嗡转,算来总有三十斤,经线玉线都耐用,每次交线数头等!又会纺来又会织,不空还当车医生,修了车子看锭子,帮助人来最热心!"(第270页)当刘巧与赵柱初次见面时,吸引刘巧的,首先是他的劳动能力强:"赵柱才是个好劳动!人又平和精神好,他说话来大家听!变工队里当队长,人样生的很漂亮!不见赵柱我不知道,见了赵柱我就动心!"(第276页)到政府要求和王寿昌退婚时,刘巧并没有提到王的年龄、相貌问题,只说:"那个黑阎王什么坏事都做,还是个二流子抽洋烟霉鬼,不生产、不劳动、光欺压穷人,苛刻穷人,我死也不去。"(第288页)马专员来判案子,做群众调查时,老百姓也说:"刘巧、赵柱好劳动,应该立刻就成亲。"(第299页)以上引文均出自韩起祥:《刘巧团圆》,收入《延安文艺丛书·民间文艺卷》。

刘巧、赵柱、赵老汉(他们都是工农大众)对刘彦贵、王寿昌、刘媒婆(他们都是非体力劳动者)的道德优越感,从而奠定了刘巧所代表的劳动人民与刘彦贵、王寿昌所代表的剥削阶级或剥削思想做斗争的伦理基础。因此,劳动能力会成为刘巧择偶的最重要指标。她对"劳动能力"的特别强调,正体现了革命的意识形态对工农精神世界的成功改造,同时,也证明了工农大众对这一思想的自觉接受。

虽然目前还无法确定韩起祥对于"好劳动"的择偶标准的强调是艺人对意识形态的自发理解,还是受到袁静原作的启发,或是说书组成员修改的结果。但是,他在故事中对"好劳动"这一个新的择偶标准的充分肯定,以及农民对这个故事的热烈欢迎都表明,对劳动(勤劳)的肯定,是解放区农民接受阶级论的价值基础。并且,在一定程度上,这一观念促成了农民的阶级意识的形成。

通过以上分析,有理由认为民间艺人在通俗文艺改造运动中,起到了不容忽视的作用。他们不仅使新文学作品的艺术性更强、更通俗,而且在思想观念上也打破了知识分子与民众的隔阂,使农民对共产党的政权及其意识形态更容易产生认同。没有他们的合作,新文学的普及和共产主义思想的广泛传播是难以想象的。因此,不能忽视民众在新文学运动中,特别是在共产主义文艺创作上的巨大影响。但是,也要看到,《讲话》所发动的"民众与精英的结合始终是一次由上而下的、经过策划的政治行动"①。虽然民间艺人和通俗文艺表现出很大的创造力和生命力,但是他们获得前所未有的政治荣耀的同时,也就意味着政治权力对下层社会文化生活干预的开始。而且,特别要引起注意的是,知识分子自觉充当的监督者的角色,使通俗文艺改造运动由对民间文化的学习转向了对民间文化的改造。

---

① [美]洪长泰:《新文化史与中国政治》,第 182 页。

第三章　建国后北京的通俗文艺改造运动

　　1949 年,中国共产党的工作重心由农村转向了城市。为了进一步巩固共产党在城市的领导地位,在广大市民中建立起农工主体的国家意识,宣传部门开始对城市通俗文艺进行普遍的改造,以期达到思想改造和社会动员的目的。随着读者对象由农民和士兵转向了工人和市民,通俗文艺改造运动也进入了一个新的阶段,来自解放区的革命通俗文艺开始代替所谓"充满了封建毒素"的城市通俗文艺。

　　北京既是旧中国的皇城,又是新中国的首都,同时也是新旧文人、艺人的汇集地,北京的通俗文艺改造无疑对中国共产党在全国范围内争取文化领导权具有重大意义。因此,解放区的革命通俗文艺如何在城市中生产、传播,又如何被市民所接受,就成为有待讨论的重要问题。本章主要讨论城市革命通俗文艺的生产和传播。

第一节 / 大众文艺创作研究会的成立

建国初年,代表解放区文艺方向的通俗文艺家赵树理和来自国统区的著名新文学作家、民间文艺家老舍都积极投入了北京的通俗文艺改造工作。赵树理先于老舍进京。他在深入工人生活的过程中,偶然发现了通俗文艺改造运动的新战场——位于北京城南的著名平民游艺场所天桥。

天桥位于今天坛公园以西,因附近有一座明清帝王祭天时必经的元代汉白玉单孔桥而得名。该地区自清道光、咸丰年间(1821—1861)开始逐渐成为北京平民的重要商业、游艺场所。二十世纪三十年代,有报章刊载《天桥调查》,介绍其概貌:"占地二十亩。共有各行各业的店铺和摊贩七百七十三户……大小戏园九个,坤书馆七个。临时设摊四百三十九户……游艺杂技摊六十二个。"由于商业活动繁荣,二十世纪三四十年代的天桥成为名艺人的摇篮,如评书艺人连阔如、评剧艺人新凤霞、相声艺人侯宝林、单弦牌子曲艺人曹宝禄等都曾在此献艺。① 但赵树理来到天桥之后,感到非常担忧。他发现天桥所表演的节目仍然以旧文艺为主,解放区的新文艺和"五四"知识分子的新文学作品都还没有进入到市民的生活中

---

① 参见中国曲艺志全国编辑委员会、《中国曲艺志·北京卷》编辑委员会:《中国曲艺志·北京卷》,北京:中国 ISBN 中心出版,1999 年,第 517—519 页。

去。于是,他提出"打入天桥去"的口号,开始着手进行新文艺与市民文化的沟通、改造工作。[1]

1950 年初,刚刚回国的老舍也立即加入了这一事业。他和北京不少旧文人和国画家有着良好的友谊。他发现,新中国成立后,这些人的作品不再受到市场的欢迎。他们都是自由职业者,没有单位发给工资,旧作品卖不出去,新作品又拿不出来,因此包括张恨水在内的通俗小说作家,以及张大千、齐白石等国画家的生计都陆续出现了问题。对此,老舍非常同情,开始为他们寻找出路,希望能够动员他们也加入到新文艺的阵地中来。[2]

正是出于上述原因,为了进一步扩大新文艺在市民中的影响,加快通俗文艺的改造,团结新旧文化人共同推进通俗文艺改造运动在城市中的展开,赵树理等新文艺工作者开始酝酿成立一个有广泛群众基础的大众文艺研究机构,它就是"新中国成立后第一个民间文学团体"——大众文艺创作研究会。[3]

---

[1] 赵树理:《赵树理先生在成立大会上的讲话》,《大众文艺通讯》,第 1 期,1950 年 2 月,第 5 页。

[2] 参见邓友梅:《琐忆老舍先生》,《文学自由谈》,1994 年,第 3 期,第 64 页。

[3] 李士德:《一生都在为创作工农兵文艺而奋斗——苗培时同志忆赵树理》,见李士德:《赵树理忆念录》,第 99 页。

一、大众文艺创作研究会的成立经过

大众文艺创作研究会(简称"大众文艺创研会")的成立有一个酝酿的过程。在第一次文代会后,留京的部分文艺工作者开始关注北京的新文艺普及运动。经过调查研究,他们发现北京的通俗文艺改造大有可为。这主要是因为:

第一,北京有广大的大众文艺的读者群,在这个二百万人口的大城市里,工人、学生、战士、市民都是新文艺要争取的读者。

第二,北京发达的娱乐市场急需大量新文艺作品。这里有五千余名说唱、戏曲艺人,十余个戏班子,几十个说书场,但是很少有人会表演新的曲艺节目,艺人需要新的唱词和剧本。

第三,北京有充足的文艺创作队伍,除了新文艺工作者之外,还有许多章回小说作者、自由作家、国画家、连环画画家、写旧戏曲和曲艺的作者,他们正感到"无路可走""不敢下笔"的苦闷,"应该帮助他们解决困难,鼓励他们重新拿起笔来创作"。

第四,北京有发达的图书市场,有几百个小书摊、旧书摊,还有不少历史悠久的印书局,可以开印几千种剧本、唱本,一次可印几十万册,都是未来的新文艺生产基地。[1]

正是由于看到了这一广阔基础,赵树理、王亚平、苗培时、辛大明等人一致主张将这些旧的文化力量组织起来,使其为通俗文艺改造运动服务。经辛大明提议,北京市文化艺术工

---

[1] 参见王亚平:《大众文艺工作的推进》,《文艺报》,第一卷第四期,1949年11月10日,第29页。

作委员会在 1949 年 9 月 29 日邀请北京的文教各界人士召开座谈会,讨论北京市的普及文艺运动问题。在这次会议上,新文艺工作者和进步艺人一致同意筹办大众文艺创作研究会,并推举了赵树理、王亚平、苗培时、辛大明、王颉竹、胡蛮、凤子等七人为筹备委员。北京市市委负责文化工作的领导也积极参与指导工作,宣传部副部长李乐光对这一组织的性质、任务、做法、工作给出了具体、明确的指示。

1949 年 10 月 15 日,大众文艺创研会在前门箭楼召开成立大会,选举赵树理、王亚平、王尊三、连阔如、赵富成、王颉竹、凤子、李薰风、辛大明、苗培时、郭玉儒等十一人组成大会主席团,赵树理任大会执行主席。全国文联副主席周扬、全国剧协主席田汉、市委会宣传部副部长李乐光等领导到会祝贺并应邀讲话。10 月 20 日,会员大会继续在太庙(今劳动人民文化宫)的松林中召开,通过会章草案,选举了赵树理、王亚平、苗培时、辛大明、凤子、王颉竹、吴幻荪、景孤血、郭玉儒、连阔如、李薰风、刘雁声、马烽、沈彭年、缪克沣等十五人为执行委员。至此,大众文艺创作研究会正式成立了。①

---

① 参见苗培时:《"大众文艺创作研究会"筹备经过》,《大众文艺通讯》,第 1 期,1950 年 2 月,第 9—10 页,和《中国曲艺志·北京卷》,第 502 页。名单中,赵树理、王亚平、王颉竹、王尊三、凤子、辛大明、苗培时、沈彭年、马烽等九人都是新文艺工作者,其中的王尊三是解放区的鼓书艺人。李薰风、刘雁声为章回小说作者,连阔如为著名评书艺人,赵富成为评剧艺人,景孤血为京剧剧作家,吴幻荪为国画家,郭玉儒、缪克沣为工人。

二、大众文艺创作研究会的性质

大众文艺创研会作为一个民间文艺组织,其实际存在的时间约为一年。1950 年 5 月,在北京市文联成立后,其工作即逐步由市文联接管,1951 年年底正式停止活动。究其性质来说,该会的宗旨是"团结北京市新旧文艺创作工作者,及有创作研究兴趣者,在反帝反封建反官僚资本主义,文艺为人民大众服务的总方向指导下,共同学习、研究、创作,展开北京市普及的新文艺运动"①。事实上,大众文艺创研会也的确是一个有着相当广泛的群众基础的组织,它最主要的作用之一就是团结在京的旧文化人,也可以说,它是一个具有统战性质的民间的文学组织。

根据 1950 年 2 月公布的会员名单可知,当时已经招募会员 204 人,注明身份的人员中包括工人 69 名、学生 27 名、曲艺工作者 16 名、新文艺工作者 14 名、戏曲(剧)工作者 13 名、新旧小说作者 13 名、编辑记者 6 名、文化干部 5 名、教员 4 名、画家 3 名以及爱好文艺的市民 20 余名。② 在这个会员名单中,工人、学生的比例占到将近一半,其余从事文化工作的会员的身份则比较复杂。其中"小说作者"一类比较值得注意,这些

---

① 《大众文艺创作研究会会章》,《大众文艺通讯》,第 1 期,1950 年 2 月,第 11 页。

② 根据《大众文艺创研会会员名单》,《大众文艺通讯》,第 1 期,1950 年 2 月,第 24—27 页。

作者并不包括来自解放区的作家,这一身份指的是在沦陷区和国统区活动的以卖文为生的自由作家,既有新文学作家,也有武侠、言情小说作者,如著名新文学作家老舍(舒舍予),与张爱玲齐名、有"南玲北梅"之称的自由作家梅娘(孙嘉瑞),武侠小说"北派四大家"之一的郑证因,《红玫瑰画报》主编陶君起,清室遗老、专栏作家金寄水,知名武侠小说家徐春羽,社会言情作家李薰风等。张恨水、陈慎言、还珠楼主等人虽然没有入会,但也被团结在组织周围,参与了该会搜集整理民间文学,修改旧戏曲剧本、曲艺段子的相关工作。①

　　大众文艺创作研究会几乎搜罗了在京的所有著名通俗文学家,其作者阵容相当强大。但是,在新中国,这些曾经家喻户晓的作家们大部分都成了落后文化的代表,他们的文化身份并不光彩。所以,据作家邓友梅回忆,当时年轻的进步作者并不热衷加入这个组织,认为那里是落后分子集中的地方。是李伯钊动员他加入,因为他是革命战士,政治过硬,可以帮助组织活动。②

　　邓友梅的话暗示出,虽然大众文艺创研会是一个具有统战性质的文化组织,其宗旨在于促进新旧文化人的团结,但是,在不同阵营的文化人中间仍然存在着明显的分野。这一点从 1950 年的会员名单中也可看出端倪。会员名单中标明

---

　　①　邓友梅:《漫忆汪曾祺》,《文学自由谈》,1997 年第 5 期。及邓友梅:《琐忆老舍先生》,《文学自由谈》,1994 年第 3 期。
　　②　邓友梅在 2004 年 8 月 1 日的电话采访中对作者谈到。

了会员的身份,除了工人、学生外,人数最多的就是文化人。在文化人中,他们的身份分类有两套标准:一套是根据其职业分类,如教员、记者、曲艺演员、戏曲演员、小说作者等;另一套则是根据其政治经历来分类,如"新文艺工作者"类别的出现。所谓"新文艺工作者"就是指来自解放区的文化工作者,他们中间有艺人,如来自解放区的鼓书艺人王尊三就被归入了新文艺工作者一类;他们中间同样有作家,赵树理、康濯就是新文艺工作者。而没有解放区经历的老舍、梅娘则与写武侠、言情等章回小说的作者归为一类。从这种分类方式可以看到,在解放区工作这一特殊的政治经历,使这些文化人超然于其他没有这种经历的文化人之上,他们与其他在沦陷区、国统区活动的新旧文化人之间存在天然的分野。这种分野的存在暗示了建国初年解放区文艺的优越地位,解放区文艺正逐步取代"五四"新文学成为新中国文化的正宗。

解放区文艺的压倒性优势,必然决定了大众文艺创研会的第二个根本性质,即它是一个具有明确思想改造目的的文化组织。在大众文艺创研会的成立大会上,周扬、赵树理、田汉等人的发言都重点谈了思想改造的问题。

在发言中,作为中国共产党的文化领导,周扬首先从政治上给这些章回小说作者、城市曲艺艺人、国画家定位,笼统称之为"旧文艺工作者",在名称上与"新文艺工作者"对举。这一称呼充分暗示了以下两点:一是给这些旧文人和旧艺人一个新的社会身份("文艺工作者");二是在政治上对他们做了明确的定性（"旧"），强调了他们在文化上的腐朽性、落后性。在这样的前提下，周扬提出了旧文艺工作者的思想改造问题。他说："有些人怕听'改造'，其实改造是好听的话，把旧思想、旧作风去掉，建立新思想、新作风，就叫做改造。新民主主义文化，是人民的、大众的、科学的文化，凡不适合于这些的，就需要改造。"他还指示了改造的方式，认为这是"一个思想工作……只能采取教育方法，而不能采取强迫命令办法的"。为了强调思想改造的必然性，周扬指出，旧文艺不能继续下去，这不是政府禁止的结果，而是群众觉悟提高的表现。最后周扬向会员们许诺，只要能够以新的观点表现新生活，就可以创作出真正的大众文艺，"在为人民服务的要共同目标下努力下去，新旧的界线就要消失了"。[①]

赵树理的致辞主要强调新旧文化人的团结问题，指出新文艺工作者轻视旧戏曲曲艺的观点是错误的，并为旧文化人、旧艺人的思想改造指出了具体的方法，即通过学习政策，写群众关心的问题，用创作帮助他们解决实际困难，就能够完成思想改造。[②]

田汉的发言主要针对戏曲界，他从历史角度提出，新中国文艺改造的任务是要把文艺中被抹杀的人民性再改回来。因

[①]　周扬：《周扬先生在成立大会上的讲话》，《大众文艺通讯》，第1期，1950年2月，第3—4页。此段引文中"要共同目标"的"要"字疑为衍文。

[②]　赵树理：《赵树理先生在成立大会上的致词》，《大众文艺通讯》，第1期，1950年2月，第5—6页。

此只有中国共产党的文艺改造才是"改进",而封建统治者以往的文艺改造是"改退"。晓之以理后,田汉又动之以情,感化旧艺人,"以前的人爱旧戏,但看不起旧戏,而现在我们不只爱他也尊重他,进一步改革他。旧戏曲工作者在今天的条件下要急起直追才能得人民的敬意"。①

　　大众文艺创研会作为一个思想改造组织,其教育工作从成立的第一天就已经开始了。在上述三位文化领导人的讲话中,可以清楚地看到,建国初年中共对城市通俗文艺改造的态度是坚定而且温和的。新文艺工作者在旧文学、旧文艺的改造工作上有绝对的自信。他们坚信,思想改造的工作并不需要政府的强制就可以在城市中顺利进行下去。以卖文(画)为生的旧文化人,只要对他们说明政策,他们自然会顺应新的市场需求,加入新文艺的队伍。因为这些人本来就没有什么政治主张,文化上又依附于统治阶级的趣味,经济来源完全依赖市场需求。所以,只要给他们一条出路,这些通俗文学作家就会积极投身其间。至于出身贫苦、文化水平较低的艺人,则更多地对他们采取怀柔的策略,把他们的阶级出身和他们的落后文化身份相区别,对其所受的压迫表示深切同情,尊重他们的人格,给予他们较高的政治地位,称其为"文艺工作者"。在这样的感召下,旧艺人中的大多数都会心生感激,形成翻身做主人的阶级觉悟,而自愿为新政权服务。事实上,这种策略的

----

① 田汉:《田汉先生在成立大会上的讲话》,《大众文艺通讯》,第 1 期,1950年 2 月,第7—8 页。

确收到了预期的效果。

三、大众文艺创作研究会的组织方式

为了能够真正促进新旧文化人和艺人在改造城市通俗文艺的过程中合作,大众文艺创研会建立了自己的组织机构,以便开展活动。①

大众文艺创研会会员都是自愿加入该会的,最高权力机关为会员大会,采用民主选举制度,由会员共同投票选举产生该会的执行委员,执行委员任期半年,可连选连任。主席从执行委员中产生,设副主席三人领导其日常工作。在执行委员会之下,设三个部门和一个委员会,分别是组织联络部、创作部、研究部和编辑出版委员会。政府并未给予拨款,也不发给会员生活津贴,其经费来源主要是会员的会费,演出、出版的营业收入,经创研会介绍出版的会员著作的部分版税,个人捐助等。

组织联络部是促进该会与社会各界联系的部门,著名评书艺人连阔如任部长,其主要工作是发展会员,组织开展各项创作、学习、演出活动。为了方便会员间联系,组织联络部在日常工作中将会员分为小说、戏剧、曲艺、学校文艺、工厂文艺、美术、掌故等七个小组。各小组分别以会员所在的工厂、

---

①　这一部分的内容主要参考《北京市大众文艺创作研究会工作总结(一九四九、一〇、一五— 一九五〇、三、三一)》,《大众文艺通讯》,第 2 期,1950 年 4 月,第 39—45 页。除参考其他文章处,文中不再一一注明。

学校或居住地为最小单位直接联系。通过朋友、同行、邻居等比较私人化的联系方式,从 1949 年 10 月到 1950 年 3 月的半年时间里,该部发展会员 317 名;在前门箭楼开辟了新曲艺的演出场所大众文艺游艺社;举办了十三次大众文艺星期讲演会,赵树理、老舍、王亚平、苗培时等新文艺专家都来做关于"大众文艺创作问题"的演讲,听众达 6400 人;与人民电台合作成立了曲艺广播小组;1950 年 3 月,又增加了午间节目来演播大众文艺创研会出版的新曲艺作品。虽然其组织形式比较松散,但组织联络部仍然为促进大众文艺创研会的发展做出了不小的贡献。

创作部是一个对会员创作进行监督和帮助的部门。由《工人日报》编辑、来自解放区的曲艺作家苗培时任部长。该部门以"反帝反封建反官僚资本主义,文艺为人民服务"为总方针,从事各种方面、形式的文艺创作。根据《会章》规定,会员的作品如以"大众文艺创作研究会"的名义发表,必须经过创作部的审查和修改,认为没有问题,才可以出版。创作部还对会员的创作提供帮助,包括修改、福利(如工作问题)、出版等方面。据统计,从 1949 年 10 月到 1950 年 3 月,创作部共计完成一百四十三万余字的新大众文艺作品。① 其创作的题材主要配合北京市的各项政策、活动,如工人生产竞赛、购买公债、新生妇女(即改造妓女)的宣传工作。在作家培养上,主要

---

① 《创作数字统计表》,《大众文艺通讯》,第 2 期,1950 年 4 月,第 38 页。

是通过举办作品观摩会来帮助工人作者、艺人和小说作者学习写作,虽然产生了一些较好的作品(如华北电业工人王彭寿的《测量拒马河》和曲艺作家王素稔的《红花绿叶两相帮》),但是数量不大,没有发动起广大会员的创作力量,作品来源主要还是依靠新文艺作家。

研究部是通俗文艺改造的理论建设部门,其任务是在通俗文艺改造过程中贯彻毛泽东的《在延安文艺座谈会上的讲话》和苏联的"社会主义现实主义"理论,由大会主席、著名作家赵树理任部长并亲自领导工作。其中的小说组中名家比较多,研究兴趣高,因此取得了较好的成绩。小说组有组员21人,新旧小说家都有。他们每周举行一次会议,内容为:(1)传达讨论会务,(2)研究各人的作品,(3)讨论组织写作计划,(4)漫谈政治、文艺问题。

据小说组组员陶君起回忆,他被编入小说第一组,最初和他经常一起活动的主要是旧小说作者,如陈逸飞、金寄水、刘雁声、刘植莲、李克、李薰风、金启睺、杨祖燕、孙嘉瑞(梅娘)、崔兰波。刘雁声为组长,陶君起为组织联络干事兼记录。起初他们也开会,但是由于大部分组员都是小资产阶级出身,因此"文人相轻"的风气很盛,谁也不服谁,互相不了解,团结不紧密。后来由于解放区作家马烽和康濯的加入,这个组的活动才得以迅速展开。那么,马烽、康濯是如何将这些旧文人团结起来,使其"搞好组织"的呢?

陶君起说,当时马烽、康濯首先做的工作是增进组员之间的了解。他们提议大家互相交换过去的作品,在开会时鼓励组员谈自己过去的生活环境,从而加深了大家的感情。在这些旧文人成为朋友之后,他们就比较主动地要求阅读新的文艺作品。于是马烽、康濯介绍他们读了丁玲的长篇小说《太阳照在桑干河上》,赵树理的短篇小说《小二黑结婚》《传家宝》和中篇小说《李有才板话》等,新歌剧《刘胡兰》,改编京剧《三打祝家庄》,袁静、孔厥的章回小说《新儿女英雄传》,马烽、西戎的《吕梁英雄传》等。经过观摩、讨论新作品,组员们很快就开始了小说习作,发表了不少作品,并完成了不少小人书的编写工作。小说作者之所以能够这么快地适应新市场,与其写作方式的改变有很大关系。与以往自由作家独立创作不同,小说组的写作方式比较接近集体写作,作品在定选题时和完成初稿后都要经过公开讨论,并反复修改,直到被同组人员认可后才可以交到编辑出版委员会审核。经过这样的打磨,作品很少会带有作家个人的观点,因而可以避免在政治上犯错误。同时,小组讨论所起到的批评和监督作用也有效地约束了自由作家独立创作的空间和可能性。经过组织生活的训练,他们逐渐对城市通俗文艺改造工作有了统一的认识,即"创作第一要注意到在大众中间所起的作用,避免自我欣赏"。①

编辑出版委员会是大众文艺创研会的编辑出版部门,由《新民报》的总编、诗人、曲艺作家王亚平担任主任。委员会负

---

① 陶君起:《半年来小说组的活动情形》,《大众文艺通讯》,第2期,1950年4月,第25—26页。

责编辑报纸副刊六种,刊物二种,丛书、小人书若干。

(1)报纸副刊:其中五种为《新民报》的副刊,分别是《新曲艺》(苗培时主编)、《新戏剧》(王颉竹主编)、《工厂文艺》(凤子主编)、《新美术》(胡蛮主编)、《新北京》(高参主编),均为每周一期,每期都是八千字。除《新美术》以理论文章为主,其余都以创作为主,其中《新北京》主要刊登风土志、掌故、人物传、北京风光等,内容丰富活泼。在《新民报》之外,还有天津的《进步日报》,它的副刊《大众文艺》(辛大明、王亚平、苗培时、马紫笙、沈彭年等主编)也由编辑出版委员会负责,每期字数为八千或六千不等,刊登曲艺、评话、小说、戏剧、研究等。

(2)刊物:一个刊物叫作《说说唱唱》,月刊,每期六万字(第一期特大号八万字),主编为李伯钊、赵树理,由新华书店发行。主要发表各种可供表演的剧本、小说、诗歌、鼓词等新文艺作品。另一个刊物叫作《大众文艺通讯》,双月刊,每期字数不定,是编委会编辑的大众文艺创研会会刊,第一期由工人出版社发行,其后由大众书店发行。主要刊登理论研究、工作报告、会员心得等。

(3)丛书:"新曲艺丛书""新大众文艺丛书""工人丛书""通俗文艺小丛书"等。均由编委会编辑,主要由工人出版社、大众书店发行。

(4)小人书:有十名会员参加编写,共写了四十一册,其中十册可用。

这些报刊、丛书的主要供稿者为大众文艺创研会的会员以及团结在该会周围的旧文人。编辑出版委员会不仅为新文艺的创作和传播做出了努力,而且图书出版的经济收入也为旧文人解决了生活上的一些实际困难。

综上所述,大众文艺创作研究会是一个旨在研究城市通俗文艺改造和普及新文艺的民间的文学组织。正是由于这种非官方的性质,它团结了大批在京的旧文人和民间艺人,对身处革命文化阵营(左翼阵营、解放区作家)之外的各种民间文化力量进行了有效的整编。同时,在这个民间性质的文化团体中,它又借鉴了中国共产党的文化工作方式——组织化的生活,对于这些曾经是自由职业者的旧文人来说,这种依据集体意志进行工作的方式是完全新鲜的体验。在集体中,他们要克服个人主义,要学习团结,学习批评与自我批评。在集体的辩论中,他们逐渐学会了运用党的政策指导创作。正如陶君起所说:"组织帮助了每一个人,每次小组会上,情绪都十分热烈;纠正了不少个人主义的思想。感到了集体学习的必要。……我们更相信了组织的力量。"[①]在某种程度上,正是这种组织化的集体讨论和学习,逐步改造了北京的旧文人,使其在创作和思想方式上初步接受了工农兵文艺观。因此,大众文艺创研会是北京通俗文艺改造的一个缓冲区域,它既有统战性质,又担负了改造任务。通过这个组织,在新政权中感到无所归依的旧文化人、旧艺人、小市民得以凭借通俗文艺的桥

---

① 陶君起:《半年来小说组的活动情形》,《大众文艺通讯》,第2期,1950年4月,第25—26页。

梁,与新文艺工作者、工人有机地结合起来,从而加入了新中国的文化建设,被纳入共同的文化轨道。

第二节 /《说说唱唱》的创刊与创作的繁荣

《说说唱唱》是大众文艺创研会创办的唯一的大型月刊,也是该会最主要的发表园地。它创刊于 1950 年 1 月,1955 年 3 月终刊,历时五年三个月,共出版杂志六十三期。它的出现,使通俗文艺改造运动中所有重要作家的集合成为可能。在这个刊物周围,不仅团结了一大批来自解放区的作家,如小说家赵树理、马烽、康濯,诗人田间、王亚平,曲艺作家苗培时等,还集合了热心民间文艺的国统区作家,如老舍和汪曾祺,以及一批新涌现的工农兵作者,如陈登科、崔八娃、邓友梅等。在建国初年,正是凭借强大的作者阵容,《说说唱唱》一度成为全国最有名的综合性通俗文艺月刊之一,其影响力甚至曾经超过中华全国文学工作者协会的机关刊物《人民文学》(1949 年 10 月创刊)。可以说,《说说唱唱》的创刊标志了赵树理所推动的通俗文艺改造运动的鼎盛时期的到来。而这个杂志的命运浮沉,也体现了建国后通俗文艺改造运动在共产党的文化改造运动中所起作用的变化。

本节主要讨论《说说唱唱》的创刊及其创作的繁荣期,它的终刊将在第五章中专节讨论。

一、《说说唱唱》的创刊

1949 年 10 月,大众文艺创研会成立后,会员创作的积极性很高,艺人对新文艺的需求量又非常大,为了给作品找到发表园地,使之便于在全国传播,赵树理和王亚平商议创办一个通俗文艺刊物。赵树理早已想好了刊物的名字,王亚平曾详细回忆过《说说唱唱》定名的经过:

> 老赵一磕小烟袋,胸有成竹地说:"有个好名,不知你们敢叫不敢叫?""那有什么不敢叫的!"大家回答。老赵说:"四个字,两两重复,叫《说说唱唱》。就是说这里发表的作品都能说能唱。"有人说:"未见过这样的名字。"有人说:"也可以。"还有人说:"老赵想得新鲜。"①

虽然当时并不是人人都赞同赵树理的提议,但经大众文艺创研会讨论,刊物最终定名为《说说唱唱》,编辑者为大众文艺创研会,主编为李伯钊、赵树理,赵树理负责实际工作。编委会成员有王亚平、田间、老舍、李伯钊、辛大明、苗培时、马烽、章容、康濯、凤子、赵树理,在第二期出版时,工人出版社总编兼副社长王春加入编委会。杂志的编辑部设在北京王府井大街附近的霞公府十五号,老舍、赵树理曾在此比邻而居,这

---

① 李士德:《不知你们敢叫不敢叫——王亚平同志忆赵树理》,见李士德:《赵树理忆念录》,第 129 页。

里也是北京市文联、《北京文艺》编辑部所在地。

1950 年 1 月 20 日,《说说唱唱》创刊号由新华书店出版,杂志为 32 开,创刊号为特大号,篇幅较长有八万字,定价二元七角。为了扩大影响,《说说唱唱》除了在《文艺报》(1950 年 1 月 25 日)上刊登了广告外,还邀请到时任政务院副总理、全国文联主席的郭沫若题写刊名,并且邀请了郭沫若和新中国文化界另外两位重要人物茅盾与周扬为其创刊号题词。

郭沫若的题词写道:"说说唱唱要表现出新时代的新风格,不仅内容要改革,说唱者的身段服装也须得改革。请大家认真考虑一下。"

茅盾(文化部部长、全国文联副主席、全国文协主席)指出杂志应坚持毛泽东提出的"新民主主义文化"方向,创作"民族的,大众的,科学的说说唱唱"。

周扬(文化部副部长)在题词中强调了新文艺在工农兵大众中的传播和接受问题,要求《说说唱唱》"在群众中生根开花"。①

在建国初年,一个民间组织的文学杂志能够得到如此礼遇,可谓绝无仅有。可见,在文化改造工作中,通俗文艺改造运动占有一个多么重要的地位。此时,《说说唱唱》所继续的通俗文艺改造运动,不仅代表了解放区文化普及的成功经验,更代表了新中国以工农为主体的文化品质。《说说唱唱》的创

---

① 　郭沫若、茅盾、周扬:《题字》,《说说唱唱》创刊号,1950 年 1 月,第 4—6 页。

刊,正是工农兵文艺全面夺取城市文化领导权的重要象征。因此,高层领导者才会对它大力支持并寄予厚望。

为了完成这个政治使命,《说说唱唱》创刊号在作家、作品编排上可谓煞费苦心。首先,这期杂志基本排出了大众文艺创研会最强的解放区作家阵容,包括代表解放区文艺方向的赵树理,人称"延安四大鼓"之一的大众文艺家"苗大鼓"苗培时,诗人、曲艺家王亚平,作家康濯等文艺名家。而且,还注意体现大众文艺创研会的民间性质和统战性质,邀请冀南地区的民间抗战诗人马紫笙写了鼓词《工人科长牛占梅》,并请北京著名的旧京剧剧作家景孤血创作了新京剧剧本《香炉回家》。

第二,除了作者人选的精心安排外,创刊号所发表的七篇作品的内容也与中共的政治宣传工作配合得十分紧密。其中,反映新旧社会对比,以翻身解放为主题的作品有三篇,分别是赵树理的鼓词《石不烂赶车》、康濯的评书体小说《李福泰翻身献古钱》、辛大明作的唱词《烟花女儿翻身记》。这三篇"翻身"主题的作品都以重大的历史事件为背景:《石不烂赶车》以土改为背景;《李福泰翻身献古钱》以减租减息为背景;《烟花女儿翻身记》则以社会主义改造为背景,专为配合北京的妓女改造工作而作,作者在作品的副题中明确指出"献给北京市妇女生产教养院的姐妹们"。此外,还有反映工人爱情、劳动生活的作品两篇,分别是苗培时的评书《双喜临门》、马紫笙的唱词《工人科长牛占梅》。反对迷信、提倡新风尚的作品一篇,为景孤血的新京剧剧本《香炉回家》。

第三,就形式而言,《说说唱唱》创刊号特别注意了形式的多样化。作品中有鼓词、评书、唱词、小说、诗歌等。在此基础上,编辑部还提倡形式革新,《说说唱唱》仿佛又重现了当年《中国人》周报的活泼风格,进行了多种通俗文艺改造运动的形式实验。创刊号所发表的第一篇作品,就是赵树理最为得意的实验之作——鼓词《石不烂赶车》。该作品由田间新诗《赶车传》改编而成,充分显露了鼓词这种文学形式风趣、轻快、生动的语言特点,比原作的语言通俗、上口得多。发表后,立即受到艺人们的欢迎,被迅速且广泛地传播开来。

另外一篇实验之作,是王亚平根据俄国诗人普希金的童话诗《渔夫和金鱼的故事》改写的唱词《老婆子和小金鱼》。作者在题记中向读者说明他的创作原因:"这篇故事在苏联人民当中很流行,中国虽说有了译本,但人民大众却没有福分欣赏。因此,才把它改成唱词,一来想使这伟大天才的作品,唱给中国人民大众去听;二来想以这伟大天才的作品,给中国民间曲艺一个好的参考。"用中国民间文学来改写外国文学,用外国文学来滋养中国民间文学,这个设想不可谓不大胆,眼界不可谓不开阔。那么,这个实验的成绩又如何呢? 客观地说,王亚平的改写并不特别出色。他的改作不是根据俄文原诗,而是根据中文译本进行的,在故事的叙述、结构等方面都比较尊重译本,创造性不大。仅仅为了符合唱词的特点,便于中国的普通读者理解和接受,做了以下几点修改。一是改变了故事的主人公,将"渔夫与金鱼"换成了"老婆子(渔夫的老婆)与金鱼",强调了故事对"贪婪"和"不劳而获"的讽刺。二是在唱词的结尾加了一个故事说明,告诉读者和听众,这个故事的来源。三是将普希金原诗中的欧洲文化背景,如"上帝""贵妇人""皇宫"之类,或者去掉,或者换成了中国文化背景,如"一品夫人""凤冠霞帔""金銮殿"等。四是将中文翻译中一些比较文雅的书面语换成通俗的口语,如"蔚蓝"换成"蓝荡荡"等。虽然这"古为今用""洋为中用"的创作思路容易让人联想起"文革"时期的样板戏经验,但相比之下,作者的实验目的显然要理性得多。在题记中,王亚平也意识到这个改写的冒险性。因此,他做了比较实事求是的说明:"让普希金到中国人民大众中间去,也许这是一个奢望,也许唱出来效果不会好,也许改成唱词有些地方失掉了作者原意,这只有我自己来负责。题目写为《老婆子和小金鱼》,这是一个大胆的尝试,望艺人和文艺界同志们多给提些意见。"①可见,作者已经做好了失败的准备,并且强调这个实验只是个人出于专业目的的尝试,并没有借助组织或者革命的名义。

客观地说,《说说唱唱》所倡导的通俗性、民族性、革命性和创新性并重的创作思路,为建国初期的工农兵文艺建设工作指出了一条相当可行的路径。它发表的一系列新作品,虽然包含了一些生硬的意识形态内容,但总体来说,其艺术水准

---

① 王亚平:《老婆子和小金鱼》,《说说唱唱》,创刊号,1950 年 1 月,第26 页。

并不低,而且其中还有《石不烂赶车》这样堪称经典的优秀之作。正是在《说说唱唱》打响了第一炮之后,赵树理所倡导的通俗文艺改造运动进入了它短暂的鼎盛时期。

二、作家队伍的形成

《说说唱唱》创刊之后,最经常遇到的困难就是稿源不足。这一问题的出现,一方面与其运作周期较短有关,另一方面也与不断变化、更新的政治宣传需求有关。要解决这个供求的矛盾,其根本办法就是要形成一支高产、高水平的作家队伍。因此,杂志一方面要动员大众文艺创研会的驻会作家积极配合,"赶任务";另一方面就是要不断地发展新作者,充实创作队伍。

《说说唱唱》自创刊以来一直拥有一批具有专业水准的编辑和作者。专业作家赵树理、老舍、王亚平、李伯钊、马烽、康濯、苗培时、沈彭年不仅是杂志的编辑,也是杂志的主要供稿者,他们都对民间文艺有较为深入的研究,并且有丰富的创作经验,从而保证了作品的质量。

1950 年 5 月,北京市文联成立后,大众文艺创研会的工作逐渐过渡到市文联。《说说唱唱》编辑部的力量也因为汪曾祺的加入而再次加强。1950 年,汪曾祺三十岁,已经在文坛崭露头角。他被称为赵树理、老舍手下的"大管事",担任《说说唱唱》的主要编辑工作,因此,他所接触的作者也较多,不仅有大众文艺创研会的会员,如社会言情小说作家陈慎言、原《红玫瑰画报》的主编陶君起、清朝九王爷多尔衮的后人金寄水、革命艺人王尊三等,还有会外经常联系的旧文人,如言情大家张恨水、武侠大家还珠楼主,以及大学教授吴晓玲,既会演话剧又会写单弦的新文艺工作者杜澎等。他们"各有各的绝活,哪位也不是省油的灯。汪曾祺却应付自如,开展工作结交朋友两不误。这些人之间有时还闹别扭,却没听说谁跟曾祺有过节儿"①。《说说唱唱》正是因为有了汪曾祺这样成熟的编辑,才得以团结一批政治背景非常不同的作者。除了汪曾祺之外,老舍这样重量级的中间人的存在,也使双方的问题变得容易沟通。

后来,随着《说说唱唱》杂志规格的不断升级,作者群得到迅速扩大。1953年后,在杂志上经常可以看到编辑部以外的名家之作,如郭沫若、游国恩、阿英、曹靖华、端木蕻良、艾芜、秦兆阳、叶浅予等人都曾在此发表作品。

除了专业作家之外,《说说唱唱》还发表了不少工农兵业余作者的习作,从中培养了不少工农兵作家,如部队作家陈登科、崔八娃、邓友梅,工人作家王彭寿、曹桂梅等。在这些工农兵作者中,比较有名气的是三位部队作者。在这三位中,已经被文学史遗忘的是崔八娃,当时他的名声却最大。

崔八娃生于1929年,1949年二十岁时被国民党拉了壮丁,不久后他所在的军队起义,转而参加了人民解放军。1952

---

① 邓友梅:《漫忆汪曾祺》,《文学自由谈》,1997年,第5期。

年,崔所在的部队开展扫盲运动,鼓励战士写出像高玉宝《半夜鸡叫》那样的作品来。才上过十天扫盲班的崔八娃的习作《狗又咬起来了》被部队文化干部看中,经多次修改后,推荐到《解放军报》发表。1953 年,他的自传体小说《一把酒壶》《卖子还账》《郭大肚子》相继在《解放军报》发表,名噪一时。从此,崔八娃被树立为部队文化工作的模范和典型。1953 年 10 月,崔八娃作为第二次文代会代表来到北京,与郭沫若、茅盾、巴金同组讨论中国文学的前景,10 月 4 日还和其他与会代表一起同毛泽东、刘少奇合影留念。在建国初年,崔八娃的事迹人尽皆知,他与高玉宝齐名,有"西崔北高"之称。①

《说说唱唱》曾在 1953 年 9 月第四十五期上发表了崔八娃的《日记两则》,内容是写他去北京参加"五一"观礼的事情。但有意思的是,编辑部对这位"天才"的速成作家并没有过分吹捧,仅仅把他的作品列为"战士习作"栏目的头条发表。由此,也可以看到编辑部对于文学的专业态度并不会因为政治的风向而无原则地改变。

陈登科和邓友梅都是与《说说唱唱》关系密切的作者。邓友梅当时只有十九岁,文艺战士出身,担任编辑部的编辑工作,赵树理、老舍、汪曾祺都对他的写作进行过指导和帮助。但他在《说说唱唱》工作的时间不长,很快转入丁玲主持的文

---

① 参见《当代作家辞典》。另见两篇人物专访,一为李焕龙:《曾与高玉宝齐名的崔八娃》,《纵横》,2001 年,第 8 期。一为周铁钧:《战士作家崔八娃》,《文史春秋》,2018 年,第 1 期。

学研究所学习。邓友梅曾在赵树理的指导下发表过小说《成长——八一节说故事》(第十九期,1951年7月),还发表了《咱们都是同志》(第二十二期,1951年10月)和《毛主席留下的一面红旗》(第三十期,1952年6月)等作品。

在上述这些工农兵作家中,陈登科是最重要的一个从《说说唱唱》走上文坛的作家,他的成名作《活人塘》最初就是在《说说唱唱》发表的。陈登科,生于1919年,江苏涟水人。他出身贫寒,1937年十九岁时被国民党拉壮丁,不久后逃出,加入苏北的抗日游击队。1940年,他所在的游击队被整编为新四军的队伍,从此走上革命道路。陈是游击队中的一员猛将,曾手刃汉奸六十人,被日军称为"屠夫"。同时,他也特别善于讲故事,因此,游击队队长鼓励他学习文化,从事新闻工作。1944年,他在《盐阜大众》发表了第一篇通讯《鬼子抓壮丁》,并在阿英父子的帮助下,逐渐走上新闻道路。1947年,他写了第一篇小说《杜大嫂》。1948年写了第二篇小说《活人塘》,1950年秋,在同志的建议下,将稿子投给《说说唱唱》的主编赵树理,同年10月在《说说唱唱》第十期发表,11月连载完毕。①

显然,陈登科的决定是非常正确的。赵树理虽然社会活动非常繁忙,但作为《说说唱唱》的主编,他一直驻守编辑部,坚持每期亲自看稿、改稿,如果到发稿时还没有合用的稿子,他就把经过了初审、二审的稿子一一重新看过,忽然发现一篇

----

① 参见柏龙驹:《话说陈登科》,《江淮文史》,1999年第4期。

好稿,就欣喜若狂。赵树理风趣地把这种编辑方法叫作"绝处逢生法"。① 陈登科的《活人塘》,就是这样从堆积如山的废稿中"发掘"出来的。②

陈登科的《活人塘》一发表,就迎来好评如潮,并且最终也被写入了文学史。既然这是一篇优秀的小说,当时又怎么会沦落到废稿中去呢?这主要是因为工农兵作者的稿件不大合乎规范的缘故。虽然陈登科当时已经是新闻战士,但他的稿件中仍然有许多错字,有的不会写的字干脆用符号代替,需要编辑费力猜度。而且,稿件曾经被水浸湿过,有些地方字迹模糊难认。③ 因此,年轻的编辑们并没有认真对待这样的稿件。而赵树理多年从事农工大众的文化动员工作,比较珍惜群众的创作成果。他认为,对待群众的作品,"应完全以内容为主",不要去在意稿件的字体、纸张、格式等形式是否合乎规格。因为,"假如从这种外观上加以否定,那就几乎没有什么选的了;假如把这些印象置之度外,只从他写的生活面来看问题,往往有好多新鲜的东西"。④ 正是有这样的认识,当赵树理发现陈登科的稿子的时候,他会非常仔细地阅读和修改,并且发动编辑部的编辑们一起想办法,提意见。他不仅为小说写

---

① 汪曾祺:《赵树理同志二三事》,《今古传奇》,1990 年,第 5 期。
② 沈彭年:《老赵剪影》,见高捷编:《回忆赵树理》,第 212 页。
③ 陈登科回忆,他不会写"趴下"的"趴"字,就在稿子中创造了一个新字——马字去掉四点,表示马砍掉四条腿,趴下的意思。参见陈登科:《忆念赵树理同志》,见高捷编:《回忆赵树理》,第 26 页。
④ 赵树理:《谈群众创作》,《文艺报》,第一卷第十期,1950 年 2 月 10 日。

了评论《〈活人塘〉四人赞》,还亲自致信陈登科,指出小说的成功和不足,并和田间联名将他推荐到丁玲主持的文学研究所学习。

建国初年,正是依靠赵树理这样的通俗文艺改造运动家的热心扶植,像陈登科这样文化程度不高,但有文学才能的工农兵作家才能够被发现,并成长为一名成熟的作家。这个结果既是幸运的,也是必然的。

三、创作的繁荣

《说说唱唱》创刊后,团结了大批优秀的作者,在共同的努力下,有不少作家都在该刊物上发表了他们在建国初期最优秀的作品,赵树理也发表了他建国后最著名的曲艺作品——鼓词《石不烂赶车》和评书体小说《登记》。与《石不烂赶车》不同,《登记》这个小说不是作者主动创作的,而是"赶任务"的成果。1950年4月15日,中央人民政府委员会召开第七次会议,通过了《中华人民共和国婚姻法》,废除包办强迫、男尊女卑、漠视子女利益的封建婚姻制度,实行男女婚姻自由、保护妇女和子女的合法利益的新婚姻制度。5月1日,《婚姻法》公布实施。随即,全国各地掀起了宣传热潮。为了配合宣传工作,杂志急需一篇反映这个题材的作品,而编辑部恰恰没有这方面的稿子,只好编委亲自出马。任务推来推去,最后,康濯建议:"老赵,你自己搞一篇!"于是,赵树理在几天时间里和编辑部同事讨论命题作文的梗概,在编委们的催促下,于1950

年 6 月 5 日写出了评书体的短篇小说《登记》。①

　　1950 年 6 月,《说说唱唱》在第六期发表了《登记》。作品围绕定情物——一枚"罗汉钱",展开了一对母女各自的婚姻、恋爱故事。作者将母亲"小飞蛾"在包办婚姻中的不幸经历,与女儿艾艾为自由恋爱而抗争的情节相互穿插、映照,把一个司空见惯的反对包办婚姻的老故事,叙述得曲折动人,人物塑造得生动鲜明,道理解释得入情入理。虽然这个作品是一个政治宣传品,但其受欢迎程度完全可以与《小二黑结婚》媲美。小说发表后,轰动一时,各大报纸争相转载,工人出版社还出版了单行本,并立即被改编为各种地方戏曲,搬上舞台,且大都易名为《罗汉钱》。1951 年,小说《登记》被端木蕻良改编为评剧,易名为《罗汉钱》,在《说说唱唱》第二十四期发表。

　　除了赵树理之外,老舍在《说说唱唱》杂志上的创作也相当丰富,他发表了大量配合政治宣传的曲艺作品,有鼓词《生产就业》(第二期)、太平歌词《中苏同盟》(第三期)、太平歌词《开国纪念一周年》(第十期)、《和平解放西藏》(第十八期)、《十月革命颂赞》(第二十三期)、宣传婚姻法的曲剧剧本《柳树井》(第二十五期)、《消灭细菌》(第二十八期)、《大家评理》(第三十八期)、哀悼斯大林逝世的《化悲痛为力量》(第三十九期)、快板《我们选了毛主席》(第五十七期)等近二十篇,表现

---

　　① 参见汪曾祺:《赵树理同志二三事》,《今古传奇》,1990 年,第 5 期。马烽:《忆赵树理同志》和沈彭年:《老赵剪影》,分别见高捷编:《回忆赵树理》,第 2、212 页。

出很高的政治热情。其中的戏曲剧本《柳树井》是根据满族特有的曲艺八角鼓的曲牌编写而成的,在这个剧本之后,曲剧作为一个新的剧种在北京诞生了。此时,老舍之所以会热衷于通俗文艺创作,一方面来自他对民间曲艺的一贯兴趣,另一方面,是他积极响应毛主席《讲话》精神,身先士卒,努力通过文艺为人民服务的具体表现。但是,与赵树理不同,老舍对大众文艺的最高理想并不是以评书为小说,以唱词为诗。作为一个新文学作家,他将曲艺看作一个过渡性的艺术形式,他希望新中国的文艺先要从旧鼓词的"茅草房"里走出来,住到新鼓词的"瓦房"里,最后再从"瓦房"去到"地上的乐园"。在那里,所有的读者都可以欣赏"世界上最伟大最美妙的诗歌"。①

　　来自冀鲁豫解放区的著名诗人、曲艺家王亚平的创作也非常丰富,在参与《说说唱唱》的编辑工作的时期,他迎来了第三个创作高峰期。② 王亚平几乎在每一期杂志上都有大大小小的文章发表,其中包括他的代表作,如唱词《老婆子和小金鱼》(第一期)、快书《宋江河》(第三期)、唱词《张羽煮海》(第三十八期)等。

　　除了上述作家的积极写作外,《说说唱唱》编辑部还先后

---

① 老舍:《大众文艺怎样写》,《大众文艺通讯》,第 2 期,1950 年 4 月,第 20 页。

② 参见《王亚平传略》,《新文学史料》,1989 年第 1 期。另见罗扬:《王亚平曲艺文选序》,见《王亚平曲艺文选》,北京:中国曲艺出版社,1987 年,第 3—4 页。

改编、创作了不少为广大人民群众所喜闻乐见的新文艺作品，如快板《二万五千里长征》，单弦牌子曲《青年英雄潘天炎》，数来宝《战士之家》，相声《夜行记》《飞油壶》，鼓词《邱少云》，评书《一锅稀饭》，连珠快书《闹天宫》，山东快书《侦察兵》《东岳庙》等。另外，在发掘、整理民间遗产方面也取得了很大成绩，整理了山东快书《武松传》、武安落子《九红出嫁》等，产生了广泛的影响。

由于《说说唱唱》的创刊，通俗文艺改造运动终于迎来了它的鼎盛时期。在编辑和作者的共同努力下，该刊物的影响不断扩大，在创刊的第一年里就行销全国，发行量达到三万册左右，成为群众中最受欢迎的通俗文艺刊物。鉴于这种成功的发展状况，共产党的文化干部更加注重通俗文艺工作，决定加强对它的管理和监督。1951 年 12 月，北京市文联将《说说唱唱》的编辑权收归自己所有，用它代替《北京文艺》作为自己的机关刊物，并要求其担负"指导全国通俗文艺工作"的责任。而杂志级别的升高，意味着通俗文艺改造运动在新文艺战线上地位的再次上升，它一度成为中共进行文化改造的最重要的武器。

第三节 / 城市传播渠道的开辟

作家队伍形成之后，虽然有了创作，但这仍然是案头的作品,行之不广。为了能够将新的通俗文艺作品向全社会普及,就必须依靠组织起来的艺人,依靠中国共产党的宣传机构的协助。因而,通俗文艺改造运动在城市中的传播也是非常重要的一环。

一、艺人的组织和改造

1949 年,由于社会制度的突然转变,戏曲、曲艺舞台一度出现了比较混乱的情形。特别是在天桥摆地摊演出和在茶园、小戏棚子里演出,"往往外面贴的是一本正经的节目广告,里边却仍在兜售黄色下流的玩艺儿。有时新文艺干部一来,即慌忙改唱'东方红'。也有的艺人,如吹鼓手之类,竟然在死人出殡的仪仗里,吹起了《解放区的天》等曲子"。还有的相声艺人积极地到工厂演出传统段子《俏皮话》,但是因为经常出现"武大郎攀杠子——上下够不着,我的儿子""武大郎卖豆腐——人熊货软,我的孙子"之类比较庸俗、低级趣味的语言,工人们反应很冷淡,演出没有结束,就被工厂的领导"请"出了。[①] 从这种情况可以看出,大多数艺人们虽然不拒绝也不反对新社会,但是他们并不知道如何跟上时代的步伐。

正是基于这种情况,1949 年 7 月,第一次文代会召开以后,文化干部、知识分子和北平的进步艺人开始携手对北京的市民通俗文艺进行改造。他们工作的第一步就是将天桥的民

---

① 薛宝琨:《侯宝林和他的相声艺术》,哈尔滨:黑龙江人民出版社,1983年,第 50 页。

间艺人组织化。首先,在1949年7月22日成立了艺人的全国性组织中华全国曲艺改进会筹备委员会,成员为周扬、赵树理、王尊三、王亚平、连阔如、毕革飞、曹宝禄等,设立编辑出版部、搜集研究部、辅导部、组织联络部、福利部等部门,并通过了《筹备缘起》和《章程》。

随后,面向艺人的思想政治教育迅速展开。主要开办了以下几次较大规模的艺人讲习班:

(1)北平市戏曲艺人讲习班。这个讲习班的举办是由北平的曲艺艺人主动提议的。在他们的要求下,华北文化艺术工作委员会旧剧处与北平市文艺工作委员会旧剧科在1949年8月和12月举办了两次戏曲艺人讲习班,参加者有两千余人。学员分为京剧、评剧、曲艺(包括杂技)三个组,学制八周,每周三次,每次二小时,周一、周三讲课,周五为名家报告。欧阳予倩、田汉、洪深、赵树理、阿甲、马少波、王亚平、张梦庚、李伯钊、王颉竹等都曾来此做讲座,内容包括革命人生观、政治修养、旧剧改革等问题。讲习班的主要课程为"社会发展史""中国革命与中国共产党""《在延安文艺座谈会上的讲话》"及"戏曲改革政策"等。为了能够让艺人们易于接受,一般都是首先讲新旧社会艺人的不同社会地位,引导他们改变人生观,树立人民当家的观念;然后,再结合他们各自的人生经历,讲阶级观点,启发他们的阶级觉悟,确立为工农兵服务的方向;最后,谈业务改造问题,从具体的戏联系到如何改编与创作,贯彻推陈出新的方针。授课方式分为集体授课和分组讨论,以及出课堂活动墙报,交流心得,通过艺人教艺人,如有无法解答的问题,则统一解释。

(2)北京市盲艺人讲习班。北京还有一些失明的艺人,他们地位比较低下,主要靠走街串巷地算命、唱吉祥话为生,没有什么特殊的技能。为了给这部分艺人找到出路,在老舍的倡议下,1950年12月,北京市盲艺人讲习班成立。该讲习班开办两次,共收学员260余名,讲授"社会发展史"和"中国近代史"等政治理论课和"民间音乐"等业务理论课。[1]

对北京的曲艺界来说,这样大规模的政治学习和专业培训在新中国成立之前是闻所未闻的。艺人们之所以会有这样的热情来学习,有的是希望尽快知道自己的生活将会发生怎样的改变,有的则是抱着混毕业证书好重新搭班子唱戏的目的而来。经过学习和讨论,艺人们的思想意识逐步得到统一。过去,艺人们认为是因为自己"命中注定""生下来就命不好"才会卖艺,才会受人欺压,"通过两个多月的学习,大家的思想认识提高了,认识到过去不是命不好,是官僚资产阶级压迫我们,不让我们好。过去是低人一等,给阔佬、太太、小姐、少爷们唱,供他们开心取乐的;今天是革命的文艺工作者,是为人民服务,为工农兵服务的,大家一致感到前途光明、有奔头"。[2]

---

[1] 参见《中国曲艺志·北京卷》,第501—503页。其中"北平戏曲艺人讲习班"的部分还参考了梦庚:《北平戏曲界在进步中》,《文艺报》,第一卷第一期,1949年9月25日。
[2] 曹宝禄:《曲坛沧桑——我的曲艺表演生涯》,北京:中国社会科学出版社,2003年,第68页。

著名京剧艺人裘盛荣说:"经旧剧科诸位同志的苦心教导,知道了新旧社会的不同,应改造自己过去的糊涂观念。……我们本身应更随时警觉努力,前进再前进,改革国剧。"①著名评书艺人连阔如则表示:"改造后的旧艺人有了政治头脑,都不愿唱旧戏曲。……愿唱反封建的、反迷信、反官僚的、反帝国主义等等的新戏曲。"②

不少艺人的思想受到了巨大的冲击。著名京剧艺人李少春在参加讲习班的学习心得中写道:"听了欧阳(予倩)先生讲的《旧剧改革问题》,我彻底的明白了将来旧剧应走的路线。……尤其讲到'群众观点',对于我们演剧的同志们,进一步的给了一个重大的启示,我感到我们舞台工作者,衣食于群众,拿出来的东西,必须注意有利于群众的行动。违反群众与不利于群众的作品,应当彻底毁灭,加紧的创造出新的有益于群众的东西来。"③著名单弦艺人曹宝禄回忆:"我记得有一次,欧阳予倩先生给我们讲京剧应该怎样才能和时代发展结合时,他引用了周恩来总理在第一次全国文代会上的一句话:'以前是爱好他们,而侮辱他们;如今我们要爱好他们,就要尊

---

① 裘盛荣:《学习后的感想》,收入《北京戏曲界讲习班概况》一书,转引自北京市艺术研究所、上海艺术研究所编:《中国京剧史》,下卷,第一分册,北京:中国戏剧出版社,1999 年,第 1534 页。

② 连阔如:《我对于大众文艺创作研究会的希望》,《大众文艺通讯》,第 1期,1950 年 2 月,第 19 页。

③ 李少春:《参加北京戏曲界讲习班的学习心得》,收入《北京戏曲界讲习班概况》一书,转引自北京市艺术研究所、上海艺术研究所编:《中国京剧史》,下卷,第一分册,第 1533—1534 页。

重他们。'我们听了以后,都情不自禁地哭了,立刻就把这两句话记在笔记本上。在回家的路上,自言自语地念叨着:'我们艺人也受人尊重了! 我们艺人也受人尊重了!'直到今天还铭记在心。"①

在讲习班之后,艺人们回到原来的班子演出,在文艺干部和知识分子的帮助下,也都纷纷积极行动起来,革新旧曲艺,发展新文艺。1949 年底,曹宝禄、连阔如、关德俊等艺人组织了群艺社;1950 年 1 月,相声艺人孙玉奎、侯宝林(也是大众文艺创研会成员)等人发起成立了北京市相声改进小组;1951 年 3 月,成立第一届中国人民赴朝鲜慰问团总团曲艺服务大队,奔赴朝鲜前线慰问中国人民志愿军;1951 年 9 月,北京市盲艺人讲习班结业后,即成立首都盲艺人曲艺实验工作队等组织。

二、传播渠道的开辟

事实上,单纯的理论教育对艺人的影响是有限的。像解放区的知识分子改造韩起祥一样,归根结底,需要解决他们的生计问题。所以,真正有效的改造艺人的方法是让他们加入到新文艺的传播工作中来,尽快让他们公开演出新唱词、新戏曲,而且,也只有通过他们的表演,新文艺才能够在城市中得到传播。

1. 电台广播和大众游艺社的开辟:面向大众的演出

北平解放后,设立在北平的新华电台主动与艺人联系,成

---

① 参见曹宝禄:《曲坛沧桑——我的曲艺表演生涯》,第 67—68 页。

立了广播小组,请他们在电台公开表演新曲艺节目。从 1949
年 9 月 1 日起,每日下午六点三十分开始,有半小时左右的时
间播送一段新曲艺节目。最初,参加的人只有十几个,后来发
展到三十多个。为了保证艺人的热情,电台付给他们一定的
报酬。广播电台每月拨出九百斤小米,每演出一次,艺人可得
到三十斤小米。在这样的经济保障下,艺人学习、演出新曲艺
的热情的确有所提高。[①]　在此后的 1950 年 3 月,又增加了午
间的新曲艺广播时间,在"工人时间"栏目中加了半小时的曲
艺节目。但是,这样的规模,对大多数艺人来说仍然无法支持
他们的基本生活,大量的新曲艺节目也无法获得充分的表演
时间。而且,收听电台广播,主要是工人、干部在工厂和单位
中可以享受的娱乐,在普通市民的生活中还不普及。因此,新
文艺工作者必须进一步加大宣传推广力度。

在大众文艺创作研究会的倡议下,由中国曲改会、北京市
文委、第二人民教育馆、北京市曲艺公会商定,开辟一个演唱
新词的阵地。在 1949 年 9 月 29 日的会议中,决定在前门箭楼
开辟大众游艺社,推举连阔如、曹宝禄任正、副社长,并以"只
唱新词,树立新作风"为演出原则。艺人演出的新词主要由大
众文艺创研会提供。所谓新作风,包括多方面的改革,比如打
倒明星制、演员作风要朴素、演唱要认真、去掉旧游艺场所的
一切陋习、民主评定演员待遇等。

---

①　参见王亚平:《大众文艺工作的推进》,《文艺报》,第一卷第四期,1949 年
11 月 10 日,第 29 页。

在大众游艺社开幕前,大众文艺创作研究会在 10 月 15 日的成立大会上就先招待了本会的会员,演员表演了《百鸟朝凤》《打黄狼》《考神婆》《侯昭银杀敌救女》《解放军横过小西天》等新曲艺节目,取得了不错的效果。为了扩大影响,还在《人民日报》上刊发了游艺社成立的消息。①

为了筹备大众游艺社的开幕,许多演职员都亲自参加劳动,主动出钱出力。沈彭年回忆:"大众游艺社的开幕很不容易,靠了热心的演职员们,东挪西借来的一点钱,草草的修建和布置了一下,前台主任全国华和侯一尘,都参加劳动:挂幕布,抬锅炉,侯一尘把自己家里的台灯和铜盆都拿来公用。演职员都有信心,有的说:'只要赚得出来车钱就唱。'有的说:'赚不出来车钱走着也来唱。'"②

但是,新曲艺并不是凭借艺人有信心就能迅速推广的。在最初的一个月里,果然连车钱都卖不出来。大众游艺社虽然设立在前门闹市区,每天日夜两场,有二三十个艺人演出,其中不乏名角儿。但是,新词起初并不特别吸引观众,每场只卖到十几个、几十个座,观众往往没有演员多。直到 11 月 6 日,第一次卖了一个满座,终于鼓舞了士气。但是,群众对新曲艺的接受才是刚刚开始,新曲艺需要进一步扩大它的受众

---

① 《开展新曲艺　大众游艺社成立　明起在箭楼演唱》,《人民日报》,1949 年 10 月 15 日,第 4 版。

② 沈彭年:《记大众游艺社》,《大众文艺通讯》,第 1 期,1950 年 2 月,第 23 页。

范围。

2. 燕京大学的民间文艺课:面向知识分子的演出

为了能够让改造了的通俗文艺在北京生根,为改造通俗文艺培养理论研究人才,赵树理决定把天桥的艺术送到知识分子中去,唱到高等学府里去。1951 年秋季,赵树理与燕京大学教授林庚协作,在燕京大学中文系开了一门民间文艺课,两周一次,每周两小时,讲授内容是不登大雅之堂的民间文艺,如相声、大鼓、牌子曲,甚至还有被民间蔑称为"蹦蹦戏"的评戏等曲艺形式,计划每次介绍一种民间文艺体裁的历史沿革和艺术特色。有点出乎意料的是,这门课受到了燕京大学高级知识分子们非常热烈的欢迎。

这门课程之所以受到欢迎,主要是因为它的讲授方式不同以往,不是由教授在讲台上授课,而是采取专家讲课和著名演员现场表演相结合的形式。在燕京大学的音乐系礼堂里讲演和表演的有作家赵树理、说山东评书的连阔如、说山东快书的高元钧、唱京韵大鼓的良小楼、唱评戏的新凤霞、唱奉调大鼓的魏喜奎、说相声的孙玉奎,以及表演旗人曲艺八角鼓的顾荣甫和尹福来等。[①] 这种新鲜的讲、演方式吸引了不少燕京大学的学生和老师前来观看。据上过这门课的燕京大学学生潘俊桐回忆,上课地点原定在睿楼,后来转移到音乐系小礼堂,因为那里可以自由加座,也便于说唱。可容纳一百多人的礼

---

① 沈彭年:《老赵剪影》,见高捷编:《回忆赵树理》,第212—213 页。

堂还是被挤得水泄不通,后来者只有在后边站着,或者靠在门外,在听课的学生中还包括不少讲师和助教。给他印象最深的是新凤霞的评戏《刘巧儿》和连阔如的山东评书《潘金莲》,称新凤霞歌喉婉转,"听后大有绕梁三日之叹";而连阔如声音洪亮,模仿人物惟妙惟肖,百多名听众"屏住呼吸,一动也不动"。①

正如参与组织这一课程的大众文艺创研会成员沈彭年所说,《刘巧儿》等新曲艺都闯进了洋学堂。这一"闯进",对通俗文艺改造运动来说,具有重要的意义。一方面,燕京大学是著名的教会大学,有深厚的西学传统。能够将民间曲艺形式和新文艺作品介绍到这样的高等学府中,通过研究性的讲授,使高级知识分子对之有所接触,让他们参与到民间曲艺的研究工作中来,在相当程度上促进了通俗文艺改造运动的学术化过程。另一方面,也正是以这一课程为契机,民间文学研究开始带有某种政治色彩,它以工农兵文艺这种政治化了的文艺形态进入大学课堂,从而逐步将建国后的民间文学研究由人类学、民俗学的纯学术道路,引向了为工农兵服务的政治路径。

3. 宝文堂:新通俗读物的出版

除了对旧小说家和旧艺人的改造外,建国初年,还特别注意对旧通俗读物的出版和流通渠道的改造。因为通俗读物是

---

① 潘俊桐:《别开生面的民间文艺课——回忆赵树理》,见高捷编:《回忆赵树理》,第186—187页。

普通市民阅读最多的书籍,特别是唱本和连环画(又称"小人书")是最受民众欢迎的文学读物。因此,为了夺取这个重要的通俗文学阵地,《文艺报》曾多次讨论相关问题。1949 年 10 月 10 日,《文艺报》在"工作通讯"中批评上海的《白毛女》连环画出版比较混乱的问题。王亚平在 11 月 10 日的《大众文艺工作的推进》一文中也谈到占领北京的通俗读物市场的重要性。11 月 25 日,发表署名"耕耘"的短论,讨论《连环画的改造问题》。1950 年 5 月 10 日,《文艺报》又以较大篇幅组织了一组文章,专门介绍北京的通俗读物市场改造。①

　　文化干部和文艺工作者对通俗读物市场的格外关注是完全可以理解的。在建国初年,北京最有名的通俗读物出版商集中在打磨厂街一带。比较著名的通俗读物书店有宝文堂、学古堂、泰山堂、二酉堂等十几家,大都有近百年的历史。这些书店的主要读者不是城市知识分子,而是城市里文化程度不高的民众和华北农村的广大农民。也就是说,他们的读者正是通俗文艺改造运动要争取的最主要的读者群。但是,这些书店印刷的书籍恰恰被新文艺工作者视为充满了"麻醉人民大众思想"的封建毒素,比如蒙学读物,如《百家姓》《三字经》《千字文》、四书五经、《左传春秋》《古文观止》、各类字帖仿影等;生活用书,如皇历、日历、《万事不求人》、珠算口诀等;还

①　这组文章共有三篇,分别为白融:《夺取旧小人书阵地》、康濯:《谈北京租书摊》、苗培时:《且说打磨厂》,发表在《文艺报》,第二卷第四期,1950 年 5 月 10 日。

有大量的章回小说、各种曲艺唱本,甚至包括和尚的"戒律"。在新文艺工作者眼中,这些图书中的绝大部分都掺杂着宣扬迷信、忠孝、色情等不健康的内容,而且更让他们忧虑的是,其印刷数量非常大,每种图书通常都以几十万册计。再加上行销非常广泛,除了在华北一带的书店和数以千计的租书摊长期销售外,他们还有自己的远销渠道,每逢庙会、节日或农闲时节,就会有许多货郎把热销的图书带到东北、西北地区,直接送到农民手中。因此,如何改造旧的通俗读物出版市场,使之为新文艺所用,就成为实现新文艺有效传播的一项重要工作。

在上述这些北京书店中,宝文堂不仅是生意做得比较大的,也是比较积极参与改造的一家。这家书店于同治元年(1862)开业,位于北京崇文门外打磨厂东口,前店后厂,最初为一懂说唱的刘姓人与一刻工合开,主要采用雕版刻印各种小唱本。同治八年(1869),有文人韩小窗等加盟,大量供应稿件,宝文堂日渐壮大。到民国初年,宝文堂出版的通俗读物,如唱本、戏本(共计六百余种,一千两百多段曲词)、皇历等畅销全华北地区,渐及东北沈阳、西北包头、宁夏等地。解放前每年的销售量:皇历可达四十至五十万册,唱本可达七十万册。[①] 1931 年,第三代经理刘善政购置了十六页平版机,开始采用铅字排印,曾经出版过《日寇火烧北大营》《马占山江桥抗日寇》《东北义勇军》等宣传抗日的唱本,即使在抗战期间生意最萧条时仍可销售三十万

---

①　苗培时:《且说打磨厂》,《文艺报》,第二卷第四期,1950 年 5 月 10 日。

册以上。1949 年到 1950 年间,第四代经理刘玉铮遇到了新问题,解放了,和平了,皇历和旧唱本的销量反而大幅度下降。以最好销的皇历为例,1949 年仅卖出了十七万册,比往年少了六成。因此,经理刘玉铮常常到街上问做宣传的学生今后"应该印什么?"①宝文堂开始主动考虑市场转型问题,却想不出什么好的办法。事实上,宝文堂的困境也是建国初期的旧通俗读物书店普遍面临的问题。

旧书店的经理们的普遍烦恼,也正是新文艺工作者与之合作的机会。大众文艺创研会就在这时派人访问了宝文堂,与之商量合作出版新唱词、新历书等问题。大众文艺创研会答应为宝文堂提供符合新时代要求的作品,并希望宝文堂为他们提供广阔的市场和畅通的销售渠道。双方一拍即合,决定合作。为了表示诚意,在大众文艺创研会的邀请下,宝文堂的两代经理——刘善政和刘玉铮父子一起加入该会,成为正式会员。在他们加入大众文艺创研会后,积极投身新文艺传播事业的宝文堂书店,其政治地位也得到提高。1950 年,老经理刘善政出席了第一届全国出版会议,并在晚会上见到了毛主席,他为此感到非常激动和骄傲。

除了政治地位的提高,更重要的是,宝文堂和大众文艺创研会在这次合作中一起实现了他们预期的目标。在宝文堂协助下,大众文艺创研会的新曲艺、新评戏、"东方红"的仿影等

---

① 陈逢春:《话说宝文堂》,《说说唱唱》,1952 年第 7 期,第 34 页。

新的通俗读物都得以大量印行,仅在 1950 年一年,就出版该
会会员作品六十余种。从 1951 年到 1952 年,新唱本已经卖了
两百多万册,仅《小女婿》一个唱本就卖了近二十万册,而且销
售范围从华北地区进一步扩大到齐齐哈尔、库伦、迪化、成都
和上海。而宝文堂因为有了大众文艺创研会供应新稿件,仅
在 1950 年底到 1951 年初的两三个月里,就销售了该研究会编
写的新历书五万余册。新历书之所以受群众欢迎,是因为它
既有新的进步内容,又兼顾了老的说唱形式。比如,旧的皇历
上都有"金钱六十四卦",而新历书的编辑也编写了六十四小
段金钱游戏快板儿,以之代替"卦词",可以作游戏材料。这里
略举两例:

> 第二十四卦"找好方向",诗曰:"为人行路不容易,偶
> 一不慎方向迷。指路明灯共产党,路只一条莫迟疑。"
> 第二十六卦"打井防旱",诗曰:"风雨阴晴莫靠天,有
> 井便能过旱年。种田必须多打井,多收庄稼不犯难。"

这两个例子基本体现了新历书编写的宗旨,它从一个侧面反
映了新中国的通俗读物改造的主要任务,即抓紧思想政治教
育,强调普及科学知识。而政府所宣传的显得生硬的政治理
念,也正是通过旧形式的软包装,逐渐渗透到普通大众的日常
生活中去,并逐渐被他们接受和认同。

如果说新历书的销量大,是因为它是必备的生活用书,那

么其他普通群众不大熟悉的新唱本为什么也能迅速畅销呢？这主要有两个原因。

一是市场对新通俗读物的需求量大。这主要是因为建国初政府不断颁布各项政策、法规，开展各种活动，为了配合宣传工作，全国各级组织、各个单位的宣传机构都需要各种文宣手册、曲艺作品。比如1951年宣传《婚姻法》，宝文堂就印行了鼓词、单弦、快板、相声等手册十五种，邮局总发行量有六十万册。

二是宝文堂奉行薄利多销原则，其书价非常便宜，有"鸡蛋书"之称，即一个鸡蛋就可以换一本书。因此，代销商就非常多。有意思的是，书价便宜，在建国初年被视为社会主义新中国优越制度的体现。一个采访宝文堂的记者曾经骄傲地说："'鸡蛋书'只能在制度优越的、人民生活美好的、有毛主席光辉的文艺政策照耀着文艺工作美丽远景的人民中国出现！比如英国人就会听也听不懂是怎么回事，他们不是连鸡蛋都吃不上吗！……我们却真可以从宝文堂这一间小书铺看到毛泽东时代，劳动人民文化生活突飞猛进的提高呢！"[1]

虽然这样的自信现在看起来颇有些盲目，但是，应该承认，在建国初年，宝文堂的改造是比较成功的。这成功表现为被改造者和改造者双方都受益：宝文堂顺利地完成了市场的转型，并取得了较好的经济效益；大众文艺创研会的通俗文艺

---

① 陈逢春：《话说宝文堂》，《说说唱唱》，1952年第7期，第27页。

改造运动也取得显著的社会成效,完成了共产党的宣传任务。正如苗培时所说,新文艺工作者与旧书店的合作是"建国后的文艺普及运动中的一个值得注意的收获"。①

---

① 苗培时:《且说打磨厂》,《文艺报》,第二卷第四期,1950 年 5 月 10 日,第29 页。

第四章　通俗文艺改造运动中的派别纷争

　　建国初年,在以赵树理为代表的通俗化作家热火朝天地进行通俗文艺改造的同时,新文学阵营内部的不同派别间也在暗暗进行着较量。在如何建设社会主义文学的问题上,通俗化作家与正统的新文学作家发生了明显的分歧。而这些分歧又纠缠着抗战时期左翼文化阵营内部复杂的派别矛盾。因此,在叙述建国初年通俗文艺改造运动所引发的种种文坛恩怨和大小笔墨官司之前,我们先要从根据地的派别矛盾说起。

第一节 / 太行山的"新""旧"派之争

　　二十世纪四十年代初,在毛泽东《在延安文艺座谈会上的讲话》发表之前,华北根据地文艺界虽然在新文学大众化的理论层面达成共识,在实践层面却存在相当大的分歧。赵树理所在的太行山文艺界就存在"新""旧"两派。① "旧派"主张应该利用民间形式实现新文学的通俗化,而"新派"则反对利用民间形式对新文学进行改造。两派文化人各执一词,对台唱戏,形成了很深的门户之见。

一、"新派"和"旧派"的分歧

1. 阵地和主张

四十年代初,赵树理所在的太行根据地有两个主要的文艺刊物:一为《华北文艺》,一为《抗战生活》。② 《华北文艺》创刊于 1941 年 5 月 1 日,是晋冀豫文联创办的文艺月刊,主编为蒋弼,徐懋庸、高沐鸿、林火、陈默君、张秀中、李庄、王玉堂、洪荒(阮章竞)、乔秋远、袁勃等为编委,这是一个"新派"的集中地。《抗战生活》则是"旧派"较为集中的场所。它创刊于 1939年 4 月 1 日,是一个以政治内容为主的综合性刊物,主编为张磐石,同年 6 月休刊。1940 年 5 月 1 日复刊,改为铅印十六开大本,编委为何云、张磐石、韩进、李伯钊、林火、杨献珍、孙泱、王玉堂、陈默君等。其文艺部分的主要撰稿人为袁勃、赵守攻、李伯钊、王博习、冈夫、华山、王铁、流焚(林火)、辞条等。而赵树理在该杂志复刊后参与了它的校对和秘书工作,当时

---

① 杨献珍:《数一数我们的家当》,见中国作家协会山西分会编:《山西革命根据地文艺资料》,上册,太原:北岳文艺出版社,1987 年,第 102 页。

② 《文艺期刊介绍》,见《山西革命根据地文艺资料》,下册,第 534、530 页。

尚未成为重要作者。

　　《华北文艺》是"新派"控制的刊物,它的读者和作者主要是干部和知识分子,但在理论上,他们同样热情拥护新文学大众化的主张。在其创刊号上,曾发表一篇题为《群众是我们的导师》的文章,号召文化人"冲破我们狭窄的个人生活与想象的圈子,把我们投入宽广、生动、丰富的广大群众生活的大海中去吧!""把千千万万的群众当作我们的导师,向他们学习,去请他们检查我们的作品吧!"①但是,这种对"大众化"的热情呼应并不代表新、旧两派意见一致,相处融洽。1941 年 7 月,《华北文艺》刊发了一篇立场比较中庸的文章,在不经意间暴露了华北文艺界在"民族形式"论争中存在尖锐对立的两种观点:一种认为"旧形式应该是民族形式的主体","旧形式一定可以发展成为民族形式",原因是"民众熟悉它们,并且它们有悠久的历史的潜势力";与之针锋相对的另一种看法则认为,"新形式是民族形式的主体","是科学的完美的形式",其原因在于"新形式是可能表现中国的现实,而它们又是有国际性的形式"。该文章的作者认为应该在调和新、旧两种文艺形式的基础上发展出一种新的民族形式来。② 按说这篇文章的观点除了比较中庸之外,并没有什么特别新颖、深刻之处,但是,一

---

　　①　野蓟:《群众是我们的导师》,见《山西革命根据地文艺资料》,上册,第66 页。

　　②　刘备耕:《民族形式,现实生活》,见《山西革命根据地文艺资料》,上册,第 69—70 页。在文章中,"旧形式"指的是中国传统的和民间的文艺形式,"新形式"指"五四"新文化运动引入的西方文艺形式。

个月后,《华北文艺》的编辑张秀中却严厉批评了此文,指出"五四"以来的新文艺才是"今天创造民族形式的主流",而"旧形式、民间形式是以封建的政治经济作为基础的,基本上不能发展成为今天的民族新形式"。①

"新派"对赵树理的批评一直没有间断。② 因此,直到1942年下半年,赵树理的通俗化实践仍然不是太行文艺界的主流。但是,通俗化的呼声没有因为"新派"的反对而消失,尽管文学领域还暂时保持了沉默,在其他文化领域,两派的直接冲突已经发生。

2."演大戏"的争论

二十世纪四十年代初,各抗日根据地最繁荣的文化活动并不是文学,而是戏剧。在1939—1940年间,华北各根据地——晋察冀、晋冀豫、冀南、冀中、胶东、鲁南等地,普遍开展了戏剧运动。边区的戏剧活动主要有以下五种组织形式:

第一种(也是最多的一种),组织正规、大型(四十至八十人组成)的地方剧团,有话剧团、歌剧团,也有旧形式剧团。据不完全统计,华北各根据地共有此类剧团四十五个,晋冀豫最多,有二十六个。

第二种,是八路军和地方游击队的宣传队组成的剧社。

---

① 张秀中:《关于"民族形式的主体"》,见《山西革命根据地文艺资料》,上册,第72—73页。

② 对赵树理的批评在毛泽东《讲话》已经发表后仍然没有停止,主要是因为《讲话》没有及时传达到太行山区。参见徐懋庸:《徐懋庸回忆录》,北京:人民文学出版社,1982年,第151页。

第三种,是业余戏剧组织,如各种学校、战时短期训练班。

第四种,是由进步乡村教师组织的农村儿童剧团。

第五种,是经过改造的旧戏班组织的职业剧团,此类剧团数目较少。①

在各个根据地中,赵树理工作和生活的太行山区对戏剧运动的强调到了令人吃惊的地步,他们甚至在枪林弹雨中进行文艺演出。1939 年 2 月,在中华戏剧协会太行分会成立之时,正赶上敌人进攻,但该地区的二十余个剧团仍然坚持进行了十天的联合公演。由于新文艺工作者的努力,太行山区群众文艺的水平得到了很大提高。1940 年,冀西太北有两百个左右的剧团,三千名演员。其中以辽县农村剧团为最好,一些农家出身的老太婆、小孩子、青年妇女在参加几个月的训练以后,甚至已经能演出复杂的戏剧,表演多声部的《黄河大合唱》,还能自编自演,改造旧剧。②

虽然根据地文化界投入了大量精力搞戏剧运动,但文化条件还是无法与国民党的军队相比,因为国民党的军队剧团不仅有专业演员,还有民乐和西洋乐合璧的乐队。③ 为了能够

---

①　李伯钊:《敌后文艺运动概况》(节录),见刘增杰等编:《抗日战争时期延安及各抗日民主根据地文学运动资料》,中册,太原:山西人民出版社,1983 年,第 296—298 页。

②　《抗战三年来的晋东南文化运动——晋东南文化界第二次代表大会上的报告提纲》,见《山西革命根据地文艺资料》,上册,第 41—42 页。

③　李伯钊:《敌后文艺运动概况》(节录),见《抗日战争时期延安及各抗日民主根据地文学运动资料》,中册,第 300 页。

与国民党在文化上抗衡,编宣传小戏、演活报剧这类业余水平
的演出已经不能让根据地的文艺工作者感到满意,他们希望
能够拿出比较有分量的大作品来。但边区的新戏剧创作人才
十分缺乏,群众剧团数量又很大,即便有几个新戏剧也很快就
被演完,难以满足需求。所以,"剧本荒"成为根据地文艺宣传
工作中最普遍的问题,而延安的戏剧工作经验为各根据地的
文化人解了燃眉之急。早在 1939 年,毛泽东就曾经鼓励鲁艺
演出《日出》等国统区剧目,以满足延安的干部和知识分子的
文化需求。[①] 到了 1941 年,各边区根据地为了解决剧本缺乏
的问题,也纷纷上演起中外名剧,一时间已成为潮流。[②] 于是,
《复活》《钦差大臣》《雷雨》《日出》《巡按》《弄巧成拙》等"大戏"
在军队、农村中公演,但与延安的情况不同,根据地的观众中
鲜有喝过洋墨水的干部和知识分子,主要是土生土长的工农
兵。除了少数干部和知识分子外,普通观众对这些远离他们
生活的西方戏剧形式并不感到有什么兴趣。而且,排练这些
剧目需要花费大量的财力、物力和人力,有的演出甚至通宵达
旦。1940 年夏,北方局所在地曾经大演曹禺的《日出》,从晚上
十点来钟,一直演到第二天几乎"日出"才闭幕。[③] "演大戏"的

---

① 艾克恩:《〈在延安文艺座谈会上的讲话〉与延安文艺运动》,见艾克恩
编《延安文艺回忆录》,北京:中国社会科学出版社,1992 年,第 408 页。
② 沙可夫:《目前边区文艺工作者努力的方向》,原载 1941 年 4 月 29 日《晋
察冀日报》副刊《晋察冀艺术》第 13 期,见《抗日战争时期延安及各抗日民主根据
地文学运动资料》,中册,第 70 页。
③ 参见徐懋庸:《徐懋庸回忆录》,第 144 页。

活动在客观上提高了边区戏剧运动的水平,但也在一定程度上干扰了边区的战斗生活。虽然这一活动得到了一些军事干部和文艺工作者的支持,但同时也招来另外一些人的不满。随即,一场关于该不该演出"大戏"的争论发生了。

在军事领导人中,聂荣臻将军(时任晋察冀军区司令员)对演出"大戏"表示了赞成。他在晋察冀边区第二届艺术节大会上的演讲中说:"我常常想到今天边区的文化和艺术水准很不齐,我们一方面是艺术大众化,同时也要使艺术水准提高。……譬如演外国戏,群众是看不懂的,但不能因此就不演,还是应该演来借此提高艺术……"[①]而晋绥根据地野战政治部对"演大戏"的偏向则表示了不满,认为"偶尔排演一二次名剧是容许的,而且是必要的,但到处演,常常演,就十分不妥"。[②] 1941 年初,晋冀鲁豫边区曾为克服"演大戏"的倾向开了座谈会,但到 8 月,边区临时参议会举办晚会,当地的文艺工作者仍然上演了《日出》和《巡按》。戏剧工作者吕班主张用民间形式改良新文艺,因此,他对给工农兵"演大戏"的做法表示了坚决的反对。他在《怎样提高技术》一文中嘲笑"演大戏"是"脱离现实基础,跑到高山之巅大喊其'提高技术'"。但是,他的意见并不被新派文化人所接受,被扣上了"等待主义"的

---

① 《聂司令员在第二届艺术节大会上的演讲》,原载 1941 年 7 月 16 日《晋察冀日报》副刊《晋察冀艺术》第 20 期,见《抗日战争时期延安及各抗日民主根据地文学运动资料》,中册,第 82 页。

② 《我们的戏剧路线》,原载 1941 年 9 月 25 日《战斗文艺》,第 2 卷第 1 期,见《抗日战争时期延安及各抗日民主根据地文学运动资料》,中册,第 425 页。

帽子,认为他"过分夸张落后环境的困难","瞧不起'大戏'演出的成果"。①

3. 通俗化研究会的成立

为了扭转边区文化界普遍崇洋的创作局面,使新文艺的通俗化真正做出成绩来,1941年8月,在"演大戏"的潮流方兴未艾之时,赵树理、王春、林火等人开始与"新派"的知识分子唱对台戏,酝酿并发起成立通俗化研究会。当时的参加者主要以《抗战生活》编辑部的人员为主,有赵树理、王春、石蕾,还有通联部的袁勃、李庄、江牧岳、冯诗云、章容等,《新华日报》华北版的个别编辑有时也参加讨论。赵树理、王春力主文艺应该通俗化、群众化、大众化,他们拥护鲁迅的观点,即"应该多有为大众设想的作家,竭力来作浅显易解的作品,使大家能懂,爱看,以挤掉一些陈腐的劳什子。但那文字的程度,恐怕也只能到唱本那样。……倘若此刻就要全部大众化,只是空谈"②。

为了能够将他们的主张落到实处,对文化界发生影响,赵树理在编辑《中国人》周刊的同时,又和王春开始着手改版《抗战生活》。8月25日的革新号第六期《抗战生活》载有《编后记》,内云:

编完这一期,《抗战生活》革新第一卷便完了,从下期

---

① 董大中:《赵树理年谱》(增订本),第175页。
② 鲁迅:《文艺的大众化》,见《鲁迅全集》,第7卷,第349页。

起,应该是革新二卷一期了。

我们相信读者可以清楚看到的,在这革新第一卷里,我们初步的实现了我们小小的编辑计划。这个计划,倘用一句话说完,便是"学术化","多样化","系统化","通俗化"。……

在"通俗化"方面,我们不过初步来一个尝试,这是我们工作中最薄弱的一环。也是我们今后最应努力的方向之一。……

革新第一卷,不过刚刚奠定下了一个基础,我们当然并不以此自满,今后的方向,除了根据以上的目标,进一步向前迈进以外;特别在"通俗化"方面,我们将作最大的努力。为了在这方面的进步,我们现已成立一个"通俗化研究会"。我们人手和能力都有限得很,尚希热心的作者和读者经常在各方面给我们以友谊的帮助与指教。

此后,赵树理等人开始公开提倡通俗化实践。9月25日,《抗战生活》革新号二卷一期发表了《通俗化"引论"》,署名"吉提",为"集体"的谐音。这是通俗化研究会发表的第一篇论文,对通俗化问题的一些基本概念作了界定。10月25日,《抗战生活》革新号二卷二期发表通俗化研究会的第二篇论文《通俗化与"拖住"》,署名"陶伦惠",为"讨论会"谐音,据考证这篇文章亦为赵树理所作。12月25日,《抗战生活》革新号二卷

三、四期合刊发表通俗化研究会的第三篇论文《说"八股"》,署名为"贾铭",为"假名"的谐音,已知该文为王春所作。在本期《编后》中说:"《说'八股'》是贾铭先生的来稿。作者的意思,倒不在于介绍八股的历史和内容,主要是在于针砭目前某些青年中间的空泛习气,这一篇和千秋(王春)先生的读书笔谈,不谋而合,都是针对这种不良现象而发。我们也很赞成两君的意见。空泛的调头,不切实用,近乎八股,应该逐渐减少。"①本期之后,《抗战生活》就与《华北文艺》合并。这也是通俗化研究会发表的最后一篇论文。

通俗化研究会的成立使赵树理等主张通俗化的作家有机会和园地发表自己的看法,但是在另一方面也使"新""旧"两派文化人相互轻视的风气愈演愈烈。据华山回忆,"当时活跃一时的文坛佼佼者们,对老赵并不都是那么尊重的。口头也讲大众化,讲中国气派和中国作风,可眼睛总盯住大后方几个大型刊物,要写'全国性'的作品。至于敌后方的群众,无非是看看《小放牛》,听听'莲花落',有赵树理说说唱唱就行"。因此,在他们眼中,赵树理不过是个"庙会作家""快板诗人"。而赵树理、杨献珍等人也同样看不惯"新派"。赵树理把新诗人模仿马雅可夫斯基的诗作叫作"有点(省略号)、带杠(破折

---

① 参见董大中:《赵树理年谱》(增订本),第190—194页。

号）、长短不齐的楼梯式,妈呀体"。① 他和王春还借用了前人的两句话:"天地乃宇宙之乾坤,吾心实中怀之在抱。"②以此来讽刺那些爱在文章中用文言词语的人。而党校的杨献珍对"新派"文化人的批评则更甚,说他们"住在农村,身在农民中间,心目中却没有农民,认为农民落后,看不起民间的通俗文艺,或者都在叫着'大众化',而写起文章来,却多是大众所看不惯、听不懂的东西"。他举了一首可笑的新诗,称这是"他们最为欣赏的一句诗":

> 我想吃
> 那
> 那
> 那
> 那个红柿子。③

据杨献珍所说,这首诗本来的意思是要表现革命军人想吃柿子,又不能违犯群众纪律的矛盾心情的,他批评这样的诗句完全是无病呻吟、毫无意义的东西。

---

① 华山:《赵树理在华北新华日报》,见高捷编:《回忆赵树理》,第 220—221 页。

② 董大中:《赵树理年谱》(增订本),第 196 页。

③ 杨献珍:《从太行文化人座谈会到赵树理〈小二黑结婚〉出版》,见高捷编:《回忆赵树理》,第 196 页。

然而,在 1942 年,主张以通俗文艺形式改造新文学的"旧派"人物在太行山根据地的文艺界中仍然只是少数。[①]

二、"新派"与"旧派"的直接交锋

1942 年 1 月 16 日至 19 日,晋冀豫边区在涉县曲园村召开了一个将近有五百人参加的大规模的文化人座谈会。该区二十二个文化单位的代表,八路军总司令部、一二九师师部、六旅、太行军分区、冀南军分区、边区政府、太行区六个专署、二十八个县、新华日报社、华北新华社、太行抗战学院、鲁迅艺术学校等各机关团体代表,以及本区文艺工作者杨献珍、何云、陈默君、张柏园、陈铁耕、李棣华、蒋弼等四百二十余人,和附近敌占区内文化人士和士绅都赶来参加。[②]

1942 年初,晋冀豫边区举行如此大型的文化人座谈会其实事出有因。就在前一年中秋节后不久(1941 年 10 月 12 日,农历八月二十二日),黎城县的一个会门组织离卦道挑动五六百名道徒进行了反共暴乱。这次暴乱对根据地的军政干部震动很大。因为黎城是中共在晋东南开展工作较早的一个县,全县无日伪军。而离卦道是一个迷信组织,它的信徒主要是农民,谎称入了道,女人可得子,日军来了可"隐身",并编谶

---

① 参见韩冰野(林火):《赵树理在华北〈新华日报〉社——给董大中的复信》,《赵树理研究文集》,中卷,415 页。

② 《四二年晋冀豫区文化人座谈会纪要》,见《山西革命根据地文艺资料》,上册,第 84 页。

语,暗示真龙天子将要救百姓出"劫数",离卦道首领可永坐天下等。[1] 为了发动暴乱,离卦道欺骗信徒说:"抗日政府里妖精作乱,那县长是丧门神下凡,公务员全是鬼怪转世,不把他们杀了,黎城的百姓就难逃刀兵水火大劫。"[2]信该道的农民在不了解共产党的政策的情况下,被迷信思想和对战争的恐惧心理所驱使,参加了这次行动。当边区军政领导了解到这些情况后,他们认识到,要根本解决黎城离卦道的暴乱问题,必须依靠有力的政治、文化宣传。因此,文化战士要"做一番艰苦的'指路'工作",要"努力推行科学的文化的教育,进行大众的启蒙运动",要"在敌人每个具体的阴谋面前,都能尖锐的予以揭露,使纸老虎现出真状"。更重要的是,文化工作要"不为过去'大众化运动'所拘限,要深入农村,了解农民,打破形式主义,和局限于机关文化的机关主义,要使文化成为大众——首先是农民大众自己的文化"。[3] 正是在这一背景下,边区召开了大规模的文化人座谈会。

在这个座谈会上,"新""旧"两派知识分子就文艺如何大众化等问题展开了直接的交锋。会议的《纪要》几次用"意见殊多分歧,辩论热烈""会场空气异常紧张""情绪异常热烈"

---

① 董大中:《赵树理年谱》(增订本),第 105—106 页。
② 戴光中:《赵树理传》,第 142 页。
③ 《文化战线上的一个紧急任务》(社论),见《山西革命根据地文艺资料》,上册,第 91、93、94 页。

"发言者异常踊跃"来形容两派间的争论情形。①

  1月18日,座谈会进行到第三天,也是争论到达白热化的时刻。来自国统区的著名文化人,曾担任左联秘书长的徐懋庸,站在"新派"文化人一方,做了《文艺工作上的对敌斗争》的报告。当时,他并没有领会这次会议的特殊的政治指向和军政领导人的意图,所以只做了一个比较空泛的发言,并且特别不合时宜地强调了文艺的独立性问题。他提出"文艺家不应该只是被动地根据政治家所提出的口号,写一些概念化的应景的作品","革命文艺家本身也应当是政治家,从自己所接触的现实生活中反映政治的一个具体侧面,以丰富总的政治内容"。②

  相比之下,代表"旧派"的赵树理的发言则正符合军政领导人的心意,他强调文艺要配合政治,立足现实,"以许多实际例子,证实大众化的迫切需要"。③ 与会者吕班在回忆中详细描述了赵树理发言的情形:

    正当大家争论不休的时候,有一位同志起立发言了,他不慌不忙地,从怀里掏出一本黄连纸封面木刻的小册

---

  ① 《四二年晋冀豫区文化人座谈会纪要》,见《山西革命根据地文艺资料》,上册,第86、87页。

  ② 参见徐懋庸:《徐懋庸回忆录》,第145页。

  ③ 《四二年晋冀豫区文化人座谈会纪要》,见《山西革命根据地文艺资料》,上册,第87页。

子来,说他介绍给大家一本"真正的""华北文化",于是他高声朗诵起来:"观音老母坐莲台,一朵祥云降下来,杨柳枝儿洒甘露,搭救世人免祸灾……"念了不多几句,引得哄堂大笑起来,但这位同志却非常严肃地说:"我们今后的写作,应当向这本小书学习的,因为老百姓对它是熟悉的,只要我们有强烈的内容,这种形式最适合工农的要求了,我们应当成立一个'通俗文艺社',更多写些给老百姓看的东西。"他着重的指出:"这种小册子数量很多,像敌人的'挺身队'一样沿着太行山爬了上来,毒害着我们的人民,我们应当起而应战,打垮它,消灭它,夺取它的阵地!"①

与会者王春在另一篇文章中也记录了赵树理发言的情形,并表露了他对赵的支持:

　　1942 年春天,太行根据地举行过一次文化界座谈会……会上所争论的,还是属于文艺界圈子以内的事多。有位作家同志,可说是特别关心人民文化生活的实况的,他为此故意在老百姓家里拿来几本这样的书:不知是什么迷信团体的《太阳经》《老母家书》,写着"洗手开看"的《玉匣记》《选择捷要》,在农村青年手中借来的《秦雪梅吊

　　①　周末报社编:《新中国人物志》,香港:周末报社,1950 年,下册,第89—90 页。

孝唱本》《洞房归山》，自然还有《麻衣神相》《增删卜易》……
《推背图》……一大堆。他说这才是在群众中间占着压倒
之势的"华北文化"！其所以是压倒，是因为它深入普遍，
无孔不入，俯拾皆是，而且其思想久已深入人心。为进一
步说明其深入普遍起见，还可以举出那项跟随到会的一
些马伕勤务员的文化活动为例，因为他们一到住地，不是
拿出 1—2000 之类的书来看，而是也向老乡借《五女兴唐
传》之类来看，而且很好借，家家都有！这说明什么呢？
这说明"天下"确实大部还是人家的，但我们却一向不干
预这些事，甚至以为新文化运动应该不涉及这些"低级"
的事情。①

对于赵树理等人的"通俗化"的主张，"新派"进行了激烈
的反击。徐懋庸虽然在 1935 年就发表过关于新文学应该通
俗化的文章，②但他并不认可赵树理借鉴通俗文学形式的实
践，认为赵的通俗化就是"庸俗化"，并称赵为"旧派"。③ 曾任

---

　　① 当时进步书店出的新文学书籍一般只印 1—2000 册，而广益书局印《幼
学琼林》《六壬课》等起码是三五十万。这里用"1—2000"的印数代指新文学书
籍。参见王春《继续向封建文化夺取阵地》，见《山西革命根据地文艺资料》，上
册，第 278—280 页。
　　② 参见徐懋庸：《通俗化问题》《通俗文的写法》，收入 1936 年上海光明书
店出版的徐懋庸杂文集《街头文谈》，见《徐懋庸选集》，第一卷，成都：四川人民出
版社，1983 年，第 355—362 页。
　　③ 杨献珍：《从太行文化人座谈会到赵树理的〈小二黑结婚〉出版》，见高捷
编：《回忆赵树理》，第 200 页。

国际新闻记者,当时在太行文联工作的青年诗人高咏,提出了一个令军政干部和工农出身的文艺工作者哗然的看法,认为"群众语言写不出伟大作品","群众虽然是大多数,但却是落后的"。此言一出,会场立即引起骚动。不少人起来反驳高的意见,却少有人能够驳倒他。在此情况下,赵树理再一次发言了,他说:"我搞通俗文艺,还没想过伟大不伟大,我只是想用群众语言,写出群众生活,让老百姓看得懂,喜欢看,受到教育。因为群众再落后,总是大多数。离了大多数就没有伟大的抗战也就没有伟大的文艺。"据与会的华山回忆,赵的发言赢得热烈欢迎,"鼓掌声把房顶都快抬起来了"。[①]

　　而军政领导人在这次交锋中的态度明显倾向于赵树理一派。在座谈会开始之前的几天(1月12日),《新华日报》华北版就刊发了题为《对症下药——希望于十五日文化人大集会》的社论,站在党的立场对"新派"吹了风,提出本次会议的主要任务就是"用老老实实的实事求是的精神,给当前文化运动呈现的病态,来一个'对症下药'"。社论认为,敌后文化运动的病征主要是"上边没有研究创作的风气,下边缺乏与群众血肉相关、利害相连的文化运动"。其次,文化人内部不团结。"新""旧"两派文化人之间,外来的和本地的文化人之间"冷淡

---

　　① 　华山:《赵树理在华北新华日报》,见高捷编:《回忆赵树理》,第223—224页。

隔阂",导致文化运动无法深入,对地方形式发扬不够。① 可见,这次座谈会实际上就是要对文化界特别是"新派"们,展开批评、纠正作风的。但是,军政领导人不好直接出面,因为这个文化人座谈会是共产党所召集的,算作是主人,"由主人来对邀请来的客人进行批评,有些不礼貌"。况且,请来参加座谈会的客人中既有共产党员,也有大量的非党员的知识分子。所以,在 1 月 15 日,一二九师政委邓小平请杨献珍(时任北方局秘书长,并在党校授课)立即赶往座谈会,而杨的任务就是"以文化人的身份参加这个座谈会,并对太行区文化工作中的缺点作个自我批评"。至于缺点是什么,也已经告知了杨献珍,即"宣传工作中脱离实际、脱离群众"。② 因此,杨献珍在座谈会最后的发言,完全可以代表军政领导对文艺界工作的评价和对"大众化"问题的意见。是以,在会议纪要中,只详细记录了杨献珍发言的内容:

> 检讨过去文化工作,率皆脱离现实,脱离群众,复以许多实际例子,证明文化工作者尚不虚心,好高骛远,个人主义,不注意研究社会问题等现象。希望在 1942 年彻底转变以上态度。并提出以下三点意见:一、发扬为群众

① 新华日报(华北版)社论:《对症下药——希望于十五日文化人大集会》,见《山西革命根据地文艺资料》,上册,第88—90页。

② 杨献珍:《从太行文化人座谈会到赵树理的〈小二黑结婚〉出版》,见高捷编:《回忆赵树理》,第197—198页。

服务的精神。二、掌握辩证唯物论的思维方法。三、充分准备文艺创作上的工具。继对数日来之论争亦提出意见如下:关于创造新民主主义形式问题,要吸收民族文化的传统精神,与外国文化的精华,因而要:1.反对不照顾群众的倾向;2.反对为艺术而艺术的倾向;3.要客观的衡量群众的水平;4.加强批判性,着重深入农村之调查工作。在结语中大声疾呼:希望全华北文化人在对敌斗争的战线上团结起来。①

杨献珍明白地表露军政领导对赵树理一派的支持,他的发言在为这次座谈会定下基调的同时,也使两派文化人之间的矛盾完全公开化了。会后,晋冀豫区党委宣传部又先后召开了四次小型会议,以讨论通俗化、大众化问题为名,做"新""旧"两派的调解工作,但双方意见仍然相左。1942年2月10日,日军对太行山抗日根据地进行"年关扫荡",区党委机关随一二九师师部转移,这次讨论也就不了了之了。但是,二者间的矛盾并没有任何和解。以至于几十年后,徐、杨二人在各自的回忆文章中提到座谈会的情况时,仍然互相指责:杨看不惯徐眼睛向上的作风,而徐亦无法忍受赵树理等人发言时"趾高气扬"的态度,认为赵树理对"'文联'干部讽刺得很刻薄"。②

---

① 《四二年晋冀豫区文化人座谈会纪要》,见《山西革命根据地文艺资料》,上册,第87—88页。

② 徐懋庸:《徐懋庸回忆录》,第145页。

三、《小二黑结婚》出版的纷争

"新""旧"两派的纠纷表面上虽然过去了,却并未分出胜负。1942 年春延安开始整风,5 月毛泽东发表《讲话》,但直到一年多以后,即 1943 年 5—6 月,华北《新华日报》才发表了《讲话》的全文。① 因而,太行文艺界对"文艺为工农兵服务"的认识是比较晚的。1942 年 2 月,看不惯赵树理的徐懋庸担任了太行区文联的第一把手,加之赵树理与"新派"文化人之间的前嫌过深,他的通俗化实践仍然被视为"海派"。就在《新华日报》发表《讲话》后不久,徐懋庸立即写了一篇响应毛泽东的文章,但仍然不忘影射赵树理等人的通俗化实践是太行文艺界的"歪风",他说:"有的人是去做普及工作了,却完全钻到旧形式里面去,譬如戏剧运动中的发掘旧艺人,演旧戏,结果有的变成'玩票',有的是为演旧戏而演旧戏,没有改造,没有提高。"②可见,即使在 1943 年《讲话》传达到太行之后,赵树理的通俗化实践仍然处于文坛的边缘。因此,无怪乎《小二黑结婚》的出版会经历几分周折。

1943 年 5 月,赵树理完成了《小二黑结婚》,并把小说拿给杨献珍看。杨看了很喜欢,因为是写婚姻自由的,就推荐给北方妇救会的领导浦安修,同时也拿给浦的丈夫——北方局书

---

① 徐懋庸:《徐懋庸回忆录》,第 151 页。
② 徐懋庸:《太行文艺界歪风一斑》,原载 1943 年 7 月 10 日《华北文化》革新第四期,见《山西革命根据地文艺资料》,上册,第 200 页。

记、八路军副总司令彭德怀。当时,彭、浦二人对《小二黑结婚》都非常喜欢,于是由彭德怀拍板,请浦安修出面向太行新华书店推荐赵树理新作,联系出版事宜。浦安修尤其喜爱赵树理的新作,她向新华书店力荐,并破例打出了彭德怀的"招牌",说杨献珍和彭德怀如何重视《小二黑结婚》。① 但是,书店迟迟不给回音。在杨献珍(时任北方局党校负责人)看来,这一拖延是太行文艺界严重的派别矛盾引起的。他说:"《小二黑结婚》书稿交到太行新华书店后,如石沉大海,杳无音信。这时的太行区文化界思想仍然有些混乱,也还存在着一种宗派主义倾向。如当时刊印郭沫若的《甲申三百年祭》,用的是最粗的稻草纸,而印徐懋庸注释鲁迅的《理水》,却用的是从敌占区买来的最好的纸张。有些自命为'新派'的文化人,对通俗的大众文艺看不上眼。"②于是,杨献珍和浦安修商量,还是要找彭德怀副总司令开绿灯才行。彭德怀当着杨、浦二人的面为赵树理的小说题词:"象这样从群众调查研究中写出来的通俗作品还不多见。"彭德怀告诉杨献珍和浦安修,他着眼于"调查研究"的题词或许能为小说的出版起点作用,并特请北

① 参见书真:《杨献珍与彭德怀的交往(三)》,《纵横》,1998 年第 4 期。
② 杨献珍:《从太行文化人座谈会到赵树理的〈小二黑结婚〉出版》,见高捷编:《回忆赵树理》,第 207 页。此处众人所称"太行新华书店",误,应为华北新华书店。

方局宣传部部长李大章拿着自己的题词去太行新华书店办"交涉"。[①] 终于在 1943 年 9 月,《小二黑结婚》出版了。

经董大中先生多方取证,杨献珍所说的华北《新华日报》和新华书店有意压制《小二黑结婚》出版的情况不实。[②] 即使如此,仍然有理由认为《小二黑结婚》并没有引起文化界的足够重视。因为这个作品的篇幅并不长,仅有九千余字,不过是十几页纸的一个小册子,拖了几个月没有出版,时间不可谓不长,因此杨献珍说"石沉大海,杳无音信"也是情理之中的。特别值得注意的是,《小二黑结婚》是由一个个小故事组成的,其形式非常适合报纸连载,但是华北《新华日报》也没有发表这个小说。林火曾在他的回忆稿中解释过原因:"当时华北《新华日报》是隔日刊,又是小型报纸,版面很紧张,除了连载过毛主席《新民主主义论》等巨著之外,其他从来没有连载过,1943年甚至连有些副刊也撤销了。"[③]因此,《小二黑结婚》自然只能拿到隶属于报社的华北新华书店出版。

华北新华书店书店成立于 1942 年元旦,经理为杜毓云,

---

① 参见书真:《杨献珍与彭德怀的交往(三)》,《纵横》,1998 年,第 4 期。关于彭德怀题词的时间问题,可参看董大中:《关于彭德怀为〈小二黑结婚〉题词的时间》,见《赵树理研究文集》,中卷,第 297—300 页。其中关于杨献珍可能修正了题词时间的疑问,据书真的这篇文章可以做比较合理的解释,故采此说。

② 董大中先生在《〈小二黑结婚〉的出版史实》《彭总为〈小二黑结婚〉题词的前前后后》《关于彭总为〈小二黑结婚〉题词的时间》《太行山文艺界在大众化上的论争——答刘备耕》等文中,都对这一问题进行了考证。以上文章均收入《赵树理研究文集》,中卷。

③ 林火的回忆稿,引自董大中:《〈小二黑结婚〉的出版史实》,见《赵树理研究文集》,中卷,第 283 页。

副经理为王显周、史育才,皆非文化人,主要搞发行,出版方面以翻印图书为主,不设编辑部。也就是说,这个出版社并不具备独立编辑、出版图书的条件。林火的话也证实了这一点:"报社、书店尚未分家,报社印刷厂的主要任务是印报,加上人力、物力的限制,出版书籍自然不能不作为第二位的任务来安排。"①在这种条件下,不仅书稿无人问津的情况是完全可能发生的,而且,出版什么图书也会受到华北新华日报社的干预。而支持赵树理的华北新华日报社社长兼总编辑何云已经在1942年5月的一次反扫荡中牺牲。这也就无怪乎杨献珍会认为是有人从中作梗,于是才请彭德怀题词,并由李大章再次转交书店,要求出版。由于书稿来头很大,书店必须立即办理,这是"组织观念问题"。② 而事有凑巧,《新华日报》华北版恰在1943年9月停刊,书店正式从报社独立出来,有了自己的建制,林火任书店总编,王春、赵树理、章容、浦一之、冯诗云、彭庆昭六人为编辑。③ 在书店的七个编辑中,除浦一之(由华北新华日报社调入)和彭庆昭(由抗大总校调入,负责编辑自然科学读物)外,其余五人皆为通俗化研究会成员。1943年9月,华北新华书店出版《小二黑结婚》已成定局,此时书店积极配合完全是情理之中的。

---

① 林火的回忆稿,引自董大中:《〈小二黑结婚〉的出版史实》,见《赵树理研究文集》,中卷,第283页。
② 董大中:《彭总为〈小二黑结婚〉题词的前前后后》,见《赵树理研究文集》,中卷,第294页。
③ 华北新华书店的沿革情况可参见董大中:《〈小二黑结婚〉的出版史实》,见《赵树理研究文集》,中卷,第287页。

　　尽管在《小二黑结婚》出版之后,太行文化界对这个作品的反应远远不及农工大众来得热烈,但事实上,"旧派"人物已经逐渐压过了"新派"的势头,开始掌握文化权力。就在1943年10月《小二黑结婚》出版后不久,赵树理等人针对根据地通俗读物少的现象,决定尽快编辑出版一套"大众文艺小丛书"。书店要求编辑部每人编写一本,赵树理的《李有才板话》也就应运而生,并于当年12月出版。恰巧在《李有才板话》创作出版的过程中,《解放日报》于1943年10月19日正式发表了毛泽东《在延安文艺座谈会上的讲话》。是年冬,当创作上被压抑了很久的赵树理读到了《讲话》,其心情之激动可想而知。他回忆当时的情形时说:"毛主席的《讲话》传到太行山区之后,我象翻了身的农民一样感到高兴。我那时虽然还没有见过毛主席,可是我觉得毛主席是那么了解我,说出了我心里想要说的话。十几年来,我和爱好文艺的熟人们争论的,但是始终没有得到人们同意的问题,在《讲话》中成了提倡的、合法的东西了。我心里有一种说不出的高兴。"①

　　1944年3月,徐懋庸去北方局党校协助整风,调离太行文联。赵树理则一直留在华北新华书店工作,直到1949年进京。赵树理等人的通俗化主张因为得到了《讲话》的支持,逐渐成为解放区文学的主流。1944年,在创作上翻身的赵树理等人开始对"新派"采取"以其人之道,还治其人之身"的办法。据赵树理本人回忆,当时在太行山区只有华北新华书店一家

---

　　① 董大中:《赵树理年谱》(增订本),第234页。

出版社,书店在编辑上完全坚持大众化、通俗化的方针,只出版"语言和我们相近的作品","其余欧化一点的文和诗一律不予出版"。"太行文联对我们无可如何,才另在长治地区办了个小书店来印行他们的刊物《太行文艺》和单行本作品。这个主意虽是王春同志出的,但我是积极的拥护和参加者。"①

1945年,华北新华书店编辑出版通俗性综合刊物《新大众》,王春任主编,副主编是冯诗云,后由章容担任副主编。赵树理则为书店的专业作家,并未承担什么编辑职务。该刊在《征稿启事》中说:"我们想把这本杂志办成凡是能认得几百字的,都能看得懂,能从这里面知道:别的地方、别的人家、别的队伍在怎样生活、打仗、学习,天下大势变得怎样。要大家都能知道这些,就要把这个杂志办到大家都来写。写自己对生产、打仗、学习的想法、做法,对各种工作的办法、意见。不会写的都慢慢学会写,使得工、农、兵中的同志,既能做又能写,文武双全——这就是我们出版的目的。"②

1947年以后,赵树理的声名日渐显赫,蜚声海内。一位美国观察员认为他"可能是共产党地区中除了毛泽东、朱德之外最出名的人了"③。但他并没有居功自傲。艾思奇曾对吕班评价赵树理说:"赵树理同志,从来都没有想到往上爬,要成为一个作家,他只是老老实实的为人民作长工,一股劲往下钻,可

① 董大中:《赵树理年谱》(增订本),第245页。
② 董大中:《赵树理年谱》(增订本),第256页。
③ 杰克·贝尔登:《中国震撼世界》,邱应觉等译,第109页。

是他今天在全国文艺界,特别是解放区,地位已经很高了,但他愈高却愈谦虚,他觉着他不该享受这些荣誉,他只是平平常常作了些工作……我们应该学习赵树理同志……丝毫不计较个人的名利地位和待遇享受,长期为人民服务的精神。"①尽管其本人无意争夺名利,但随着他所掌握的文化权力的增加,赵树理无法避免地更深地陷入了文坛的是非之中,并且,带着这种根深蒂固的"门户之见",1949年,他离开太行山区,随新大众报社进入了新中国的政治、文化中心北平。

第二节 / 东、西总布胡同的是是非非

1949年,文艺界各路人物云集北平,具有数百年历史的总布胡同就是这批意气风发的文艺战士的主要驻地之一。② 总布胡同位于今北京市东城区东单北大街一带,其规模比一般的胡同要大得多,宽八米有余,分东西两段。西总布胡同长约723米,东总布胡同长约631米,全长1354米。它的历史与中

---

① 《新中国人物志》,第93页。
② 总布胡同,在明朝属明时坊,因总捕衙署(相当于现在的市公安局)设在这条胡同,所以叫总捕胡同,因"总捕"的名字不好,后更名为总铺胡同。清朝四九城的胡同分属八旗管辖,这条胡同属镶白旗,乾隆时整顿地名,改叫总部胡同,清末宣统年间,改叫总布胡同,并且以朝阳门内南小街为界,将总布胡同一分为二,南小街以西叫西总布胡同,以东叫东总布胡同。1965年整顿地名时,将忠厚里、小丁香胡同并入东总布胡同,胡同名一直沿革至今。

国现代史密切相关,这里不仅发生过引发庚子事变的"克林德事件"和震惊全国的"火烧赵家楼"事件,而且还一直是在京文化名流的聚居地。二十世纪以来,曾有瞿秋白、费正清、朱启钤、蔡元培、班禅、史良、沈从文、侯仁之、徐悲鸿、马寅初、梁思成、林徽因、金岳霖等近百位名人在此居住。建国初年,中华全国文学工作者协会(于 1953 年正式更名为"中国作家协会",为行文统一,均简称"作协")和工人出版社又分别搬入东、西总布胡同。两个单位隔街相望,相映成趣。特别是东总布胡同四十六号院,它是作协的宿舍,丁玲、艾青、周立波都在这里写出了重要的作品,刘白羽、张光年、萧乾、赵树理、严文井等人也都曾在这里居住。一时间文人雅集,好不热闹。然而在热闹之外,两条胡同间也生出不少的摩擦与是非。

一、东、西总布胡同的明争暗斗

东总布胡同二十二号是作协所在地。作协主要是"洋学生"出身的进步作家的天下,其领导人是丁玲。而坐落于西总布胡同三十号的工人出版社则是太行山"土包子"的地盘。1949 年 3 月 15 日,《新大众报》迁入北平,改版为《大众日报》。7 月 15 日,《大众日报》转归全国总工会领导,作为中华全国总工会的机关报,更名为《工人日报》。赵树理进城后,即担任该报社的记者,进驻西总布胡同三十号。工人出版社是《工人日报》的派生机构。7 月 15 日,工人出版社成立,由赵树理担任社长,王春任副社长,苗培时任编辑部主任。有趣的是,赵树理的这个社长之职并非来自领导的任命,而是当时在《工人日报》担任出版经营科科长职务的何家栋的主意。何家栋回忆:"赵树理是和我们报社一起进的城,在报社住着,供给也在报社领。我就说,让赵树理当工人出版社的社长吧。出版社的广告就这样写了,也没有人来问,我们也没有到上边什么部门登记。当时组织方面的游击作风可见一斑,赵树理这个第一任社长,竟然是我这个科长任命的。"①但不管怎么样,这班昔日在太行山区推动通俗文艺改造运动的老朋友,如今在北平的胡同里再次聚首了,他们一心一意要把通俗文艺改造运动坚持下去,把城市的通俗文艺市场夺取过来,将革命的大众文艺"打入天桥去"。②

为了让新文学能真正被大众接受,西总布胡同的工人出版社同人做了不少努力。1949 年 10 月 15 日,他们首先请赵树理和老舍牵头,成立了大众文艺创作研究会,以改造艺人和培养通俗文艺作者;1950 年 1 月,编辑出版了面向全国发行的《说说唱唱》杂志,作为发表曲艺作品的园地,满足城市读者的要求;1950 年,为了方便农村读者,还改造了出版通俗文艺作品的宝文堂书店,通过货郎担子给农村的艺人和文艺爱好者提供演唱材料。

---

① 何家栋口述,邢小群整理:《我的编辑生涯》,见刘瑞琳主编:《老照片》(第三十辑),济南:山东画报出版社,2003 年,第 76—77 页。
② 赵树理:《在大众文艺创作研究会上的讲话》,《大众文艺通讯》,第 1 期,1950 年 2 月,第 5 页。

　　然而,东总布胡同的作家们对西总布胡同搞的这些通俗化的工作却不以为然,两条胡同彼此间颇有些格格不入。"西总布胡同认为东总布胡同是'小众化';东总布胡同认为西总布胡同只会写'一脚落在流平地,一脚落在地流平',登不了大雅之堂。"①为了比个高低,"土包子"与"洋学生"打起了擂台,在明里暗里展开较量。

1. 鼓词与新诗之争

　　第一回合是西总布胡同挑起的,他们采用曲艺形式改编了东总布胡同作家们的新诗和新小说。赵树理和苗培时一起参与了这个工作,他们分别改写了田间的叙事长诗《赶车传》和袁静、孔厥的长篇小说《新儿女英雄传》。这么做的原因有二:一是要实现新文学通俗化的目标,使为群众写的作品真正对群众产生影响,为群众喜闻乐见。但是,这种普及性的工作在现实中却很难开展。用赵树理的话来说:"这事遇到的困难是作家不干,旧文人干不来。"②二是对东总布胡同的大作家们的"小众化"创作方式看不惯,"有出他们的洋相的意思"。③ 外号"苗大鼓"的苗培时在根据地是一位写鼓词的能手,他用这种形式写过不少英雄故事。而且他是《小二黑结婚》的第一位评论者,赵树理看了他的评论,激动地赶了一晚上路,特地来

---

　　①　何家栋口述,邢小群整理:《我的编辑生涯》,见刘瑞琳主编:《老照片》(第三十辑),第78页。
　　②　赵树理:《回忆历史　认识自己》,见《赵树理全集》,第5卷,第377页。
　　③　何家栋口述,邢小群整理:《我的编辑生涯》,见刘瑞琳主编:《老画报》(第三十辑),第78页。

见他,从此二人结下深厚的友谊。在这次与东总布胡同的较量中,两位老朋友再次联手。苗培时将长篇小说《新儿女英雄传》改编为评书本,但他的新作不及赵树理对田间《赶车传》的改编成功。

《赶车传》是田间在延安文艺座谈会之后写的民歌形式的长篇叙事诗作,它与《王贵与李香香》《漳河水》等叙事诗齐名,被誉为知识分子自我改造、向民间学习的经典之作。《赶车传》分七部,第一部作于 1946 年,被收入"中国人民文艺丛书",建国后田间又相继完成了余下的六部。作者通过一个名叫石不烂的车把式的一家在解放前后的经历,反映了中国农村所发生的翻天覆地的变革,还写到人民公社成立之后,农民驾着时代的马车,奔向共产主义的美好图景。

赵树理发表于《说说唱唱》创刊号(1950 年 1 月 15 日)上的鼓词《石不烂赶车》就是根据这首叙事长诗的第一部改写的。其主要内容和主题均忠于田间原作,讲述了车把式石不烂老汉翻身的故事:石不烂因欠租,被地主夺去了女儿蓝妮,他没有办法报仇,只好逃离家乡,后来他找到了共产党,在党的领导下,老汉斗倒了地主,救出了女儿,翻身得解放。与田间民歌体的叙事长诗相比,赵树理的鼓词《石不烂赶车》的故事性和趣味性更强,语言更生动,人物性格更加鲜明。只要比较一下两部作品的开头,立刻就可分出高下。

田间的《赶车传》的开头是这样的:

贫农石不烂，

故事一大串，

有人告田间，

编了"赶车传"。

"赶车传"上说，

翻身有两宝；

两宝叫什么？

名叫智和勇。

智勇两分开，

翻身翻进沟；

智勇两相合，

好比树上鸟，

两翅一拍开，

山水都能过。

经过这一番比兴手法的阶级斗争教育之后，作者在没有什么
过渡与交代的情况下，直接将读者推向一个矛盾激化的戏剧
性场面——第一回《逼婚》。在这个动人心魄的题目之下，作
者并没有直接进入主题，而是再次放慢了叙述的节奏，自顾自
循循善诱地讲起革命道理来：

天下的受苦人，

命相同路相同；

要赶一挂车，

走翻身的大路！

不听古人说过——

老财在车上，

长的又胖又白；

……

老财和老财，

搭的一座桥。

穷人在车上，

长的又黑又瘦；

……

老财和穷人，

隔的一座桥。

穷一样富一样

走的是两条路。

要问这两条路，

请问石不烂。

经过二十几行冗长的议论,叙事诗的主人公石不烂终于出场了:

民国二十五年，

歪年景不是货；

老天爷帮地主，

拖人上死路。

谁知种下地，

反插上穷根？

谁知人要吃谷，

也吃不上口？

这一年秋收，

石不烂地里坐；

地里坐，

两手空，

身边一挂空车，

空车拴的老牛。

身上是破衣裳，

衣裳也遮不住羞。

他拾起小石头，

打着镰刀喊：

"石不烂给谁受？

给谁受？

给谁受？

忙打忙收拾，

全缴了租子，

还是不够数。

租种地租不起，

猪老财,狗老财,

活剥佃户肉,

租子沉得象把锁。

咱在地里受,

他在家里算;

地里受的苦,

赶不上他家里算。

算的算的呵,

发财又发福;

受的受的呵,

还要卖人头!"①

　　石不烂是以一通对地主老财的指天骂地的谴责作为出场的。虽然作者的意图很明显,他要塑造一个苦大仇深、走投无路、具有反抗性的农民形象。然而,田间这个毕业于上海光华大学的留日学生,虽然学会了民间歌谣的比兴和反复,使用的语言也足够浅白,但他显然忘记了民间叙事作品首先要交代故事背景的原则。听惯了民歌的农工读者看(听)了四五页,仍然对主人公石不烂的情况一无所知,他们所得到的信息,只是一个穷老头子在指天骂地。尽管他骂得很有道理,很有觉悟,却无法引起读者的同情与共鸣。

---

① 　田间:《赶车传》,北京:人民文学出版社,1958 年,第 1—4 页。

赵树理的《石不烂赶车》的风貌则完全不同,它要生动活泼得多:

> 说的是:七月初四月弯弯,
>
> 挂在山头小店边,
>
> 山腰里有个赶车汉,
>
> 赶着辆盐车走上山。
>
> 说此人姓石外号石不烂,
>
> 腿又拐来腰又弯。
>
> 在这条路上常来往,
>
> 住店房不用问价钱。
>
> 这一天坡又陡来天又晚,
>
> 石不烂手中响着一条鞭。
>
> 不多时赶到山顶进了店,
>
> 店掌柜和他闹着玩:
>
> 掌柜说:"石不烂你还没有烂?"
>
> 这老石说:"烂了我你赚谁的钱?"
>
> 店掌柜拿来灯一盏,
>
> 石不烂卸下车子把骡拴。
>
> 石不烂喂好牲口洗了个脸,
>
> 坐在铺上抽旱烟。①

---

① 赵树理:《石不烂赶车》,见《赵树理全集》,第3卷,第496—497页。

特别有意思的是,赵树理的鼓词并没有拘泥于"某生体"的套路,反而吸取了新文学的叙事方式。这个轻快风趣的开场白,虽然看似闲笔,却句句有铺有垫。作者只用了短短十八行,就交代清楚了读者所需要了解的基本情况,如石不烂的职业、外号、相貌特征、性格特点等。同时,也为情节的进一步展开做好了准备,不仅交代了时间、地点、环境,还安排了推进故事叙述所需要的闲杂人等。在这一切都准备停当之后,主人公石不烂开始抽烟休息。这个动作使开场白的那种轻快密集的叙事开始减速,接下来作者以客人谈论石不烂的腰腿为话题,在不经意间将故事带入另一个连环——石不烂不幸的人生遭遇。而且,这连环套故事的起头,一点也不让人觉得突兀,因为开场白里交代了石不烂"腿又拐来腰又弯"的身体特征,这就为另一个故事的叙述做了铺垫。同时,作者还特意让石不烂卖了个关子,来做悬念,在引起读者兴趣的同时,就轻巧地改变了故事的叙述方向和叙述基调,重新恢复为大众读者所熟悉的顺叙的叙述方式,将石老汉的不幸遭遇从头道来。

通过比较这两个开头,可以清楚地看到,赵树理在不登大雅之堂的鼓词中所使用的叙事技巧,比田间的所谓民歌风格的新体叙事诗要复杂得多。如果单纯从这两个作品上讲,赵树理的鼓词是比田间的新诗更为成熟、更有艺术性的文学作品。不仅如此,在思想上,赵树理对旧社会的批判也比田间深刻得多。当写到地主抢走了蓝妮,石不烂告状无门的时候,赵树理借石老汉之口,说出了一个普通的受压迫的中国农民对

黑暗的社会制度的真切感受:

> 那个人骂我是傻瓜,
>
> 我在背地谢了谢他。
>
> 听了他的一番话,
>
> 懂得了他们的好国法:
>
> 懂得了衙门口没有穷人的路,
>
> 抬手动脚要把钱花。
>
> 懂得了不打粮也得交租米,
>
> 该叫我的闺女往斗里爬。
>
> 懂得了霸占人家的大闺女,
>
> 不算欺负算提拔。
>
> 懂得了衙门人不论上和下,
>
> 都与那地主是一家;
>
> 算了吧来算了吧,
>
> 惹不起这伙狗忘八。①

与赵树理对中国农村社会荒诞现实的揭露相比,田间的"猪老财/狗老财/活剥佃户肉"之类的充满暴力色彩、追求粗鄙风格的语言控诉则显得空洞无力。

正如萧三所说:"《石不烂赶车》对新诗可以说是一个很大

---

① 赵树理:《石不烂赶车》,见《赵树理全集》,第3卷,第503页。

的讽刺,也可以说是一个启发。"① 罗常培认为《石不烂赶车》比原作要"顺口""好听"。② 赵树理自己在《石不烂赶车》的序言中也曾解释过他改编《赶车传》的原因,是因为作者各有路数,读者各有所好,为了能够满足喜欢听鼓词的读者,他才改编了田间的新诗。③ 而事后谈起此事时,他坦率地承认:"我倒无意与哪位同志比个高低,也没想讽刺谁,我考虑的是,好的鼓词也是好诗,人们不应当不问好歹,就认为诗是高级的艺术,鼓词是低级的艺术。那样不是实事求是,也不公道。"④不管赵树理的真实动机何在,在 1950 年 8 月 4 日至 10 日,著名艺人关学曾在北京人民广播电台演播了琴书《石不烂赶车》,受到群众的热烈欢迎,此后该鼓书成为艺人的传统保留节目。显而易见,在这次文学较量中,西总布胡同的"土包子"有力地证明了东总布胡同的"洋学生"对通俗文艺形式的轻视完全是出于偏见。但是,在西总布胡同取得这次小小的胜利之后,两条胡同间的分歧反而日渐加深了。

2. 面包与窝头之争

东、西总布胡同的矛盾在北京大众文艺创作研究会成立一周年的庆祝会上公开化了。1950 年 9 月 24 日,赵树理出席

---

① 萧三:《谈谈新诗》,《新诗歌的一些问题》笔谈,《文艺报》,第一卷第十二期,1950 年 3 月 10 日。
② 罗常培:《在北京诗歌朗诵会上的发言》,转引自罗扬:《怀念赵树理同志》,《曲艺》,1984 年 9 月号。
③ 赵树理:《石不烂赶车》,见《赵树理全集》,第 3 卷,第 496 页。
④ 罗扬:《怀念赵树理同志》,《曲艺》,1984 年 9 月号。

北京大众文艺创作研究会执委会议,决定举办活动庆祝该会成立一周年,他被推选为主任委员,组成纪念筹委会。10 月13 日,赵树理为《新民报》作《纪念话——纪念大众文艺创研会一周年》,充分肯定了大众文艺创研会一年来所取得的成绩,文中说:"我们成立这个会的目的,是想给大众作出点作品来。从这一年的成绩上看,还没有违背了我们的目的:我们的书籍刊物,卖到大众手里了;我们的剧本,搬上舞台可以营业了;我们的鼓词评话,在游艺社唱了,在电台广播了。我们的会员们,不论在北京,不论在外埠,到处都可以见到或听到本会同人的作品了:这些都证明我们的工作没有白做,而且真正是为'大众'做了点事。"赵树理还进一步鼓励本会同人,要将大众文艺作品的质和量继续提升,做到"所有大众能够接触文艺的场合,完全成了新作品或经过改造的旧作品的市场"。①

　　10 月15 日,北京大众文艺创作研究会和大众游艺社在北京长安大戏院联合召开成立周年纪念大会,中宣部文艺处处长、全国文联副主席丁玲,文化部戏曲改进局副局长马彦祥,北京市文联副主席李伯钊出席。赵树理任大会主席并致开幕词,苗培时任司仪。在会上,丁玲作为领导发表讲话,在肯定了大众文艺创研会的成绩之后,便不客气地批评他们"给人民群众带来一些不好的东西,我们不能以量胜质,我们不能再给人民吃窝窝头了,要给他们面包吃"。丁玲略嫌刻薄的"面包

---

　　① 　赵树理:《纪念话——纪念大众文艺创研会一周年》,原载《新民报》,1950 年10 月15 日,见《赵树理全集》,第4 卷,第228 页。

与窝头"的比喻明显地流露出她对西总布胡同通俗化实践的不满,加之言语间还有影射苗培时作品之嫌,身为司仪的苗培时被丁玲的发言所激怒,"即拍桌子讲话,称丁玲同志的讲话是荒谬的"。① 赵树理立即出面调解。然而事已至此,东、西总布胡同间的矛盾因丁玲和苗培时的争执而激化,以至于完全公开了。

当时,北京的文化圈里正流传着"东总布胡同是高雅人士生产面包,西总布胡同是生产窝窝头的工厂"的说法。这次"面包与窝头"之争公开后,大众文艺创作研究会和《说说唱唱》的发展开始逐渐受到牵制。1951年2月到8月,赵树理奉命下乡,自然无法兼顾北京的通俗文艺改造工作。1951年11月20日,全国文联以加强《说说唱唱》,使之成为指导全国通俗文艺工作的刊物为名,决议其与《北京文艺》合并。12月20日,《说说唱唱》在北京大众文艺创作研究会之外,多挂靠了一个主办单位,改为和北京市文联联合主办,老舍任主编,赵树

---

① 参见苏春生:《从通俗化研究会到大众文艺创作研究会——兼及东西总布胡同之争》,《中国现代文学研究丛刊》,2003年第2期。另,苏文中提到,丁玲在讲话中还涉及了她的《太阳照在桑干河上》在苏联获奖和发奖的情况。此说有误。因为丁玲获得的是1951年的斯大林文艺奖金,而她获奖的消息是在1952年3月25日的《文艺报》上公布的。苏联驻华使馆于同年6月7日向丁玲颁奖。6月9日,全国文联为丁玲、周立波等人举行庆祝会。因此,丁玲不可能在1950年10月就谈及她获得1951年斯大林文艺奖金的情况。相关消息参见《文艺报》,1952年第6期,第35页(1952年3月25日出版),和1952年第11、12期合刊,第7页(1952年6月25日出版),以及《人民日报》的消息《中华全国文学艺术界联合会举行庆祝会 庆贺丁玲、周立波等荣获斯大林文艺奖金》,1952年6月9日,第1版。

理由主编变为副主编,与李伯钊、王亚平同列,他的编辑权力被削弱了。1951 年 12 月,《说说唱唱》发表王亚平的检讨文章,承认他们有"门户之见","瞧不起某些专业文艺工作者,有对立情绪。认为只有我们这些人才是搞通俗文艺的,专业文艺工作者是专门搞不通俗文艺的。……在这样的思想支配下,就不能切实地和专家紧密合作,不能吸收专家的意见和帮助提高通俗文艺作品,更好地开展通俗文艺工作……"①1952年 1 月 19 日,《光明日报》刊登了赵树理的检讨文章《我与〈说说唱唱〉》,他在文章中用一半的篇幅承认自己过于强调"形式通俗化",忽略了稿件的内容,犯了"形式主义"的错误。② 在东总布胡同的攻势之下,形势开始不利于西总布胡同。

3. 斯大林文艺奖之争

没过多久,东总布胡同和西总布胡同的矛盾进一步升级,以至于"在推荐'斯大林文艺奖'作品提名时达到顶点"③。

众所周知,1951 年斯大林文学艺术奖金的中国获奖作品分别是丁玲的长篇小说《太阳照在桑干河上》,周立波的长篇小说《暴风骤雨》,以及贺敬之、丁毅的歌剧《白毛女》。然而,据丁玲的秘书张凤珠透露,中国方面最初在选送参评这一国际奖项的作品时,并没有报丁玲的《太阳照在桑干河上》,而报

---

① 王亚平:《为彻底改正通俗文艺工作中的错误而奋斗》,《说说唱唱》,第二十四期,1951 年 12 月,第 6 页。
② 赵树理:《我与〈说说唱唱〉》,见《赵树理全集》,第 4 卷,第 254 页。
③ 何家栋口述,邢小群整理:《我的编辑生涯》,见刘瑞琳主编:《老照片》(第三十辑),第 78 页。

的是赵树理的《李有才板话》。不过最终苏联的斯大林文艺奖选中了《太阳照在桑干河上》和《暴风骤雨》。①

为什么没有报丁玲,却选上了丁玲? 报了赵树理,却没有选赵树理? 这件事的过程是怎样的呢?

陈明的回忆或者能给出一种解释,陈明说:"据朱子奇回忆文章说,当时国内的权威意见是不选送《太阳照在桑干河上》的,那么权威能有谁呢? 就是周扬嘛。朱子奇当时给在苏联养病的任弼时同志当秘书,苏联的同志问朱子奇,中国为什么没有推荐《桑干河上》? 朱子奇问弼时同志,弼时同志说,那书写得不错嘛,不能十全十美,可以送去参加评选。后来就评上了。"②尽管陈明强调丁玲没有和别人争什么,是苏联方面看中《桑干河上》的,但他的话清晰地表明,丁玲的参选是中国高层领导人介入的结果。

曾任工人出版社办公室主任的何家栋的回忆也为评选的过程提供了一些情况,他说:"东总布提丁玲,西总布提赵树理,相持不下,周扬建议双方在作协开会解决分歧,最后将赵树理调到作协,才把问题解决了。"③有研究者对何家栋所说的这一过程有更为详细的记述:"申报斯大林文学奖的名单,双

① 邢小群:《张凤珠访谈——关于丁玲》,见邢小群:《丁玲与文学研究所的兴衰》,济南:山东画报出版社,2003年,第150页。
② 邢小群:《陈明访谈——关于丁玲》,见邢小群:《丁玲与文学研究所的兴衰》,第191页。
③ 何家栋口述,邢小群整理:《我的编辑生涯》,见刘瑞琳主编:《老照片》(第三十辑),第78页。

方意见相左，王春等提议报赵树理，最后申报的却是丁玲的
《太阳照在桑干河上》和另外两部作品，双方对立情绪剧烈，弄
到各自组织人写文章，要在报上公开批评。"①在此情况下，周
扬召开了东、西总布胡同会议，双方各有五人参加。作协参加
的有丁玲、陈企霞、严文井、王淑明（另一人失记），大众文艺创
作研究会参加会议的除赵树理之外，还有王春、章容、苗培时、
颜天明。周扬在会上说："今天参加会议的，都是共产党员吧，
不能再这样搞门户之见了，以后你们东总布胡同不要批评赵
树理了，西总布胡同不要批评丁玲，谁要批评这两位同志，都
得经我批准。"②

东、西总布胡同发生的这一系列矛盾，使中宣部意识到赵
树理"不是一个领导人才"。1951 年初赵被调离工人出版社，
到中宣部任文艺干事，奉胡乔木之命"入部读书"。③ 同年 12
月 30 日，赵树理的挚友兼启蒙者、工人出版社社长兼总编辑
王春因病逝世。再加上老友苗培时亦调离工人出版社，工人
出版社也由西总布胡同迁往北新桥骆驼胡同，一时间，风流云
散，知交零落。1953 年 1 月，赵树理从中宣部调入作协，独自
住在东总布胡同的作协宿舍。

东、西总布胡同的是是非非终于以西总布胡同"土包子"

---

① 苏春生：《从通俗化研究会到大众文艺创作研究会——兼及东西总布胡
同之争》，《现代文学研究丛刊》，2003 年 2 月。

② 董大中：《赵树理年谱》（增订本），第 387 页。另见董大中：《东西总布胡
同会议》，《文汇读书周报》，1998 年 8 月 10 日，第 10 版。

③ 赵树理：《回忆历史　认识自己》，见《赵树理全集》第 5 卷，第 377 页。

们的自然与非自然的解体而告结束。

二、是是非非的背后

东、西总布胡同的是是非非究竟因何而起,是否仅仅就是因为"门户之见"? 周扬说的并没有错,门户之见当然是东、西总布胡同闹矛盾的直接原因,但是事情并不就是这么简单。在这些旷日持久的明争暗斗背后,还有更隐蔽的权力斗争。

从前文所记述的东、西总布胡同的三次矛盾冲突中可以发现,第一回合"鼓词与新诗之争",其状况与 1949 年前在太行山区发生的通俗化作家与"新派"之间的斗争十分类似,其实质是文艺观念上的分歧所导致的文学创作上的竞争,目的也很简单,就是通俗化作家要给大众文艺的"旧"形式争一口气,让"新派"文化人认识到他们的文学观念存在严重的偏见,暴露出新文学小圈子的弊端。

事情发展到第二回合"面包与窝头之争"时,问题就开始复杂化。当丁玲以一个文艺领导人的身份出现在大众文艺创研会的庆祝会场,并以训导者的口吻发言时,东总布胡同对西总布胡同的权力关系被面对面地凸现出来。西总布胡同的通俗文艺家们明显感到来自东总布胡同的新文学作家对他们的排斥和轻视。他们意识到,通俗化作品虽然上有《讲话》撑腰,下有读者和市场的欢迎,但是在新中国的文学秩序中,并没有能够进入文坛主流,他们的努力依然被视为粗糙、低劣的劳动,而正统的新文学作家仍以文化精英的姿态继续占据着主导地位。在这样的压力下,以赵树理为首的通俗文艺家自然感到非常的不平和苦恼。尽管通俗化的创作进行得有声有色,在新的文化秩序中,他们的工作却得不到应有的尊重。赵树理的同事兼邻居作家严文井曾这样形容建国初年北京文坛中赵树理的处境:

> 五十年代初的老赵,在北京以至全国,早已是大名鼎鼎的人物了,想不到他在"大酱缸"里却算不上个老几。他在"作协"没有官职,级别不高;他又不会利用他的艺术成就为自己制造声势,更不会昂着脑袋对人摆架子。他是个地地道道的"土特产"。不讲究包装的"土特产"可以令人受用,却不受人尊重。这是当年"大酱缸"里的一贯"行情"。

> "官儿们"一般都是三十年代在上海或北京熏陶过的可以称之为"洋"的有来历的人物,土头土脑的老赵只不过是一个"乡巴佬",从没有见过大世面;任他作品在读者中如何吃香,本人在"大酱缸"还只能算一个"二等公民",没有什么发言权。①

面对这种状况,王春经常鼓励赵树理说:"好猫坏猫全看

---

① 严文井:《赵树理在北京胡同里》,《中国作家》,1993 年,第 6 期。所谓"大酱缸"指的是中国作家协会。因为作协设在东总布胡同,这里以前曾经开过制酱作坊,故有此称。亦有讽刺作协人事纠纷复杂之意。

捉老鼠捉得怎么样,你最好是抓紧时间多捉老鼠,少和人家那些高级人物去攀谈什么,以免清谈误国。"并且他还批评说:"东总布胡同那些人只是些说空话的。文联的作用不过是开会出席,通电列名,此外不能希望有什么成绩。"①王春是赵树理的启蒙者,他的话对赵树理始终存在决定性的影响。在王春的启发下,赵树理发现了东总布胡同作协日渐官僚化的作风,对丁玲、沙可夫、艾青等"天然领导者"颇有看法。在一份自述材料中,他记录了王春上述这些谈话,并赞同王的意见:"我对文联的观感也正是如此,只是还不像他说得那样明显,因而就主动地躲着文联走。"②赵树理无意于混迹文艺官场,只希望能够专心做好自己的"打入天桥去"的通俗化实践,也正是"因为坚持自己的主张,所以与一般文艺界的朋友,与知识分子出身的文艺界人士往来不多,关系也不很融洽"。③

然而,随着作协官僚化风气的加重,赵树理独善其身的想法并不能实现。东、西总布胡同的第三次冲突——"斯大林文艺奖之争",是使两派作家矛盾变质的关键,代表西总布胡同的赵树理和代表东总布胡同的丁玲,或无意或有意地卷入了一次文艺官场的利益之争。

从表面上看,这次利益之争的主角是丁玲和赵树理,那么

---

① 董大中:《赵树理评传》,第223—224页。
② 董大中:《赵树理年谱》(增订本),第387页。
③ 陈荒煤:《一个很有胆识的作家——陈荒煤同志忆赵树理》,见李士德:《赵树理忆念录》,第121页。

丁、赵二人之间是否存在什么矛盾呢？丁、赵的初次见面是在
1948 年，丁玲在这年 6 月 25 日的日记中写下了她对赵树理的
印象：

> 　　一清早便同着家里人去见赵树理。我们谈了一阵，
> 内容凌乱得很。这个人刚看见时也许以为他是一个不爱
> 说话的人，但他是一个爱说话的，爱说他的小说，爱发表
> 自己意见，爱说自己主张，同所有作家一样。但他这人是
> 一个容易偏狭的人，当他看见我打开我的点心包吃了半
> 片饼干之后又看见有面包，他惊奇地叫了一声："面包！"
> 伯夏就赶忙分了一点给他，他却推开说："我没有吃面包
> 的习惯！"我几乎笑了。①

　　从丁玲的日记中看得出，丁玲因为赵树理民粹主义的生
活态度而对他怀有偏见。这种偏见给他们的交往设置了很大
的障碍，当有研究者问及丁玲对赵树理的态度时，丁的秘书张
凤珠回忆："也许因为赵树理的年龄段，也许因为他不是她这
个层次的人，所以她并不多提。"②可见丁、赵二人的交往总体
来讲是比较冷淡和有限的。不过除了意气之争外，他们之间

---

① 丁玲：《四十年前的生活片断》，见董大中：《赵树理年谱》（增订本），第
314 页。
② 邢小群：《张凤珠访谈——关于丁玲》，见邢小群：《丁玲与文学研究所的
兴衰》，第 148 页。

一直也没产生什么矛盾。1950 年 10 月,也就是"面包与窝头之争"发生前后,赵树理曾向文学研究所推荐工农兵作者陈登科来学习,任所长的丁玲欣然接纳,陈于 1950 年底进入文研所。[①] 虽然许广平曾经说丁玲"对赵树理同志很看不起",甚至"想尽方法来打击赵树理同志"。[②] 但是,1956 年为了能够使"丁、陈反党小集团"平反,丁玲还特意邀请赵树理吃饭,赵树理也慨然出席,当时作陪的有作家邢野。据邢野的女儿邢小群女士回忆,其父认为丁玲请赵树理吃饭,表明了丁对赵的为人的信任。[③] 甚至是"斯大林文艺奖之争",对丁、赵二人的关系影响也不大,这主要是因为赵树理没有丁玲那么看重这个奖项。他从苏联访问回来后,除了对苏联的农村现代化程度感到羡慕外,对其文化成就没有什么特别的兴趣和崇敬。[④] 由

---

① 陈登科:《忆念赵树理同志》,见高捷编:《回忆赵树理》,第 29 页。

② 许广平称丁玲曾经一再对人说:"为什么老把赵树理压在我的头上。"而且在 1954 年,有人写匿名文章攻击赵树理、周立波、刘白羽等,把这一匿名稿同时投给《人民文学》和《文艺报》,丁玲知道这个情况后,非常高兴地说:"如果他们(指《人民文学》)不发表,我们就把它当法宝抛出去。"参见许广平:《关于丁玲、陈企霞反党集团的活动》,《人民日报》,1957 年 9 月 14 日,第 3 版。

③ 此事是 2004 年 7 月 15 日作者在北京新街口航天胡同寓所采访邢小群女士时,她在谈话中提到的。

④ 赵树理对"斯大林文艺奖金"的看法,是自 2004 年 8 月 1 日作者对邓友梅先生的电话采访中得知的。另外,丁玲对苏联文艺界和苏联生活的崇敬向往之情可以从她发表的文章《西蒙诺夫给我的印象》(《文艺报》,第一卷第二期,1949 年 10 月 10 日)和《苏联人》(《文艺报》,第一卷第八期,1950 年 1 月 10 日)中看出。而赵树理虽然也访问了苏联,但他并不习惯欧洲的生活,他对苏联的文化没有什么特别的兴趣。与其他知识分子作家不同,赵只对苏联的农村建设和农民的富裕生活表示了赞赏。参见赵树理:《参观之外》,见《赵树理全集》,第 5 卷,第 206—208 页。将丁玲和赵树理的文章对读,亦可作为旁证,印证此说。

此可知,丁、赵二人虽分别为东、西总布胡同的领军人物,但他们之间并没有什么严重的个人恩怨。

那么,是什么力量导致丁玲和赵树理卷入斯大林文艺奖的利益纠纷呢? 究其根本,与丁玲和赵树理各自的背景密切相关。[①] 丁玲之所以成为新中国文坛天然的领导者,这是由她和"左联"之间的深厚关系、她的延安经历以及是毛泽东的故交身份所共同决定的。在她背后,同样有启蒙者似的冯雪峰和伯乐似的文化官员胡乔木的支持。相对于农民出身的赵树理而言,她的来头相当大。虽然赵树理本人无意于拉帮结派,但由于他受到了周扬的赏识,因此自然成了周扬一派。周扬和胡乔木之间的竞争,周扬和丁玲、冯雪峰之间的个人恩怨,迫使赵树理和丁玲在无形中成为文艺上的宿敌。陈明认为,丁玲的《太阳照在桑干河上》之所以没有被列入申报名单,完全是周扬从中作梗。为了打压丁玲,周扬在 1948 年拖延出版丁的这部小说,并向彭真反映,这是一部宣扬地富思想的作品。幸亏胡乔木从旁指点,让丁玲去东北出书,《太阳照在桑干河上》才得以面世。而后,周扬没有将此书选入他主编的"中国人民文艺丛书",丁玲只好到丛书的另一主编柯仲平处寻求帮助,问题才得以解决。

同样的,斯大林文艺奖的提名风波也以文坛复杂的派别矛盾为背景。时任文化部副部长的周扬当然希望他培养起来

---

① 　此观点受教于丁玲研究专家邢小群女士,特此表示感谢。

的赵树理能够获奖,以证明自己在新中国文化建设中取得的成绩,为自己的政治履历再添新彩。结果却是丁玲的屡次"通天"让他的愿望落空。迫于上级的压力,周扬只得不再坚持自己在第一次文代会上对赵树理做出的"最杰出"的评价,①放弃提名《李有才板话》,并对东、西总布胡同做出各打五十大板的结论。此后不久,也就是1951年初,毛泽东因对周扬不满,曾把他叫到中南海训话,撤去其文化部副部长职务,命其赴湖南参加土改,以示惩戒。② 此时,任中宣部副部长的胡乔木则解除了赵树理的工人出版社社长职务,他显然把赵看作周扬的羽翼。赵树理在回忆中写道:"胡乔木同志批评写的东西不大(没有接触重大题材)、不深,写不出振奋人心的作品来,要我读一些借鉴性作品,并亲自为我选定了苏联及其他国家的作品五六本,要我解除一切工作尽心来读。我把他选给我的书读完,他便要我下乡,说我自从入京以后,事也没有做好,把体验生活也误了,如不下去体会群众新的生活脉搏,凭以前对农村的老印象,是仍不能写出好东西来的。"③赵树理读书完毕之后即奉命下乡,在山西盘桓了两个月。而丁玲则不负胡乔木的期望,荣获1951年度的斯大林文艺奖。

综上所述,东、西总布胡同的是非纷争并不是简单的根据

① 周扬:《新的人民的文艺》,见中华全国文学艺术工作者代表大会宣传处编:《中华全国文学艺术工作者代表大会纪念文集》,北京:新华书店,1960年,第73页。
② 邢小群:《丁玲与文学研究所的兴衰》,第81页。
③ 赵树理:《回忆历史 认识自己》,见《赵树理全集》,第5卷,第378页。

地派别矛盾的延续,它还混杂了左翼文学界内部的矛盾冲突,由于篇幅所限,本书不能在此充分展开。进一步而言,东、西总布胡同间之所以会不断爆发以文学为名的派别矛盾,其根源与中国现代文学,特别是左翼文学,与政治集团间过于密切的关系有直接的原因。正如洪子诚先生所言:"文学与政治集团关系的密切,以及文学运动和文学组织的政治权力化,是冲突愈趋激烈的主要原因。"[①]因此,东、西总布胡同矛盾的实质,反映了新中国文化建设过程中,不同派别间对政治权力和文化权力的争夺。这也就无怪乎胡乔木为了与周扬竞争,要抬丁玲而贬赵树理;而周扬为了争功,要力捧赵树理而压制丁玲。在这以文学为筹码的博弈中,丁玲和赵树理都几经沉浮,他们的荣辱休戚,无一不是斗争的直接结果。

---

① 洪子诚:《中国当代文学史》,北京:北京大学出版社,2001年,第47页。

第五章 通俗文艺改造运动的危机

在建国初年的北京,精英和民众曾经一度营造了一种类似于抗日战争时期的共同合作的文化氛围。为了保证中国共产党的文化领导权,新文艺工作者一方面鼓励市民大力开展文化活动,一方面又时刻保持警惕,对其进行监督。一旦发现民众的文艺活动不符合意识形态的要求,就对演员和观众进行教育、改造,并力图通过这样的方式使普通市民和工人的思想能与国家和党的意志保持一致。但是,在这个由文艺工作领导人担任指挥的全民大合唱中,仍然会不时出现不和谐的声音。这些声音是局部的,却也是不断发生的。虽然它们中的绝大部分都在文化改造过程中被吞没、被压抑,但这些声音在通俗文艺改造运动的接受和挪用过程中普遍存在,在某种意义上,它暴露了市民趣味与工农兵文艺标准间的抵牾和冲突。

第一节 / 背景:市民趣味与工农兵文艺标准的抵牾

建国初年的城市通俗文艺改造工作在表面上进行得热火朝天,但在此过程中,精英和民众间的文化合作与互动并非水乳交融、一帆风顺。工农兵文艺标准、正统的新文学诉求与市民的文化趣味间存在相当多的抵牾。自新文化运动以来,市民的通俗文艺就一直不见容于新文学作家,与解放区的工农兵文艺更是大相径庭。文化上处于劣势的市民们并不是自愿地接受文化改造,在上层文化的思想启蒙和政治宣传的强大攻势之下,他们表现得格外油滑。在表面的热情参与之下,为了维护自己的文化传统,市民也在以各种方式进行着隐晦的、曲折的文化抵抗。特别是在 1949 年到 1950 年文化氛围还比较宽松的时候,城市中的市民、商人仍然可以根据自己的需要和喜好,对革命的通俗文艺中政治化的内容进行比较随意的挪用。这种状况在北京的通俗文艺改造运动中普遍存在。事实上,针对城市旧通俗文艺所进行的"旧瓶装新酒"的改造措施,得到的却往往是"新瓶装旧酒"的反效果。

一、抗议与猎奇:市民对新文艺的接受

新文艺工作者开始对北京的通俗文艺进行改造时,市民

并没有意识到,他们所面对的不仅是一场文艺改革,还是一场
思想改造。1949 年 8 月 1 日,正值传统节日七夕,按当时北平
的风俗,戏院要上演《鹊桥相会》,这次的演出却与以往不同。
因为在第一次文代会后,平津两地的戏曲界开始提倡旧剧改
革,为了宣传反封建、反迷信的新思想,这年上演的《鹊桥相
会》就去掉了天帝下旨赐婚的一场戏。但这一改编并没有被
普遍接受,它引起了相当一部分观众的强烈不满。据一位外
国记者回忆,他曾经在 1949 年的七夕去看了这场改编的新
戏,在落幕时,观众因为没有看到天帝下旨,许多人大叫:"戏
没完! 戏没完!"这种情况下,剧团的一位工作人员不得不出
来解释说,删去最后那场戏是为了破除迷信。但是观众仍拒
绝退场,前排的观众甚至把瓜子抛到工作人员的身上。大概
十分钟后,观众才闷闷不乐地离开剧场。① 这件小事表明,北
京市民并不是自觉自愿地接受新政权对他们进行的文化改
造;另外,从观众的不满中更可以发觉新文化运动的影响在市
民中相当微弱的事实,即便在它的发源地北京,也是如此。

来自解放区的新文艺与市民观众的隔阂,不仅表现为思
想意识上的抵触,更表现为趣味的不融洽。在中国南方,这种
状况更为突出。在苏南地区,市民对反映北方农民生活的新

---

① [美]德克·博迪:《北京日记——革命的一年》,洪菁耘、陆天华译,东方
出版中心,2001 年,第 210—211 页。

秧歌剧"也只觉得新奇而已",没有持久的兴趣。[①] 在福建,人们完全不知跳秧歌舞为什么要包白头巾,以为是和丧事有关的表演。[②]

　　由于种种文化上的隔膜,对大多数市民来说,他们之所以会去观看《白毛女》《血泪仇》和《兄妹开荒》,与其说是因为真正喜爱这种革命化的工农兵文艺,或者说是认同无产阶级的意识形态,不如说是为了赶时髦,满足他们的文化猎奇心理。比如,1949年5、6月间,北平的剧院开始上演《白毛女》,轰动一时。当时,一些能容纳两千多人的剧场将"满座"的上座率保持了一个多月。但是,对城市观众来说,《白毛女》吸引他们的不是阶级压迫和阶级解放,因此在城市上演的剧本把原剧中农民活活打死黄世仁的暴力结尾改为比较文明的处罚方式"枪决"。与农民通过观看《白毛女》可以形成阶级意识,士兵通过观看《白毛女》可以激发战斗热情不同,吸引市民观众的,是这个故事本身的离奇情节,以及中西结合的舞美、灯光、音响、配乐等舞台效果所产生的新鲜的审美刺激。对北京市民来说,他们看《白毛女》和看《火烧红莲寺》一样,都是为了休闲、娱乐。因此,他们在观看《白毛女》时也会拿着茶壶和瓜子。他们的热情与政治觉悟的关系是微乎其微的。即便有青

---

　　① 参见沈立人:《新区文艺运动的几个问题——苏州通讯》,《文艺报》,第一卷第六期,1949年12月10日,第28页。

　　② 沈巴人:《福建通讯:秧歌剧在闽北》,《文艺报》,第一卷第五期,1949年11月25日,第33页。

年学生经常在《白毛女》开演前大唱革命歌曲,这种行为充其量也只是对延安生活方式的模仿,与其说是有目的的政治行为,不如说是流行于青年中的一种文化时尚。①

　　由此看来,建国初年,城市通俗文学市场上新文艺购销热潮的出现也并不能简单地理解为市民政治觉悟的提高。以《白毛女》在上海的风行为例,在经济利益的驱动下,上海的通俗读物市场上几乎同时出现十七个版本的《白毛女》连环画和十几种"《白毛女》歌选"。书商为了降低成本,有不少书刊质量低劣,有的连环画对原作进行了任意删节,甚至删去了喜儿翻身得解放的结局。有的歌曲选本则完全抄袭翻印国营出版社的图书。② 这些不负责任的文学生产尽管是在政治宣传的旗号下进行的,可实际上这种热销多半是商业炒作的结果,并不能证明城市通俗文艺改造取得了实质的成功。

二、"新瓶装旧酒":市民对新文艺的挪用

　　建国初年在城市通俗文艺改造的过程中发生的这种混乱状况,虽然引起了某些政治嗅觉敏锐的知识分子的些许不满,但为了让解放区文艺迅速占领城市通俗文艺市场,政府的文化部门仍然给愿意合作的私营文化机构留有一定的生存空

---

① 参见[美]德克·博迪:《北京日记——革命的一年》,第147—150页。
② 参见何公超:《十七种〈白毛女〉连环图画》,《文艺报》,第一卷第二期,1949年10月10日,第17页。耘耕:《反对投机取巧的出版作风》,《文艺报》,1952年1月25日,第34页。

间。在这有限的空间内,商人和作者既要遵循工农兵文艺为政治服务的标准,又不能放弃迎合小市民的文化市场,只好对新文艺的形式、内容进行各式各样的挪用,以至于"旧瓶装新酒"的文化改造常常陷入"新瓶装旧酒"的窘境。

　　以 1950 年上海出品的月份牌为例,其文字部分已经由"升官发财"之类的个人追求改换为"生产建国"的国家意志,图片部分也把美女名媛改换为站在机器前劳作的女工。但是,月份牌上的女工依然保持了旧日美女图中皓齿蛾眉的面貌特征,她虽然身穿工装裤,但画家仍然在她的工作服中露出一截粉红色衬衫,甚至指甲上还涂着血红的蔻丹。① 这样妩媚的女工形象与二十世纪六十年代以后宣传画上常见的粗壮朴素、浓眉大眼的女工大相径庭。尽管现在已经无法得知,这个月份牌的作者对工人这一新中国的领导阶级的形象的这种描绘,是否是为了抵消工农兵文艺对城市通俗文艺的改造而有意对其进行文化"挪用",但这个月份牌的存在至少生动地说明,市民在适应工农兵文艺标准的同时,也在为他们自己的文化生活积极寻找着变通的渠道。

　　月份牌之外,市民还采用了很多方法消解工农兵文艺对他们文化方式的干预。在音乐方面,这种有意的"挪用"表现得非常明显,其主要方式就是随意改变革命歌曲的演唱、演奏方式和演奏场合,以适应市民的审美习惯。《文艺报》曾批评

---

　　①　陈涌:《略谈"新瓶装旧酒"》,《文艺报》,第一卷第十一期,1950 年 2 月 25 日。

私营电台中用"怪里怪气的黄色腔调"演唱革命歌曲。[①]《人民日报》也专门发通知,禁止杂技、马戏团用"油滑腔调吹奏革命歌曲招揽生意",禁止在交谊舞会上用各国国歌、党歌、团歌、军歌以及歌颂祖国、歌颂领袖的歌曲伴舞,禁止在婚丧仪式中吹奏革命歌曲等。为此文化机关还特别公布了一份禁止在非正式场合演奏的革命歌曲名单,包括各国国歌及各国人民歌唱祖国的歌曲,如《祖国进行曲》《歌唱祖国》;歌唱革命领袖的歌曲,如《东方红》《斯大林颂》;我国及兄弟国家的军歌和战歌,如《解放军进行曲》《三大纪律八项注意》《中国人民志愿军战歌》;《国际歌》《少共团员之歌》和《中国少年儿童队队歌》等我国及兄弟国家的党歌、团歌、队歌。[②]

在电影方面,城市电影院按照文化部要求,大量播放苏联影片以肃清英美电影对市民的有害影响。根据文化部的报告,到 1950 年底,进步影片的观众"由少数而转为多数",人数已经占到观众总数的百分之六十五至百分之七十。[③] 但是从《文艺报》的一篇批评文章中,我们可以看到这一盛况之下的另外一种真实。文章批评有些影院为了吸引观众来看一部讲述苏联歌唱家和舞蹈家艺术事业的电影《龙吟凤舞》,竟然贴

① 《注意私营电台的歌曲播唱》,《文艺报》,1952 年 1 月 25 日,第 26 页。

② 《应严肃对待庄严的革命歌曲》,《人民日报·文化生活简评》,1952 年 6 月 2 日,第 3 版。

③ 参见《文化部一九五〇年全国文化艺术工作报告与一九五一年计划要点》,见中华人民共和国文化部办公厅编印:《文化工作文件资料汇编(一):1949—1959》,1982 年,第 2 页。

· 260 ·

出了这样的广告——"龙是男,凤是女,龙爱凤,凤爱龙",甚至加以"玉体半裸,腰肢解舞"的说明。而对于被抵制的资产阶级电影,则在广告中套用革命语汇来打掩护,或者给描写大家族三角恋爱的言情片披上"写尽封建时代贵族家庭的腐败""暴露权贵生活之奢靡与贪鄙"的外衣,或者给噱头百出的娱乐片换上"暴露旧社会的怪现象""讽世喜剧"等名头。① 这篇文章中引用的电影广告透露出这样的信息,虽然选择观看革命影片的人数在增加,但它在很大程度上是政府行为促成的,并不是市民自觉的选择,也难以说明他们的政治觉悟正在迅速提高。

特别是抗美援朝战争期间,为了进行有效的社会动员,反美宣传一度成为五十年代初期全国文化工作的重点。而京、沪等大城市是受美国文化影响较大的区域,因此反美宣传自然是城市通俗文艺改造工作的重中之重。在城市中,连环画是比报纸和书刊更为普及的信息媒介。不少商人和连环画作者就利用这个机会,以宣传抗美援朝为名,在政治宣传品中加入了大量暴力、色情的图画,以供读者消遣。1952 年,《文艺报》专门撰文严厉批评这种任意的"挪用"行为,认为这些作品非但不能激发民众抗击"美帝"的斗志,反而引起他们的恐惧和淫欲。文章还不厌其烦地开列了一份不良连环画的详细书目,对砍头、杀戮、活埋、割舌头、挖眼睛等暴力内容有细致描

---

① 何庄:《从电影广告谈起》,《文艺报》,第一卷第四期,1949 年 11 月 10日,第 14 页。

绘的有《美国兵兽行》(蒋萍、新连编绘室)、《美国兵在上海》(罗平、新连编绘室)、《记住美帝血债》(丁苦编绘)、《美国强盗在中国》(江栋良编绘)、《美国水手自传》(文西、文北编绘),《看! 美国兵在朝鲜》(王星北、麦杆编绘)、《麦克阿瑟的罪行》(孙之俊、朱先立编绘)、《最毒美帝心》(沙子、陈凤岗编绘)、《疯狂的美帝》(胡少飞编绘)、《狱中一百十一天》(谷霓、蔡杰编绘)等。在上述图书中,《美国兵兽行》被认为"在奸淫的画面中十分恶劣地贩卖着自己的色情趣味,向读者散布色情毒素,完全丧失了作品应有的严肃政治内容"[①]。

上述事实从另一个侧面证明,在建国初期,市民的文化心理并没有因为新政权的建立而迅速地发生根本改变。更客观地说,他们是在以阳奉阴违的办法,在表面的服从中,对工农兵文艺的政治训导意图进行着局部的消解和本能的拒绝。但是,这并不是说市民阶层对新文艺的拒绝是完全有意识的、自觉的抵抗,因为他们也有努力迎合新政权、积极参与群众文化活动的一面。当北平解放以后,秧歌舞这种来自解放区、来自农民的革命舞蹈曾经在北京市民中风靡一时。但是,即便是市民阶层采取这种最为积极的迎合态度,也还是不能符合新的政治意识形态的要求。因为群众表演中对民间趣味的追求在某些方面侵害了工农兵文艺的严肃性,妨害政治宣传的准确度。因此,《进步日报》在 1949 年 6 月 8 日刊登了北京市总

---

① 参见陈肃:《加强对新连环图画编绘与出版工作的思想领导》,《文艺报》,1952 年 1 月 25 日,第 21 页。

工会为许多跳秧歌舞的人制定的四条纪律:(1)禁止跳秧歌舞者男扮女装;(2)禁止佩带封建迷信挂件;(3)禁止任何粗俗的言语行为,如把蒋介石画成个黑乌龟;(4)严格控制使用化妆品。①

　　以上事实表明,建国后,以建设社会主义通俗文艺为己任的通俗文艺改造运动并没有在市民中得到广泛的真诚回应。市民文化趣味与工农兵文艺标准的抵牾,一方面表明民间社会并不只是被动地接受信息,普通民众会对新政权加诸他们的思想做出选择,甚至是以创造性的方式进行消解;另一方面也说明,新中国的国家权力正在向社会全面渗透,民间的文化生活开始受到干涉。

三、恐怖还是崇高:对《刘胡兰》一剧中"铡头"情节的争论

　　1950 年,当市民的文化空间在不断缩小的同时,新文艺自身的发展也开始面临一体化的命运。而且这种一体化的要求最初是由新文艺工作者自觉提出的。1950 年《文艺报》发起了关于什么样的作品才最符合政治标准的争论,其焦点集中在新歌剧《刘胡兰》中"铡头"情节的处理上。

　　《刘胡兰》一剧最初为四幕话剧,作于 1947 年。1948 年,由西北战斗剧社集体创作,改编为三幕歌剧。据该剧的编剧

---

① 　[美]德克·博迪:《北京日记——革命的一年》,第 196 页。

之一刘莲池记述,《刘胡兰》在军队的演出得到了很好的效果。在演出话剧本时,有战士激动得要向舞台上扮演刽子手徐连长的演员开枪射击。在演出歌剧本后,收到五六十件观众来信,"战士们看了,有的要求立即打仗,有的提出来要和刘胡兰同志比骨头,有的部队因此而造成了运动"。[①] 但是,这个作品在北京的公演引起了一些新文艺工作者的不同意见。特别是歌剧的第二幕第十场中对主人公英勇就义的表现遭到了较多质疑,该剧本的舞台说明是这样的:

> 兰掏出手绢,取下戒指,交给刘大婶,把头发拢起,把衣领掖下,从容的躺在铡刀上,面无惧色……
>
> 把刀的群众,浑身发抖,铡不下去。
>
> 徐上前握过刀柄,一把将群众推开,猛力往下按刀,鲜血溅飞,人头落地。
>
> 起奏主题歌。
>
> (幕急落)[②]

美学家王朝闻就该剧对暴力、杀戮场面的渲染表示了强

---

① 参见刘莲池:《写在"刘胡兰"前面》,见西北战斗剧社集体创作:《刘胡兰》,新华书店,1949 年 5 月,第 1—3 页。以及刘莲池:《关于修订本的说明》,见西北战斗剧社集体创作:《刘胡兰》,人民文学出版社,1952 年,第 7—9 页。

② 参见西北战斗剧社集体创作:《刘胡兰》,新华书店,1949 年 5 月,第 77 页。其中的"兰"即为主人公刘胡兰,"徐"即为刽子手大胡子徐连长,文中的省略号为原文所有。

烈的反感。他认为没有必要在前台血淋淋地、具体地表演英雄的死，这样的演法，让人联想起旧戏曲《铡美案》中腰铡陈世美的场景，使得英雄就义的场面崇高不足而惊悚有余。他批评这样的表演是"官能刺激"，"可能冲散英雄发展过程中所形成的引人崇敬的印象，可能转移因为崇敬英雄而学习英雄的应有的效果"。① 王朝闻的意见在《文艺报》上一发表，立刻引来一番争论，钟惦棐、何其芳、王朝闻等人都参加了讨论。钟惦棐、何其芳等讨论者认为北京的演出并不存在恐吓观众的问题。而观众刘金和李国经指出，"铡头"一节是《刘胡兰》剧中不可省略的部分，担负着突出主题、表现英雄崇高形象的重要任务，他们并不反对在革命戏剧中为反映敌我斗争的残酷性而演出相关的暴力情节。②

　　那么剧本中的所谓"鲜血溅飞，人头落地"的情节在具体演出时是如何处理的呢？戏剧家钟惦棐特别在文章中介绍，他曾经看过两次由不同剧团演出的《刘胡兰》。一次是在基层的文工团。他们在演出《刘胡兰》一剧时完全遵从了剧本的这个细节，还特制了一把刀口可以自动伸缩的铡刀，当刀铡到刘胡兰脖子上的时候，演员并不会受伤。群众在看到这个场景的时候虽然大吃一惊，但马上就释怀了，认为"这是变戏法

---

　　① 王朝闻：《戏剧中细节描写的一种倾向》，《文艺报》，第一卷第十期，1950年2月10日。

　　② 刘金、李国经：《读〈戏剧中细节描写的一种倾向〉后》，《文艺报》，第二卷第三期，1950年4月25日，第28页。

的"。一次是在北京观看战斗剧社的演出,也就是王朝闻批评的那个剧团的演出。战斗剧社的导演在那紧张的一刹那让群众蜂拥上前,利用稻草和人群遮着了观众的视线,避免了人头落地、鲜血飞溅的恐怖场景。①

在两次演出中,钟惦棐显然不赞同前者完全遵循剧本的演出方式。他虽然承认道具使用伸缩刀口的设计煞费苦心,但也明确指出如此描写英雄就义损害了刘胡兰的崇高形象。并且,他还把这个表演中具体的处理方式提高到政治的高度,批评这与其说是"不懂得艺术",不如说是"不懂得政治"。② 而何其芳则认为:"像《刘胡兰》里面的铡头这一类细节,本身并非不健康的单纯的'官能刺激',而是有着尖锐的政治性的,这是中国革命中的相当普遍、大量存在着的流血斗争和英勇牺牲在戏剧上的如实反映。"所以,在他看来,即使正面描写英雄之死的场面中出现"官能刺激"也并非绝对不可以。③ 相比之下,尽管钟惦棐不同意王朝闻的说法,但他们的美学追求更为接近。他提出应该向苏联影片《普通一兵》的表现方法学习,应该对英雄之死的表演进行必要的艺术加工。这样做可以"克服敌人所加诸于英雄生理上的损

---

① 钟惦棐:《关于文艺上的细节描写问题》,《文艺报》,第二卷第三期,1950年4月25日,第21页。

② 钟惦棐:《关于文艺上的细节描写问题》,《文艺报》,第二卷第三期,1950年4月25日,第22页。

③ 何其芳:《试论戏剧上的刘胡兰的铡头》,《文艺报》,第二卷第三期,1950年4月25日,第27页。

害",也就是说,可以通过艺术的表现手法来降低王朝闻所说的正面表现英雄之死时所出现的暴力倾向。这才是真正为政治服务,因为既可以"保卫了那些为祖国为人民流尽了自己的最后一滴血的英雄人物",又可以"保卫并提高了人民在意志上的战斗力"。①

在经过了这样自发的讨论之后,英雄之死该如何表现的问题就得到了初步的解决,自然主义的描写被否定,而浪漫的表现手法则得到了新文艺评论家们的普遍认可。讨论者们基本达成共识:英雄之死应该避免血腥屠杀的惊悚场面,而要通过苍松翠柏、英雄雕塑、群众奋起等方式,向观众传达出英雄不死、精神不朽、革命不息的崇高启示,并对英雄的牺牲给出革命必胜的价值允诺;至于革命暴力所引发的恐怖情绪,在艺术升华的过程中则应被转化为对敌人的仇恨和对英雄的崇敬,从而引发对革命的向往。所以,在1952年修订过的《刘胡兰》剧本中去掉了"鲜血溅飞,人头落地"的效果说明,以避免"某些剧团在上演中采取了当场出彩的表现形式"。②

从对《刘胡兰》中"铡头"情节的争论中可以看到,建国后新文学发展一体化的倾向并不只是政治施压的产物,同时也

---

① 钟惦棐:《关于文艺上的细节描写问题》,《文艺报》,第二卷第三期,1950年4月25日,第21页。着重号为原文所有。

② 刘莲池:《关于修订本的说明》,见《刘胡兰》,北京:人民文学出版社,1952年,第7—9页。

是正统的新文学作家自觉促成的。他们的政治敏感度甚至比工农兵作者还要高,而较高的理论素养使他们中的大多数自觉充当了社会文化生活的监督者和守护者。

根据上述情况,可以看到,建国初期,由于社会改造的重点主要集中在经济领域,国家对人民思想的控制并不非常严密,市民的文化空间尚且存在,他们仍然有机会按照自己的文化习惯和意识,对来自解放区的革命通俗文艺进行任意的挪用。这些挪用,在相当程度上,以商品化的方式消解了革命通俗文艺的政治化特征。而这些经过改写、改编的革命通俗文艺作品,非但无法完成教育人民、改造思想的任务,反而陷入了被城市商业文化反改造的窘境。但是,市民阶层的这种自发的、本能的排斥反应只能局部地、暂时地消解国家的文化控制力。一旦国家力量全面介入社会生活,市民的文化空间就难以维系。况且,在国家力量到来之前,新文艺工作者已经自觉地对民众的文化生活和思想状况进行监督。他们对市民文化趣味的反感,一方面来自他们的政治素养,另一方面也来自其正统的新文学观念中对通俗文艺一贯的偏见。当他们发现市民具有文化抵抗的可能性的时候,赵树理等人所推行的以依靠民间力量为主的温和的文化改造方式就被认为是对城市腐朽思想的妥协,无法确保共产党在城市中获取绝对的文化领导权。取而代之的,是一种更为严格、更为全面的文化管理。

第二节 / 前兆:《说说唱唱》的检讨

　　《说说唱唱》是民间文学团体大众文艺创作研究会主编的刊物,它创刊之后不久就成为全国发行量最大的综合文艺刊物之一,为新文艺在民众中的普及做出了巨大的贡献。[①] 但是,随着文化管理的逐渐增强,它成功的运作并不能换取其发展的自由空间。从 1950 年创刊到 1951 年底,《说说唱唱》曾发

_____

　　[①] 可惜的是,在《说说唱唱》的版权页上并没有记载它的发行量,各期杂志的"编后记"以及《终刊词》上对其发行情况也未作具体说明。目前只在其他相关文献中找到些记载,大致有六种不同的说法:1. 二万七千多份。1950 年 8 月,《文艺报》上刊登了一篇署名吴倩的文章《文艺刊物自我检讨的综合报导》,文中写道:"还有些刊物存在自满情绪,如《说说唱唱》的个别编委认为每期能发行二万七千多份,成绩也不错。这就大大影响了他们对于刊物积极改进的努力。"可知,在 1950 年 8 月,《说说唱唱》创刊的头八个月,其发行量已经达到二万七千多份。2. 四万份。王亚平在《提高说唱文学的思想性和艺术性》一文中写道:"虽说这个刊物是在北京由大众文艺创作研究会办起来的,但由于广大群众的要求和爱护,不久就销售到全国各地,远及在朝鲜战斗的志愿军也订了八千份……可从销数上来看,一开头就销到三万份,到目前仍然停留在四万份左右,这就说明我们没有尽到责任,不能把刊物办到满足更广大群众的需求。"这篇文章作于 1952 年 2 月,可知在杂志创办的第三年,发行量已经稳定在四万份左右。3. 四万八千份。《说说唱唱》在 1952 年 5 月以"编辑部"名义发表了一篇题为《努力学习毛泽东文艺思想　坚决改进编辑工作——纪念毛主席〈在延安文艺座谈会上的讲话〉发表十周年》的文章中提到:"在刊物销到四万八千份的时候,北京仅仅销出一千二百余份,绝大部分的读者是学生和机关干部。"4. 五万份。胡絜青在《老舍和曲艺》一文中写道:"解放初期,在北京,《说说唱唱》杂志办得比《北京文艺》杂志早,主编是赵树理和李伯钊同志,后来又加上了老舍和王亚平同志。这个杂志大部刊登曲艺作品,是一个刊印份数较大(每期五万份)的全国性杂志,它对(转下页)

表了四篇"有问题"的作品,它们是:

1. 淑池①的小说《金锁》(第三、四期连载,1950 年 3、4 月);

2. 孙良明的小说《政府不会亏了咱》(第十六期,1951 年 4 月);

3. 赵树理(署名"吉成")的文章《"武训"问题介绍》(第十八期,1951 年 6 月);

4. 张蓬、李悦之的话剧《种棉记》(第十九期,1951 年 7 月)。

这些作品引发了几次批评和检讨,有些比较温和,属于走过场,对《"武训"问题介绍》的自我批评,甚至有小小的自我辩解的意味。在四篇作品中,大众文艺创研会成员孟淑池所写的小说《金锁》是质量最好的,也是赵树理最为看重的,却因为编辑者的小心维护引来了对《说说唱唱》的围攻,发展为规模

(接上页)曲艺事业的发展起过重要的组织作用和推动作用。老舍当时经常参加《说说唱唱》的工作会议。"5. 六万份。邓友梅说:"《说说唱唱》的发行量最高达到六万份,是全国发行量最大的通俗文艺刊物。有订阅,有零售,多在报摊上销售。读者以工农兵为主。"6. 三十万份。李士德在对《说说唱唱》的编辑苗培时进行采访的记录中,记载了苗培时的说法:"新中国成立后,第一个民间文学团体'大众文艺创作研究会'是他(指赵树理)主持创办的,并任该会主席。他是工人出版社的创办人之一,是它的首任社长。他主编的《说说唱唱》发行 30 万册,而《人民文学》才发行 6 万册。"在上述六种说法中,李士德所记录的苗培时的三十万册的说法与另外几种记载和回忆相差较大,在缺乏直接证据的情况下,很难判断哪个数字更接近实际情况。但从上述记录中,都可以得知《说说唱唱》是最受广大工农兵读者欢迎的文学刊物之一。

① 淑池,即孟淑池,大众文艺创作研究会小说组组员,后因《金锁》被错划为右派。

最大的一次检讨。

一、关于作品的检讨

《金锁》是《说说唱唱》创刊初期的一篇重点推荐作品,其内容主要是写一个名叫"金锁"的乞丐的人生遭际。主人公金锁起初流落在一个恶霸地主家里当长工,地主欠工钱不给他,还假意骗了一个女难民来给他做老婆,其实是另有图谋。地主强奸金锁妻不遂,就预谋将他们夫妇害死,结果金锁死里逃生,参加了革命,最后返回乡村将案情弄清,为自己正名,为妻子申冤。该作品篇幅很长,有四万余字,分成两部分在1950年3月、4月的《说说唱唱》上连载,并在4月号的续载部分中加配了六幅插图。应该说,这样的编辑力度在《说说唱唱》的编辑工作中是空前绝后的,足见编辑部对这一作品的推崇。不凑巧的是,《金锁》发表之时,正值中共中央发布《关于在报纸和刊物上展开批评和自我批评的决定》,该《决定》"要求报纸刊物吸引广大人民群众经常地有系统地监督我们的工作,注意我们工作中的缺点和错误,并加以改正,使我们能够继续不断地向前进步"①。《文艺报》立刻响应号召,在1950年5月发表题为《加强文学艺术工作的批评与自我批评》的社论,并在文章中首次点名批评《金锁》"在思想上是不正确的,在人物

---

① 《坚决展开批评和自我批评》,《人民日报》社论,1950年4月23日,第1版。

形象上是被歪曲了的,存在着很多不健康、不正常的东西"。①
并在同期发表了《说说唱唱》编辑部的自我批评文章。不久,
《光明日报》(1950 年 5 月 31 日)、《文学评论》(1950 年 8 期)也
纷纷发表文章,质疑这个作品中人物的真实性,从而引起广泛
的争论。

从内容上看,《金锁》是以压迫—反抗—翻身为主题的典
型的革命文艺,但小说的笔法和细节有些模仿《阿 Q 正传》的
痕迹,所以作者的视角与一般的翻身故事不大相同。它之所
以被批评,究其根本,主要是因为作者没有把主人公金锁塑造
成一个纯然的正面人物、一个英雄的劳动人民,而是写出了民
众辛苦恣睢、无赖懦弱的一面。不过,作者并没有让这种鲁迅
式的现实主义笔法走得太远,在小说的最后,金锁还是从他妻
子的惨死中觉醒了。他参加了革命,翻身解放,成为一名光荣
的解放军的连长。但是,小说对于主人公突然的转变并没有
足够的铺垫和交代,所以这个光明的尾巴并不能掩盖它所暴
露出的现实的黑暗。正因为如此,小说《金锁》引起了多方
指责。

嗅觉敏锐的《文艺报》以批评与自我批评的方式,首先编
发了《说说唱唱》编辑部的编辑邓友梅的文章《评〈金锁〉》。该
文从政治立场出发,指责小说"看不到金锁有什么反抗,对地

---

① 《加强文学艺术工作的批评与自我批评》,《文艺报》,第二卷第五期,
1950 年 5 月 25 日。

主有什么憎恨,有的只是对地主的羡慕","这是农民吗? 是劳动群众吗? 简直是地痞,连一点骨气都没有的脓包,只是地主的狗腿,旧社会的渣滓才有这样的性格,才可能为了吃饭连地主调戏老婆都无动于衷,而作者把这当作劳动人民的正路"。所以,文章批评小说的"人物不真实","在某些地方诬蔑了劳动人民"。①《文艺报》的编者基本同意邓的看法,并在编者按中说,接到这篇文章后即把它转给《说说唱唱》编委会,请他们加以注意。在这种情况下,赵树理、陶君起两人不得不分别代表《说说唱唱》编委会和大众文艺创研会小说组出来表态。《文艺报》在邓的批评文章后,也公开发表了陶、赵二人的检讨意见和辩护文章。

与邓友梅和《文艺报》的阶级论的批评观不同,大众文艺创研会小说组虽然没有直接反对这种意见,对该组成员孟淑池写的小说《金锁》却颇多辩护之辞。他们在《文艺报》上刊登了组长陶君起整理的小说组检讨过程:小说组对《金锁记》的问题进行了三次连续讨论,参加者有赵树理、孙嘉瑞、杨祖燕、陈逸飞、邵炘、刘经庵、崔雁荡、马烽、康濯、苗培时、邓友梅、陶君起等人。从陶的综述中可以看到,当时,包括新文艺工作者在内的通俗小说家们没有过多地从政治立场上考虑作品优劣的习惯,他们仍然坚持从文学的角度来评价这个作品,所以就大谈小说在情节、结构、人物等方面的缺陷。虽然小说组也指

---

① 　邓友梅:《评〈金锁〉》,《文艺报》,第二卷第五期,1950 年 5 月 25 日,第 14 页。

出《金锁》存在人物性格处理不恰当、主题不明确、作者的立场不鲜明等问题,但同时还肯定了小说选材新鲜生动、作者文字修养好、有生活基础等优点,并解释说,作者的失误是因为其生活在新解放区,对人民革命的过程不了解的缘故。[①] 经过了三次讨论,大众文艺创研会的集体认识仍然没有上升到《文艺报》的政治高度,由此可知,通俗文艺家们并不接受邓友梅和《文艺报》的批评意见。而且,在建国初年,以政治立场代替文学价值的激进的评论方式也还并不流行。

赵树理作为《说说唱唱》的主编,在该期《文艺报》上也发表了《〈金锁〉发表前后》一文。这篇文章与其说是公开检讨,不如说是公开辩护。他只承认该作品在结尾的处理技巧上存在问题,将作者和编辑部的责任,全部揽在自己一人身上,检讨了自己的工作作风不民主、对作者不够负责的态度。至于邓文的"人物不真实""诬蔑劳动人民"的说法,以及《文艺报》指责该作品"是对被压迫农民性格的一种歪曲"[②],赵树理则完全予以否认。他首先强调《金锁》的真实性,毫不客气地说明:"我所以选登这篇作品,也正因为有些写农村的人,主观上热

---

① 陶君起整理:《读了〈金锁〉以后》,《文艺报》,第二卷第五期,1950年5月25日,第15—16页。

② 在陶君起的《读了〈金锁〉以后》一文中,曾批评《金锁》的作者敌友不分,"对农民带有一种刻薄性"。对于这种说法,《文艺报》的编者以括号的形式加按语说:"岂止是刻薄性。……实际上就是对被压迫的农民性格的一种歪曲。"(第15页)同样,《文艺报》也在邓友梅的《评〈金锁〉》里加过类似按语:"不如说歪曲了劳动人民的性格。"(第14页)陶、邓两文均出自《文艺报》,第二卷第五期,1950年5月25日,第14—16页。

爱劳动人民，有时候就把一切农民都理想化了，有时与事实不符，所以才选一篇比较现实的作品来作个参照。"关于金锁的懦弱无赖的性格，他解释道："'有骨头'这话是多少有点社会地位的人才讲得起的，凡是靠磕头叫大爷吃饭的人都讲不起，但不能就说他们都不是劳动人民。他们对付压迫者的方法差不多只有四种：'求饶''躲避''忍受''拼命'，有时选用，有时连用，金锁也不例外。"至于金锁的转变与革命是否可能的问题，赵树理也认为完全符合实际情况，因为"这些人的出路只有一条，就是参加革命：有的是在革命势力未到以前自动找去，有的是在革命势力到达以后，得到了土地，再加以组织教育，才能挺起腰来。在新解放区的农村，这种人虽不占多数，可也不是个别的，只是容易被一般人（连贫农在内）忽略，因为在一般人的意识中没有给他们列下户口。……解放军中像金锁这一类出身的人也不少，经过教育之后，还不是和其他英雄一样吗？"[1]

那么，赵树理为什么会坚决站在《金锁》的作者一边，为其辩护呢？有一个特别重要的原因在于，《金锁》从侧面反映了农村中的一类特殊人群，即破产后流入下层社会的农民的命运和出路的问题。对这个问题，赵树理本人非常关心，他不仅同情这些人的遭遇，还曾专门为他们写过一篇小说《福贵》。这个小说中的主人公福贵，就是以赵树理的一个名叫"各轮"

---

① 赵树理：《〈金锁〉发表前后》，《文艺报》，第二卷第五期，1950 年 5 月 25 日，第 17 页。

的亲人为原型的,他与金锁实际上是类似的人物。赵树理希望通过这类作品让农村中的干部、群众正确对待像福贵和金锁这样的破产农民,同情他们,帮助他们,使他们重新过上正常、正派的生活。①

但是,赵树理的强硬态度并没有坚持多久。两个月后,《文艺报》又一次对《金锁》展开"围剿",组织了八篇与《文艺报》的立场相同的读者来稿,其中一篇指责该作品"下流到了极点","解放区里有这样下三滥的作品真是头一回见到。还要替它辩护吗? 我不要看!"②其气势可谓汹汹。迫于这种压力,赵树理不得不再次进行公开检讨。这一次,赵树理做出了很大让步,他基本放弃了自己的观点,承认《金锁》丑化了主角,作者的立场存在问题。在文章中,赵树理仅仅解释了一下他看中的是这个作品对落入下层社会的破产农民命运的关注,同时,又反驳自己说,这只是狡辩,因为这并非该小说的主题。不过,作为一个正直的编辑,赵树理在包揽了所有错误之后,仍然不忘努力保护作者。在文章最后,他特别加上了"对作者的认识"一个部分,只有一句话:"最后,我仍认为作者具有写农村的特殊条件:生活熟悉、文字通俗流利,只要经过相

---

① 参见赵树理《对〈金锁〉问题的再检讨》中第三部分"对辩护的保留与保留中的检讨",《文艺报》,第二卷第八期,1950 年 7 月,第 15 页。
② 《读者对于〈金锁〉的看法》,《文艺报》,第二卷第八期,1950 年 7 月,第 17 页。

当的政治学习,一定是能写出好的作品来的。"①

　　那么,《文艺报》为什么要揪住刚刚创刊的《说说唱唱》穷追猛打,大喝倒彩? 而赵树理又为什么会在两个月后完全放弃了自己的观点? 对于这些情况,从目前笔者所掌握的材料中还无法直接得出明确的解释。不过,东、西总布胡同间由来已久的矛盾或者可以给这次检讨的发生做一个背景。

　　众所周知,《文艺报》是作协的机关刊物,从 1950 年开始由丁玲、陈企霞、萧殷三人担任主编,而他们都是东总布胡同的红人。自西总布胡同开展工作以来,《文艺报》就曾多次刊登对其进行批评的文字:或者批评大众文艺创研会的写作水平不高,思想性不强,组织领导松懈;②或者以《说说唱唱》的作品为靶子,组织读者展开专门批判;③或者批评《说说唱唱》存在"自满情绪","大大影响了他们对于刊物积极改进的努力"。④《文艺报》上的旁敲侧击,反映了东、西两条胡同间的抵牾。在这种情况下,《文艺报》跳出来打压《说说唱唱》并不奇怪。特别是在《金锁》发表前不久,赵树理曾把田间的长诗《赶车传》成功地改写成鼓词《石不烂赶车》,使《说说唱唱》获得好

---

　　① 赵树理:《对〈金锁〉问题的再检讨》,《文艺报》,第二卷第八期,1950 年 7 月,第 15 页。
　　② 参见坪生:《北京大众文艺创作研究会半年来工作情况》,《文艺报》,第二卷第三期,1950 年 4 月,第 20 页。
　　③ 《读者对于〈金锁〉的看法》,《文艺报》,第二卷第八期,1950 年 7 月,第 17 页。
　　④ 吴倩:《文艺刊物自我检讨的综合报导》,《文艺报》,第二卷第十期,1950 年 8 月,第 20 页。

评如潮,结果也就出了东总布胡同的正统的新文学作家们的洋相。所以,在这一次批评与自我批评的运动中,《金锁》的发表正为东总布胡同提供了一个绝好的机会。其实,如果赵树理没有那么倔强,在第一次公开检讨中认了输,两条胡同的这次争端也许就互相扯平,不了了之了。可是,赵树理并没有接受批评。于是《文艺报》又组织了一次座谈会,并公开了文艺界对赵树理不满的声音,邵荃麟(时任政务院文化教育委员会计划委员会主任委员)就直接批评赵树理在对《金锁》的检讨中,"有些句子是很不妥当的"。① 迫于压力,赵树理不得不放弃了自己的意见,公开进行了第二次的检讨。

但是,这次对《金锁》的检讨只是通俗文艺改造运动危机的开始,《说说唱唱》被越来越紧地套入以思想性、政治性为名的紧箍中,动弹不得。1951 年,在全国批判电影《武训传》的高潮中,赵树理以"吉成"为笔名发表了题为《"武训"问题介绍》(以下简称《介绍》)的一篇小文章(1951 年 6 月,总第十八期),客观通俗地向读者介绍时下对武训的两种评价,并没有上升到阶级斗争的高度去认识这个问题。这篇小小的刊尾文章再次引起有关方面的不满。于是,1951 年 7 月,赵树理只好又拟了一份公开检讨,以"编辑室"的名义在《说说唱唱》总第十九期发表,承认《介绍》中"模糊了原则是非,没有划清革命和反革命思想的界限,因而失掉了正确的立场,好像说宣传他(指

---

① 《加强我们刊物的政治性、思想性与战斗性》(座谈会),《文艺报》,第二卷第六期,1950 年 6 月 10 日,第 15 页。

武训,引者注)的人和揭露他'本像'的人只是原被双方在报上打官司,与自己无关,不曾指出宣传者是有反动的资产阶级思想的,批评者是拿着马列主义的武器来和这种反动思想作战的,因此,就不能叫人感觉到反动思想是应该打倒的"。① 在这次检讨后,《说说唱唱》的编辑们的政治敏感度开始提升。同年9月,他们针对第十六期(1951年4月)刊发的小说《政府不会亏了咱》中对村干部和积极分子的某些所谓"歪曲"和"丑化"的描写,自发组织了一次读者和作者间的批评、检讨活动。②

二、关于编辑方针的一次大检讨

为响应政协第一届全国委员会第二次会议关于改造思想的号召,1951年11月17日,全国文联常务委员会扩大会议通过了首先在北京文艺界组织整风学习的决定。24日,北京市文艺界举行了整风学习动员大会。会上胡乔木、周扬、丁玲分别做了题为《文艺工作者为什么要改造思想?》《整顿文艺思想,改进领导工作》《为提高我们刊物的思想性、战斗性而斗争》的重要讲话,老舍、欧阳予倩、李广田、华君武、瞿希贤、黄钢等发言。全国文联常委会决定成立北京文艺界学习委员

---

① 编辑室:《对发表〈"武训"问题介绍〉的检讨》,《说说唱唱》,1951年7月,第51页。

② 参见《关于〈政府不会亏了咱〉一文的批评与检讨》,《说说唱唱》,1951年9月。

会,丁玲任主任委员,沈雁冰、周扬、欧阳予倩、阳翰生、老舍等二十人为委员。① 为了配合这次整风运动和编辑部的改版工作,在 1951 年底到 1952 年初,《说说唱唱》编辑部的编委们发表了一系列郑重其事的检讨文章,积极调整编辑方针,完成改版工作。

1951 年 12 月,《说说唱唱》在杂志的篇首位置发表了副主编王亚平的检讨文章《为彻底改正通俗文艺工作中的错误而奋斗》,对大众文艺创研会在文艺工作中的种种"错误"做了自我批评。比如,作品的思想性不高,内容只求无害,导致粗制滥造的问题;编辑部领导的政治意识不强,自由发表,把杂志变成了朋友、私人自我表现的园地;创研会的通俗文艺家们与正统的新文学作家之间存在"门户之见","瞧不起某些专业文艺工作者,有对立情绪"等。不管是否出于自愿,为了调解编辑部新、老人马间的矛盾,顺利完成改版工作,王亚平改变了大众文艺创研会以通俗文艺工作专家自居的态度,尊称专业文艺工作者为"专家",主张通俗文艺的提高必须与知识分子"专家"密切合作,对新文学作家领导通俗文艺工作表示了完全的赞同和支持。②

1952 年 1 月,《说说唱唱》第二十五期正式改版。该杂志原主编赵树理也在杂志篇首位置,以黑体字发表了《我与〈说

---

① 甘海岚编撰:《老舍年谱》,北京:书目文献出版社,1989 年,第 286 页。

② 王亚平:《为彻底改正通俗文艺工作中的错误而奋斗》,《说说唱唱》,1951 年 12 月,第 5—6 页。

说唱唱〉》这一著名的检讨文章。在文章中,赵树理历数了自己在编辑杂志两年中所犯的三次比较大的错误:一为发表了歪曲农民形象的小说《金锁》;二为在他写的《"武训"问题介绍》中有意避开了"阶级"观点字样;三为发表了单纯从经济观点出发宣传种棉的《种棉记》,忽略了对农民的政治教育。赵树理总结错误原因时,态度没有王亚平谦虚,他只承认《说说唱唱》的编辑方针存在"形式主义"问题,认为编辑部对作品"可说可唱"的"形式通俗化"的强调,使其对作品的思想内容的强调有所忽视。但他不承认编辑部的政治倾向有问题,只在针对他自己的自我批评中,间接地、部分地接受了弱化阶级斗争的指责,承认自己错误的根源在于"不懂今日的文艺思想一定该由无产阶级领导",因此,他编辑的稿子"不是去宣传无产阶级在国家生活中的领导作用,而是故意把阶级面貌模糊起来,甚而迁就了非无产阶级的观点,以至造成不断的错误"。他表示会通过努力提高自己的理论水平来纠正这些错误。①

　　编辑部的另一位来自太行山的通俗文艺家,赵树理的老朋友苗培时,在赵树理之后发表了一篇全面、深刻的检讨文章《把我的思想提高一步》。这篇文章从作者在普及工作中的自满情绪,一味追求形式、但求内容"无害"的粗制滥造的工作作风,一直批判到自己的"宗派主义"作风。苗培时承认自己的"宗派情绪"破坏了同志间的团结,违背了为工农兵服务的立

---

① 　赵树理:《我与〈说说唱唱〉》,《说说唱唱》,1952 年 1 月,第 5—6 页。

场,是小资产阶级自我表现的恶习,并自我贬损道:"我对于文艺其实并没有什么认识,我的路是走得不对的。今后,我要老老实实地做个小学生,从头学习……"①

苗培时在东、西总布胡同矛盾中所持的激烈态度使他必须对这个问题做出明确的表态。在很大程度上,他的检讨就是代表以赵树理为首的西总布胡同的通俗文艺家,向以丁玲为首的东总布胡同的正统的新文学作家所做出的一次全面的示弱。虽然这次整风运动对赵树理、苗培时的批评并不严厉,他们自我检讨的火药味也不是很足,但是王亚平、赵树理、苗培时三篇检讨文章的公开发表,足以说明他们已经无法控制《说说唱唱》这一建国后最重要的通俗文艺改造运动的文学阵地。在这组文章发表之后,苗培时逐渐淡出了《说说唱唱》的编辑工作,被调往煤炭部门工作。赵树理的名字也从《文艺报》编委的名单中无声无息地消失了。

此前的 1951 年,对《说说唱唱》来说是个检讨不断的年份,它的通俗化的编辑方针已经不能满足文艺工作的政治需要,它的成绩也不为文艺领导所赏识。在 1951 年初,赵树理就因"不是一个领导人才"而被调到中宣部担任文艺干事,主要的任务就是"入部读书"。赵树理搬入中南海庆云堂,按照胡乔木的指示,读完了五六本苏联和其他国家的文学作品,然后就被派下乡去"体会群众新的生活脉搏",在山西盘桓了半

---

① 苗培时:《把我的思想提高一步》,《说说唱唱》,1952 年 1 月,第 10 页。

年之久,了解了农民试办合作社的情况,搜集了写作《三里湾》的大部分素材。①

然而,这次冷处理对赵树理的影响是有限的。在主观上,他的通俗化趣味并没有发生什么改变,反而使他更加坚定了自己对中国古典文学和通俗文艺的爱好。在庆云堂读书期间,赵树理和他的邻居严文井经常展开中外文学优劣问题的辩论。严认为赵在艺术上"有些像狂热的宗教徒","他不可能被别人说服。……他对他的信仰很有自信"。② 虽然赵树理没有改变他的艺术主张,但在客观上,这次冷处理使赵树理对北京文坛的影响力在不知不觉中降低了,而《说说唱唱》的发展也受到影响,其编辑方针被逐渐调整到适合政治需要的方式上来。1952 年,《说说唱唱》面临重大改版,这次改版不仅改变了杂志的性质,也意味着赵树理所开创的通俗文艺改造运动陷入了前所未有的危机。

第三节 / 爆发:《说说唱唱》的终刊

1950 年 5 月,北京市文联成立之后,开始全权负责大众文艺创作研究会和《说说唱唱》的编辑工作,创研会这个民间的

---

① 赵树理:《回忆历史 认识自己》,见《赵树理文集》,第 5 卷,377—378 页。
② 严文井:《赵树理在北京胡同里》,《中国作家》,1993 年,第 6 期。

文学团体的性质就在不知不觉中改变了。在国家文化机关的直接监管下,《说说唱唱》于 1952 年进行了改版,此后,杂志的性质也发生了改变。1955 年 3 月,《说说唱唱》终刊。

一、《说说唱唱》的改版

1950 年 5 月,北京市文学艺术工作者联合会(简称"市文联")在京正式成立,大众文艺创作研究会所担负的团结北京文化人的统战工作逐步移交到市文联,该会于 1951 年底停止活动。而大众文艺创研会主编的《说说唱唱》也转由北京市文联编辑。

1950 年 10 月,中国人民志愿军抗美援朝出国作战。全国开始进行大规模的反美宣传活动,号召全民增产节约,全力支援抗美援朝战争,共同保卫新中国的政权。1951 年 11 月 20 日,全国文联常务委员会通过《关于调整北京文艺刊物的决定》,其中第五条规定《说说唱唱》与《北京文艺》合并。半个月后,《说说唱唱》在第二十四期刊发《本社启事》:

> 为响应毛主席增产节约的号召,中华全国文学艺术界联合会做出《关于调整北京文艺刊物的决定》。《决定》中有一条说:"加强《说说唱唱》,原有的《北京文艺》停止出版,其编辑人员与《说说唱唱》编辑部合并,另组织新的编辑委员会。《说说唱唱》应当成为发表优秀通俗文艺作品和指导全国通俗文艺工作的刊物。"因此自本年十二月

起,《北京文艺》即行停刊,本刊改由北京市文学艺术工作
者联合会与北京大众文艺创作研究会合办;在内容上也
打算有点改变,准备除按照每一时期的政治任务,组织、
介绍优秀的说唱文艺作品外,并按每一时期通俗文艺工
作的具体问题发表简短的指导通俗文艺工作的文字。我
们希望各方面多和我们联系,多给我们批评,以期把《说
说唱唱》办得更好,更合乎人民大众的需要。

——说说唱唱社启　十二月五日

　　自 1951 年 12 月第二十四期起,《说说唱唱》代替了《北京
文艺》,成为市文联的机关刊物,改由市文联和大众文艺创研
会共同编辑。老舍出任主编,副主编为李伯钊、赵树理、王亚
平,由人民文学出版社出版。这次调整使《说说唱唱》的性质
发生了改变。

　　首先,该杂志由民间的文学团体的刊物,转变为由国家文
化机关直接领导的机关刊物。这一改变在人事上的表现,就
是主编的易人。由于《说说唱唱》变成了北京市文联机关刊
物,而且担负起指导全国通俗文艺工作的任务,相对于原主编
赵树理而言,老舍显然是更理想的主编人选。1950 年 5 月底,
老舍出任北京市文联主席,同时,他本人身兼多重文化身份,
既是知识分子出身的著名新文学作家和民间文艺家,也是北
京市人民政府委员,又是北京人。他与高层政治领导人和文
化领导人、国统区的知识分子作家、解放区的通俗文艺家、在

京的旧文化人和艺人都有交往,既能胜任大众文艺创研会的统战工作,又可以领导民间文艺改造工作。在《说说唱唱》进行由"民"到"官"、由"俗"入"雅"的改版过程之时,正需要老舍这样一位能够融合多方意志、沟通多方意见的既"民"又"官"、既"雅"又"俗"的人物。

第二,该刊物的创作方针由普及文艺转向了服务政治。在 1950 年 1 月 25 日,也就是《说说唱唱》刚刚创刊之际,编辑部曾在《文艺报》刊登过一则广告,介绍该杂志的宗旨和内容:"《说说唱唱》是通俗的、大众的、综合性的文艺月刊。每期六万到八万字。内容有评话、小说、快板唱词,都是咱们人民大众喜闻乐见的各种文艺形式。散文能'说',韵文能'唱';认识字的看得懂,不认识字的,说说唱唱听得懂,愿意听。"而它的读者群是"城市里的工人、市民、大中学生;乡村里的区村干部、小学教员;部队里面的中下级干部、文化干事;城市和乡村里千千万万的戏曲、曲艺工作者"。[①] 从这则广告中可以清楚地看到,《说说唱唱》的办刊初衷是赵树理通俗化实践在城市通俗文艺改造运动中的延续。也就是说,它的目标是要继续新文学通俗化的文学革新,其读者群仍然是民众,特别是在发刊广告中只说明了《说说唱唱》的通俗性和娱乐性,并没有强调政治性和思想性,也无意于规范全国通俗文艺工作。但是,1951 年改版之后,《说说唱唱》的编辑方针就由文学革新转向

---

① 《〈说说唱唱〉创刊号要目》,《文艺报》,第一卷第九期,1950 年 1 月 25 日。

文艺监督。《稿约》要求的改变就是这一变化的明证。

在 1950 年到 1951 年年底,也就是《说说唱唱》创刊到改版之前,编辑部仅仅要求来稿在内容上"用人民大众的眼光来写各种人的生活和新的变化",形式上则"力求能说能唱,说唱出去大众听得懂、愿意听"。① 可见,在创办初期,杂志并没有特别强调作品的阶级立场。在宣传政策时,编辑部注重的是从工农兵的审美趣味出发,以贴近生活的方式,通过生动、通俗的故事、诗歌对群众进行教育,而不是从精英的需要或趣味出发,以社论或论文的方式对群众进行教育。但是,《说说唱唱》所开创的这种寓教于乐的宣传风格难以满足文化干部对通俗文艺工作的宣传效果的期待,是以该杂志原来的编辑方针被批评为思想性不强,犯了形式主义的错误。因此,编辑部从1952 年起在《稿约》中特别强调了来稿内容要有思想性,要求作品的阶级立场鲜明,要"站在无产阶级的立场、观点来写新社会、新人物、新生活",在形式方面,则相对降低了要求,只要"通俗易懂,力求能说能唱能表演"。② 改版后的《说说唱唱》不仅看不到思想内容与政治需要不相符的作品,甚至连形式探索性的通俗文学作品也消失了,而指导性的社论和各地通俗文艺工作报告的比重则在大幅度增加。

到了 1953 年,《说说唱唱》进一步脱离了民众的文化生活,其趣味向文艺干部和知识分子靠拢。《说说唱唱》为了提

---

① 《稿约》,《说说唱唱》,1950 年 7 月,封底。
② 《稿约》,《说说唱唱》,1952 年 4 月,封底。

高刊物的专业性和权威性,不再顾及工农兵读者的文化水平,开始经常性地发表学者的研究论文、通俗文艺评论和文化普及文章,吴晓铃、阿英、郭沫若、游国恩等著名学者都曾为其撰稿。① 在这一年里,编辑部提出要完成"钻研民间艺术,发掘、吸收其中的精华,接受、介绍丰富的民族遗产"的任务,鼓励作者、读者收集各地流传的民间文艺作品。② 但是,所发表的民间文学的内容也不再贴近大众生活,而是一味追求思想的正确,因此赞颂领袖的民歌和民间故事被大量发表。③ 从 1953 年起,《说说唱唱》的稿件种类与作协机关报《文艺报》基本相同,包括社论、评论、学术论文、文化消息、文学作品等。

经过这样的全面改版,《说说唱唱》的读者群发生了改变,编辑部对改版后四个月的读者投稿状况进行了分析统计,1952 年 1 月至 4 月,在 1394 件自然来稿中,工人作品只有 52 件,农民及其干部的作品只有 92 件,战士及部队干部的作品只有 125 件。总体上工农兵群众的作品只占来稿的五分之一,其余的作者多半是中学生、小学教员、机关干部,就连专业文艺工作者的文艺作品也是很少的。另外,从 1951 年到 1952

① 1953 年 1 月号吴晓铃《打油歌》,1953 年 6 月号阿英《王二姐思夫的新旧本异同》、郭沫若《屈原简述》、游国恩《祖国伟大的诗人屈原》。

② 本社(即《说说唱唱》杂志社):《一个新的开始》,《说说唱唱》,1953 年 1 月,第 7 页。

③ 如 1953 年 1 月号的《毛主席懂得老百姓的苦处》,1953 年 8 月号的《介绍"斯大林的传说"》,1953 年 9 月号的《还是毛主席智谋多》,1953 年 11 月号王老九写的《歌颂毛主席》的民歌,1954 年 1 月号的贾芝《关于"毛泽东"的故事》和《毛泽东的故事》五则。

年的十六期杂志,最后在刊物上发表的作品中,有工人作品四件、农民作品三件、战士作品四件,工农兵作者的作品每期还不足一篇。从读者来信看,较多的是小学教员、农村中的宣传员、文化馆工作人员、军队文工队的队员、文化教员、中学生,而工人、农民的来信却极少。据编辑的实际调查,杂志的读者群和发行渠道都发生了改变,由民众转为学生和干部,由图书市场的自由流通变为依靠文化馆传播。文化馆以外,北京的几个较大的厂矿都看不到《说说唱唱》,战士可以读到这个杂志,但不再经常、普遍。① 由此证明,改版后的《说说唱唱》已经不再面向普通的工农兵读者,而是专为各级文艺干部、知识分子和专业的文艺工作者服务。

虽然1952年的改版使《说说唱唱》的编辑力量、作者队伍和权威性得到进一步增强,却使它失去了新鲜活泼的民间风格。更重要的是,它的性质由民间刊物逐渐转变为官方刊物,因此,其创作和发表的自主性受到了较多的干预。并且,《说说唱唱》办刊的初衷被完全改变,它不再是面向大众的通俗文学杂志,而是已经被吸纳进新中国的文艺体制中,成为政治化的文艺刊物。

二、《说说唱唱》的终刊

《说说唱唱》的改版,并不意味着通俗文艺改造运动的危

---

①　参见《努力学习毛泽东文艺思想　坚决改进编辑工作——纪念毛主席〈在延安文艺座谈会上的讲话〉发表十周年》,《说说唱唱》,1952年5月,第6页。

机有所缓解。1951 年 12 月到次年 2 月,在连续三期刊登了五篇自我批评的检讨文章、三篇长篇检讨性的理论文章之后,《说说唱唱》编辑部似乎认为这种低姿态已经可以过关。① 于是,在 1952 年 3 月,三篇沉闷的通俗文艺工作报告之后,夹带了一篇名为《楚大哥找爱人》的稿子。结果,这唯一有点生活气息的稿子却在出版前被临时撤下,以至于编辑部根本来不及补空子,只好在杂志上开了天窗,并写了一个道歉启事:"本期《楚大哥找爱人》一稿因内容关系,临时撤掉,自四一页至四五页抽出,特此声明。敬希读者谅解!"②至于为什么会开了天窗,这个作品到底写了些什么,现在不得而知。不过,对于这种强硬的干涉,《说说唱唱》编辑部非常不满,他们在同年 4 月的《编后记》中借读者之口说:"群众不欢迎长篇'自我检讨'的文字,也不喜欢空洞的说理论文。建议:多发表实际指导创作的短小精悍论文,解决问题。"③为了扭转杂志的编辑风格,使它回到普及的初衷,《说说唱唱》编辑部在纪念毛泽东《讲话》发表十周年之际,从思想政治的高度,提出更加务实的编辑方针,主张《说说唱唱》应该重新回到工农兵中间去:"政治是什

---

① 五篇检讨是 1952 年 1 月,赵树理:《我与〈说说唱唱〉》,苗培时:《把我的思想提高一步》,李悦之、张蓬:《〈种棉记〉的检讨》;1952 年 2 月,孟拉:《我的写作态度》,潘鸿章:《彻底批判我错误的写作态度》。三篇检讨性的理论文章是 1951 年 12 月,王亚平:《为彻底改正通俗文艺工作中的错误而奋斗》;1952 年 2 月,王亚平:《提高说唱文学的思想性和艺术性》,端木蕻良:《坚决肃清小资产阶级错误思想》。

② 参见《说说唱唱》,1952 年 3 月,第 41 页。

③ 《编后记》,《说说唱唱》,1952 年 4 月,第 52 页。

么呢？政治不就是群众的斗争么?"但是，"两年多来，我们大部分的同志都没有出过编辑部的门"。"我们不了解群众在政治斗争中的现实情况,同样也不了解群众文艺活动的现实情况。……除了应该大力地整顿编辑部进行经常性的政治学习之外，我们应当深入了解工农兵的生活现状,为他们的政治斗争和生产斗争来作宣传鼓励工作;经常派出同志下厂,下乡。有计划地组织通讯员,听取他们的意见,发表他们的作品。"①在此思想指导下,在 4 月和 5 月的两期杂志上,他们只发表了一篇理论文章,通俗文艺作品再次占据了杂志的主要版面,并且为了能够将对全国通俗文艺工作的指导落实,还增加了相关的社会调查性质的文章,如 1952 年 4 月号的《八个月来的〈说唱古今〉》《巍山区组织群众说唱的经验》,1952 年 5 月号的《话说宝文堂》等。

但是,《说说唱唱》的这些努力还是不被有关方面认可。1952 年 9 月,《文艺报》继续刊出一篇严厉的批判文章,认为从1951 年 12 月的总第二十四期起,至 1952 年 4 月的总第二十八期止,杂志所发表的作品"无论在思想内容上和艺术形式上,大多数是没有能达到应有的水平的","在刊物调整后,《说说唱唱》对于'指导全国通俗文艺工作'这一任务,没有予以足

---

① 《努力学习毛泽东文艺思想　坚决改进编辑工作》,《说说唱唱》,1952 年 5 月,第 5 页。

够的重视"。① 这篇文章将《说说唱唱》的成绩再次否定。而杂志的灵魂人物赵树理,也同样遭到了最看重他的文艺大员周扬的怀疑。1953年,周扬曾在家里组织丁玲、陈荒煤、章容、苗培时等人专门给赵树理开会,讨论其建国后创作进展不大的原因,并像胡乔木一样,为赵开列了外国名著书目。② 而赵树理本人似乎也厌倦了种种文坛斗争,调到作协后反而自动疏离北京的文化圈,经常下乡参与农村建设工作,并开始专心从事长篇小说《三里湾》的写作。在繁忙的事务中,赵树理几乎无暇顾及《说说唱唱》的编辑工作。事实上,1953年后,《说说唱唱》已基本改变了它的创刊初衷,更失去了它的民间特色。

1954年10月,北京市第二次文学艺术工作者代表大会提出决议,希望将《说说唱唱》的内容加以扩展,以进一步反映首都工业建设中的群众斗争生活及社会主义改造事业中的新人新事,决定将其改名为《北京文艺》,另行编辑出版。在北京市文联的设想中,重新创刊的《北京文艺》将在一定程度上继续《说说唱唱》的风格,在内容上扩展为"以刊登反映现实生活的文艺作品(小说、戏剧、诗歌、散文、讽刺小品、杂文、美术作品)为主,而以文艺理论、文艺批评、说唱文学、文艺专题讲座、古典文学的分析和研究以及文艺活动报导、民间故事、民歌为副

---

① 陈涌:《提高通俗文艺刊物的质量——评北京文艺刊物调整后的〈说说唱唱〉》,《文艺报》,1952年第9期,第31页。
② 李士德:《辗转病榻话故交——章容同志回忆赵树理》,见李士德:《赵树理忆念录》,第87页。

的较通俗的文艺刊物"。并且,新的《北京文艺》仍由老舍为主编,编委由老舍、田家、吴晓铃、石煌、汪刃锋、李微含、李岳南七人组成。① 然而,文坛的政治局势的发展却急转直下。1955年1月,全国展开对胡风及"胡风反革命集团"的批判与斗争运动。与此同时,根据中共北京市委的指示,北京市文联、北京市文化局建立了肃反运动领导小组。《说说唱唱》的副主编王亚平,编辑考诚,主要撰稿人端木蕻良、汪刃锋等人随着运动的深入渐渐被牵连进去。

1955年3月,《说说唱唱》编辑部在山雨欲来风满楼的情况下发表了《终刊词》,以《说说唱唱》隶属于北京市文联,受到条件限制,难以指导全国通俗文艺工作为由,宣布杂志终刊,更名为《北京文艺》。并告知读者其承担的民间文学的采集、研究工作,将由中国民间文艺研究会在是年5月创刊的《民间文学》继承,在这个杂志的编辑委员会中有原《说说唱唱》的两位主要编辑人员王亚平和汪曾祺。② 然而,几乎就在《民间文学》创刊的同时,王亚平因"胡风集团反革命分子"的罪名被撤销市文联秘书的职务,并被逮捕入狱。又以"王亚平小集团"的罪名,对文联研究部部长施白芜、创作部部长端木蕻良、画家汪刃锋和编辑考诚的住宅及办公室进行了搜查,并对他们

---

① 北京市文联编辑部、北京大众出版社《〈说说唱唱〉改名〈北京文艺〉启事》,《说说唱唱》,1955年3月。

② 《终刊词》,《说说唱唱》,1955年3月,第5页。

进行了近一年的审查批判。

  尽管赵树理本人并没有因为《说说唱唱》的停刊而立即放弃他的文学夙愿,还曾经打算和老舍、张恨水一起另起炉灶,重办一份真正面向大众的文学杂志《大众文学》,并计划在1957年10月1日创刊。① 但是,就在《大众文学》的筹备工作已经基本完成之时,反右运动开始,北京文艺界人人自危,《大众文学》也就不了了之。与此同时,赵树理被调往新创刊的《曲艺》杂志担任主编,在明升暗降的调任中,他在文坛中被进一步边缘化。1959年,被边缘化的赵树理面对农村濒临崩溃的经济状况,也无心再从事创作。他没有按照《红旗》杂志主编陈伯达的约稿为其写小说,而是写了一份反映大跃进破坏农村经济的万言意见书《公社应该如何领导农业生产之我见》寄给了陈伯达。他的观点被《红旗》编辑部视为"很荒谬"。② 这份意见书被转到作协党组,从此,赵树理也被卷入了无休止的政治斗争。虽然这次批判没有将赵树理彻底打倒,但是,赵树理已然没有机会也没有心情重新开始通俗文艺改造运动。1965年,赵树理离开了北京,全家迁往山西太原。1970年,他被迫害致死。

---

  ① 参见《老舍、赵树理、张恨水创议办一个大众文艺刊物》,《人民日报》,1957年6月25日,第7版。
  ② 陈徒手:《一九五九年冬天的赵树理》,见陈徒手:《人有病　天知否》,北京:人民文学出版社,2000年,第156页。

　　在《说说唱唱》终刊之后,赵树理和他的朋友们或者沦为政治斗争的牺牲品,或者成为文坛上的散兵游勇,逐渐失去了对新中国文学的影响力。通俗文艺改造运动再也没有能够从危机中走出,在精英的合力之下,这一文学创作潮流悄无声息地中止了。

结　语

　　自二十世纪三十年代起,到五十年代中期为止,通俗文艺
改造运动是新文学史上的一股重要的创作潮流,它直接影响
了左翼文学的发展和新中国文学秩序的建立。这一创作实践
之所以引人瞩目,不仅因为它是新文学内部的自我调整与完
善,更重要的是,它是精英和民众在思想文化上相互影响的重
要文化管道,为上、下层文化的相互改造提供了一个难得的机
会。从自上而下的文化改造来看,通俗文艺改造运动,在一定
意义上是近代中国下层社会启蒙运动的继续和深化,而共产
党通过这一文艺运动率先找到了对下层社会的文化生活进行
政治干预的途径。从自下而上的文化改造来看,通过通俗文
艺改造运动,民众的文化代言人——民间艺人参与并影响了

左翼文学的发展。并且,作为精英和民众的文化沟通媒介,科学民主的启蒙理念与共产主义的阶级意识,经过精英反刍似的转化处理,找到了与下层社会的传统价值间的连接点,使上层文化与下层文化得以直接发生交流,从而既实现了精英文化对民众生活的渗透,也达成了民众对上层文化的理解和认同。

特别是二十世纪四十年代在根据地、解放区所展开的文艺通俗化运动和建国初年的城市通俗文艺改造工作,它使精英文化深入穷乡僻壤,进入街头巷尾,对中国各个阶层的文化生活进行全面渗透和改造。通俗文艺改造运动以民众的文化趣味为主要的文化取向,将民族—国家观念、阶级意识、民主、科学等现代观念注入他们最熟悉的通俗文艺的载体中,借助地方性文艺的社会影响力,肃清封建思想对民众的思想束缚。应该说,通俗文艺改造运动不仅在最大范围内实现了全民的思想启蒙和文化改造,并且还促成了民众,特别是农民阶级对共产主义建国方案的接受和拥护,在文化认同的基础上,共产党在建国初期获得了文化领导权。因此,这一文学现象的实践层面的丰富性甚至远远大于文本层面的丰富性,并且,它的社会、政治功效也远远大于它所取得的艺术成就。

在通俗文艺改造运动所达成的文化认同的表象之下,仍然存在种种矛盾和冲突。历史学家洪长泰先生认为,即使在同一社会中文化符号及制成品都为一般人所认可和接受,也并不意味着此种文化系统是连贯和一致的。因为文化系统内部具有复杂性,此系统中不同单元之间存在冲突和矛盾。[①] 以此观点来观照通俗文艺改造运动,我们会有些意外地发现它所建立的并不是通常所想象的那样一个单纯同质的文化系统,在其内部同样充满复杂性。这一实践主要在新文学、通俗文艺和政治宣传文艺三种文艺形态间展开。在毛泽东发表《在延安文艺座谈会上的讲话》之后,这三种文艺形态虽然被统括在工农兵文艺的旗帜之下,但它们并不是同质的。新文学是以思想启蒙为目的的知识分子的文学,通俗文艺是以娱乐和教化为目的的民众的文艺作品,政治宣传文艺是以社会动员为目的的宣传品。因此,几种不同甚至是相互抵触的文学形态的结合使得共产主义文艺系统在建设过程中充满了矛盾与冲突。可以说,二十世纪三十、四十年代左翼文化阵营内部发生的文艺大众化问题的争论、民族形式问题的讨论,以及1949年后城市的通俗文艺改造等,都是上述三种文艺形态在共产主义文艺系统内相互竞争的结果。

在这里特别要指出的是,一种文化系统内的矛盾与冲突,不仅通过文化制成品来表现,还可以表现在它的生产、传播、接受等环节中。1942年毛泽东《讲话》发表后,工农兵文艺在共产主义文艺系统内开始占据支配的地位,1949年后,中国文坛在作品层面呈现出一体化的面貌,但是,这并不能说明系统内的冲突也消亡了。因为精英只能通过控制文学的生产和传

---

① 参见[美]洪长泰:《新文化史与中国政治》,第 XIV 页。

播来保证文艺作品的意识形态在文本层面的一致性和纯粹性,但是,他们对意识形态在文学的接受环节中的损耗往往鞭长莫及。因为工农兵文艺的接受主体是文化水平不高的民众,他们对新文艺作品的理解、接受方式均由他们自己固有的思想、观念、知识、趣味所决定。尽管共产主义文化运动一直非常注意上层文化对下层文化的改造,非常重视知识分子与农工大众的结合,但是仍然无法保证民众能够按照作者意图来理解文本的意义。因为民众并不是愚昧无知、唯命是从的文化弱者,他们对文化精英加诸他们身上的文化改造有自己的接受原则,即便是对待他们欢迎的新文艺作家和作品,也是如此。正如晋察冀根据地的农民对赵树理的接受,他们不会因为文化人看不起《小二黑结婚》就否定它,也不会因为文艺干部推崇《李有才板话》而改变自己对《小二黑结婚》的偏爱,即使在"文化大革命"巨大的政治压力下,农民也不会因为造反派对赵树理的批判而否认自己对其作品的喜爱。农民对赵树理的接受不同于文化精英对赵树理的宣传,这说明农民有自己的文化选择原则,而且这一原则不会因为文化精英的宣传导向的改变而改变。

虽然民众对自己文化原则的坚守往往被文化精英视为他们文化落后性的表现,但是,从另一个角度看,这恰恰说明了他们在文化上并不是被动的文化消费者。建国初期,市民对工农兵文艺的挪用就有力地证明,民众不仅有能力灵活地应付各种自上而下的文化改造,甚至当面对上层文化的压力时,他们还可以采用阳奉阴违的变通办法,抵抗上层文化对民间文艺和通俗文艺的压制和征服。政治学家詹姆斯·史考特(James C. Scott)在研究群众(特别是农民)对政府进行抗议时,发现"人民往往不会采取一些武装或激烈的公开行动,因为这样容易招来重罚,甚至杀身之祸;他们会透过笑话、歌曲、不敬的手势或委婉的说法来表示不满及愤怒。这类行为与平日对有权势的人所公开表现的尊敬和服从是完全不同的"。史考特将之称为"隐藏的剧本"(hidden transcript)。[①] 因此,农民对赵树理的接受与文化精英对赵树理的接受间的巨大差异,市民对《白毛女》等解放区名剧的猎奇性的欣赏态度,通俗文艺家、文化商人对各种政治文化制成品的灵活挪用,新文艺工作者在《刘胡兰》的演出中发现的感官刺激等,都可以被视为共产主义文化系统内的"隐藏的剧本"。民众可以借助"隐藏的剧本",对文化实践层面的传播和接受环节施加影响,对强加在他们身上的新的文化体系进行有效的消解,其途径可以是公开的,也可以是隐蔽的。正是由于"隐藏的剧本"的存在,任何一种上层文化都不可能实现对民间社会的彻底改造。即使在思想控制极度严厉的"文化大革命"期间,侦探、武侠、言情、色情类的通俗文学和评书等民间文艺仍然在民众,特别

---

① 参见[美]洪长泰:《新文化史与中国政治》,第104页。

是下乡知识青年中秘密流行,①这无疑是下层社会对激进的政治文化所进行的一种消极抵抗。由于民众在文化实践层面具有较强的能动性,当文化精英对民间社会进行自上而下的思想改造的同时,也意味着民众可以利用"隐藏的剧本"对上层文化进行自下而上的改写。因此,尽管工农兵文艺在表面上呈现出一体化的趋势,但是,在其内部同样存在着各种各样的文化矛盾和冲突。并且,这些冲突的表现方式多种多样,不仅表现在文本层面叙事的矛盾之处,更主要的则表现在它的实践层面——民众的"隐藏的剧本"当中。

作家赵树理正是因为敏锐地发现民众在文化接受环节中表现出的极大的能动性,所以才试图寻找三种不同质的文化形态间的平衡点,从而实现社会各阶层在文化上的妥协和共识。因此,与政党从社会动员角度利用通俗文艺、正统的新文学作家从文学现代化角度压制通俗文艺的态度不同,赵树理所实践的新文学通俗化的创作道路,虽然也是对通俗文艺的改造,但他无意于对其进行过度提纯和压抑,而是采用了疏导的策略,在遵循其娱乐与消遣的接受原则的基础上,实现民众对上层文化较大限度的接受。他自己的创作就混杂了民间的、政党的、知识分子的多重文化趣味,他的通俗化道路,不是单向的,而是多向的,其根本目的就是调和三种文艺形态间的

---

① 当时流布最广的是侦探故事《梅花党》《一双绣花鞋》和《绿色尸体》。参见杨健:《1966—1976 的地下文学》,第十三章《民间口头文学》,北京:中共党史出版社,2013 年,第 255—262 页。

矛盾和隔阂。也就是说,赵树理所设想的新文学秩序,不是上层文化(既包括政党的政治宣传,也包括知识分子的精英文化)对下层文化的征服,也不是希望某一种文化获得独尊的地位,而是希望实现文化发展的共荣和文化关系的互动。然而,赵树理对民众的文化能动性的肯定和鼓励并不为文化精英所认可,相反,他们非常警惕下层文化对上层文化的反向改写与任意挪用。1949 年后,左翼文学开始向社会主义性质飞跃,"在社会生活和文学的历史上,强调的是它的'断裂性'",如果作家"强调的是某一方面的'连续性'时,他就必定地要被看作是异端"。[①] 因此,在新的文学秩序下,赵树理的通俗化实践所追求的共荣互动的文学局面,和他对通俗文艺趣味的坚持,都与"社会主义文艺"独尊一体、自我断裂的发展模式产生了明显的分歧。在复杂且激烈的文化权力的竞争中,赵树理对通俗文艺的宽容态度,使其无法适应激进的文艺家为缔造"社会主义文艺"而提出的不断纯粹化的政治高标,而他对左翼作家精英趣味的挑战,以及他对作家官僚化的文坛现实的不满,进一步加深了他和主流作家群之间的隔阂。因此,在精英合力制约(文艺工作领导人的授意与作家的协助)下,通俗文艺改造运动从对通俗文艺的改良,走向了对通俗文艺的扼杀。在"文化革命"的急风暴雨中,这位终生为农民写作的无产阶级作家最终也没有逃脱政治的厄运,遭到了批判和清洗。

---

① 洪子诚:《当代文学概说》,南宁:广西教育出版社,2000 年,第 17 页。

　　无可否认,赵树理是新文学史上的一位杰出作家。通俗
文艺改造运动在他的推动下终于突破了新文学与通俗文艺间
的壁垒,越过了左翼文学的创作瓶颈。他在根据地和解放区
编写的多份通俗报纸为共产主义文化在民众中的传播开辟了
广阔的空间。1949 年后,他组织的大众文艺创作研究会团结
了大批通俗文艺家,不仅促进了通俗文艺在建国后的繁荣与
发展,也为共产主义文艺补充了新鲜的民间血液,实现了民众
对共产党建国方案的初步理解和感性的接受,促成了下层社
会对共产党文化领导权的普遍认同。更重要的是,作为一位
从事下层社会启蒙运动的共产主义知识分子,赵树理对民众
文化能动性的发现,使他认识到新文学作家对民众文化能力
的错误估计。因此,他的通俗文艺改造运动才能打破知识分
子与民众间的文化隔阂,推动中国民族主体——农民大众的
思想解放。而且,他在《说说唱唱》所取得的成功,使他的通俗
文艺改造运动有可能推动 1949 年以后中国民间社会文化的
重建,为共产主义的多元文艺空间的形成提供了一种可能。

　　尽管赵树理的通俗文艺改造运动在上层文化的重重制约
下没有能够继续进行下去,这一文艺实践却可与二十世纪中
国政治、思想领域的很多重要问题相互沟通。从对通俗文艺
改造运动的研究中,可以看到它与二十世纪初期中国知识分
子的下层启蒙运动的相互呼应,可以看到它与国、共两个政党
的政治动员相互裹挟,并且它也是中国知识分子与大众关系
的一个重要观察视角。对这一文学实践的研究才刚刚展开,
它的研究空间还相当广阔。

参考文献

1. 主要中文专著、作品集和论文(按作者姓氏音序排列)

[英]E.P.汤普森:《英国工人阶级的形成》(上、下),钱乘旦等译,南京:译林出版社,2001年。

阿英:《阿英文集》,北京:生活·读书·新知三联书店,1981年。

艾克恩编:《延安文艺回忆录》,北京:中国社会科学出版社,1992年。

艾克恩编纂:《延安文艺运动纪盛(1937年1月—1948年3月)》,北京:文化艺术出版社,1987年。

艾晓明:《中国左翼文学思潮探源》,长沙:湖南文艺出版社,1991年。

[英]安东尼·吉登斯:《民族—国家与暴力》,胡宗泽、赵力涛译,王铭铭校,北京:生活·读书·新知三联书店,

1998年。

北京大学、北京师范大学、北京师范学院中文系中国现代文学教研室主编:《文学运动史料选》(全五册),上海:上海教育出版社,1979年。

[美]本尼迪克特·安德森:《想象的共同体:民族主义的起源与散布》,吴叡人译,上海:上海人民出版社,2003年。

蔡翔:《革命/叙述:中国社会主义文学—文化想象(1949—1966)》,北京:北京大学出版社,2010年。

蔡仪主编:《中国抗日战争时期大后方文学书系 第二编理论·论争》,重庆:重庆出版社,1989年。

曹宝禄:《曲坛沧桑——我的曲艺表演生涯》,北京:中国社会科学出版社,2003年。

陈大康:《通俗小说的历史轨迹》,长沙:湖南出版社,1993年。

陈方正:《民族主义的剖析:起源、结构与功能》,香港:《二十一世纪》,1993年4月号。

陈国球:《感伤的旅程:在香港读文学》,台北:学生书局,2003年。

陈平原:《小说史:理论与实践》,北京:北京大学出版社,1993年。

陈汝衡:《说书史话》,北京:人民文学出版社,1987年。

陈思和:《民间的浮沉——从抗战到"文革"文学史的一个尝试性解释》,《上海文学》,1994年,第1期。

陈思和:《民间的还原——"文革"后文学史某种走向的解释》,《文艺争鸣》,1994年,第1期。

陈徒手:《人有病 天知否—— 一九四九年后中国文坛纪实》,北京:人民文学出版社,2000年。

程文超:《百年追寻》,广州:广东人民出版社,1999年。

戴伯韬:《陶行知的生平及其学说》,上海:上海书店,1992年。

戴光中:《赵树理传》,北京:北京十月文艺出版社,1993年。

戴燕:《文学史的权力》,北京:北京大学出版社,2002年。

[美]丹尼斯·K·姆贝:《组织中的传播和权力:话语、意识形态和统治》,陈德民等译,北京:中国社会科学出版社,2000年。

[美]德克·博迪:《北京日记——革命的一年》,洪菁耘、陆天华译,上海:东方出版中心,2001年。

丁玲:《丁玲全集》,石家庄:河北人民出版社,2001年。

丁玲:《魍魉世界 风雪人间:丁玲的回忆》,北京:人民文学出版社,1989年。

丁玲:《太阳照在桑干河上》,北京:人民文学出版社,1979年。

丁守和主编:《中国近代启蒙思潮》,北京:社会科学文献出版社,1999年。

丁易编:《大众文艺论集》(增订本),北京:北京师范大学出版部,1951 年。

丁言昭:《在男人的世界里:丁玲传》,上海:上海文艺出版社,1998 年。

董大中:《赵树理年谱》(增订本),太原:北岳文艺出版社,1994 年。

董大中:《赵树理评传》,天津:百花文艺出版社,1990 年。

董大中:《赵树理写作生涯》,天津:百花文艺出版社,1984 年。

[美]杜赞奇:《从民族国家拯救历史:民族主义话语与中国现代史研究》,王宪明译,北京:社会科学文献出版社,2003 年。

[美]杜赞奇:《文化、权力与国家——1900—1942 年的华北农村》,南京:江苏人民出版社,1996 年。

[美]多米尼克·斯特里纳蒂:《通俗文化理论导论》,阎嘉译,北京:商务印书馆,2003 年。

范伯群、孔庆东:《通俗文学十五讲》,北京:北京大学出版社,2003 年。

范家进:《为农民的写作与农民的"拒绝":赵树理模式的当代意义》,《中国现代文学研究丛刊》,2002 年 1 期。

[荷]佛克马、蚁布斯:《文学研究与文化参与》,俞国强译,北京:北京大学出版社,1996 年。

[美]佛里曼、毕克伟、赛尔登:《中国乡村,社会主义国家》,陶鹤山译,北京:社会科学文献出版社,2002 年。

[日]釜屋修:《玉米地里的作家:赵树理评传》,梅娘译,太原:北岳文艺出版社,2000年。

付克:《记说书人韩起祥》,《解放日报》,1945年8月5日,第4版。

甘海岚编撰:《老舍年谱》,北京:书目文献出版社,1989年。

高捷编:《回忆赵树理》,太原:山西人民出版社,1985年。

[美]葛兰恒等:《解放区见闻》,麦少楣、叶至美译,北京:新华出版社,1993年。

[意]葛兰西:《葛兰西文选(1916—1935)》,中共中央马克思、恩格斯、列宁、斯大林著作编译局,国际共运史研究所编译,北京:人民出版社,1992年。

顾颉刚:《顾颉刚全集》,北京:中华书局,2011年。

顾骧编:《周扬近作》,北京:作家出版社,1985年。

郭沫若、周扬编:《红旗歌谣》,北京:人民文学出版社,1959年。

国家统计局编:《伟大的十年——中华人民共和国经济和文化建设成就的统计》,北京:人民出版社,1959年。

[美]韩丁:《翻身》,杨云译,香港:新采出版社,1974年。

韩起祥:《韩起祥与陕北说书》,杨景震、关润娟整理,陕西省曲艺收集整理办公室,陕西省群众艺术馆,1985年。

韩起祥:《刘巧团圆》,香港:海洋书屋,1947年。

郝长海、吴怀斌:《老舍年谱》,合肥:黄山书社,1988年。

何家栋口述,邢小群整理:《我的编辑生涯》,收入刘瑞琳主编:《老照片》(第三十辑),济南:山东画报出版社,2003 年。

贺桂梅:《转折的时代——40—50 年代作家研究》,济南:山东教育出版社,2003 年。

[美]洪长泰:《到民间去——1918—1937 年的中国知识分子与民间文学运动》,董晓萍译,上海文艺出版社,1993 年。

[美]洪长泰:《新文化史与中国政治》,台北:一方出版有限公司,2003 年。

洪子诚、孟繁华:《当代文学关键词》,桂林:广西师范大学出版社,2002 年。

洪子诚:《1956:百花时代》,济南:山东教育出版社,2002 年。

洪子诚:《当代文学概说》,南宁:广西教育出版社,2000 年。

洪子诚:《问题与方法》,北京:生活·读书·新知三联书店,2002 年。

洪子诚:《中国当代文学史》,北京:北京大学出版社,2001 年。

洪子诚:《中国当代文学史·史料选(1945—1999)》,武汉:长江文艺出版社,2002 年。

侯宝林:《侯宝林自传》,哈尔滨:黑龙江人民出版社,1982 年。

侯宝林:《我的青少年时代》,北京:北京出版社,1982 年。

侯珍、谈宝森编:《侯宝林和他的儿女们》,北京:大众文艺出版社,1996年。

胡风:《胡风回忆录》,北京:人民文学出版社,1993年。

胡孟祥:《韩起祥评传》,北京:中国民间文艺出版社,1989年。

胡适:《白话文学史》,上海:上海书店,1989年。

胡絜青、舒乙:《散记老舍》,北京:北京十月文艺出版社,1986年。

胡絜青:《老舍生活与创作自述》,北京:人民文学出版社,1982年。

黄仁柯:《鲁艺人:红色艺术家们》,北京:中共中央党校出版社,2001年。

黄修己:《不平坦的路:赵树理研究之研究》,天津:天津教育出版社,1990年。

黄修己:《赵树理评传》,南京:江苏人民出版社,1981年。

黄修己:《赵树理研究》,太原:山西人民出版社,1985年。

黄修己编:《赵树理研究资料》,太原:北岳文艺出版社,1985年。

黄修己:《中国现代文学发展史》(修订本),北京:中国青年出版社,1994年。

黄修己:《中国新文学史编纂史》,北京:北京大学出版社,1999年。

黄子平:《"灰阑"中的叙述》,上海:上海文艺出版社,

2001 年。

[英]吉姆·麦克盖根:《文化民粹主义》,桂万先译,南京:南京大学出版社,2001 年。

[美]杰克·贝尔登:《中国震撼世界》,邱应觉等译,北京:北京出版社,1980 年。

[韩]金良守:《论"民族形式"论争的发端问题》,《南京大学学报》(哲社版),1996 年第 2 期。

瞿秋白:《瞿秋白文集·文学编》,北京:人民文学出版社,1985 年。

柯蓝:《延安生活与我所喜爱的通俗文学》,《延安文艺研究》,1991 年第 3 期。

孔庆东:《超越雅俗——抗战时期的通俗小说》,北京:北京大学出版社,1998 年。

旷新年:《1928:革命文学》,济南:山东教育出版社,2002 年。

蓝爱国:《解构十七年》,上海:华东师范大学出版社,2003 年。

蓝海:《中国抗战文艺史》,济南:山东文艺出版社,1984 年。

老舍:《老舍全集》(1—19 卷),北京:人民文学出版社,1999 年。

李春林:《大团圆—— 一种复杂的民族文化意识的映射》,北京:国际文化出版公司,1988 年。

李国华:《农民说理的世界:赵树理小说的形式与政治》,上海:上海书店出版社,2016 年。

李何林编:《中国文艺论战》,西安:陕西人民出版社,1984 年。

李季:《李季文集》,上海:上海文艺出版社,1982 年。

李克:《老舍在霞公府》,北京:新华出版社,2000 年。

李立志:《变迁与重建:1949—1956 年的中国社会》,南昌:江西人民出版社,2002 年。

[美]李欧梵、季进:《李欧梵、季进对话录》,苏州:苏州大学出版社,2003 年。

[美]李欧梵:《上海摩登—— 一种新都市文化在中国(1930—1945)》,毛尖译,北京:北京大学出版社,2001 年。

[美]李欧梵:《现代性的追求》,北京:生活·读书·新知三联书店,2000 年。

李润新、周思源编:《老舍研究论文集》,北京:人民文学出版社,2000 年。

李士德:《赵树理忆念录》,长春:长春出版社,1990 年。

李孝悌:《清末的下层社会启蒙运动:1901—1911》,石家庄:河北教育出版社,2001 年。

李杨:《50—70 年代中国文学经典再解读》,济南:山东教育出版社,2003 年。

李杨:《抗争宿命之路》,北京:时代文艺出版社,1993 年。

李泽厚:《中国现代思想史论》,天津:天津社会科学院出版社,2003年。

廖全京编:《作家战地访问团史料选编》,成都:四川省社会科学院出版社,1984年。

林淙:《现阶段的文学论战》,上海:上海书店,1987年影印本。

刘禾:《跨语际实践——文学、民族文化与被译介的现代性(中国,1990—1937)》,宋伟杰等译,北京:生活·读书·新知三联书店,2002年。

刘禾:《一场难断的"山歌"案:民俗学与现代通俗文艺》,收入刘禾,《语际书写——现代思想史写作批判纲要》,上海:上海三联书店,1999年。

刘再复、林岗:《罪与文学——关于文学忏悔意识与灵魂维度的思考》,香港:牛津大学出版社,2002年。

刘增杰主编:《中国解放区文学史》,开封:河南大学出版社,1988年。

刘增杰等编:《抗日战争时期延安及各抗日民主根据地文学运动资料》,太原:山西人民出版社,1983年。

龙东仁:《从延安到隆东——程士荣访问记》,《延安文艺研究》,1986年第3期。

娄子匡、朱介凡:《五十年来的中国俗文学》,台北:正中书局,1967年。

鲁迅:《鲁迅全集》,北京:人民文学出版社,1987年。

陆建华:《汪曾祺传》,南京:江苏文艺出版社,1997年。

罗钢、刘象愚编:《文化研究读本》,北京:中国社会科学出版社,2000年。

[美]罗森邦:《政治文化的意义》,陈鸿瑜译,香港:《知识分子》,5卷4期,1990年夏季号。

罗扬主编:《中国曲艺志·北京卷》,北京:中国ISBN中心出版,1999年。

毛泽东:《毛泽东选集》,北京:人民出版社,1991年。

孟繁华:《传媒与文化领导权——当代中国的文化生产与文化认同》,济南:山东教育出版社,2003年。

孟悦:《〈白毛女〉与延安文艺的历史复杂性》,香港:《今天》,1993年第1期。

缪俊杰、蒋荫安:《周扬序跋集》,长沙:湖南人民出版社,1985年。

[美]莫里斯·梅斯纳:《毛泽东的中国及其发展——中华人民共和国史》,北京:社会科学文献出版社,1992年。

倪伟:《"民族"想象与国家统制》,上海:上海教育出版社,2003年。

钱理群、温儒敏、吴福辉:《中国现代文学三十年》(修订本),北京:北京大学出版社,1998年。

钱理群:《精神的炼狱——中国现代文学从"五四"到抗战的历程》,南宁:广西教育出版社,1996年。

人民出版社编:《抗日战争时期解放区概况》,北京:人民出版社,1953年。

人民文学编辑部编:《解放区短篇小说选》,北京:人民文学出版社,1978年。

阮章竞:《漳河水》,北京:人民文学出版社,1977年。

书真:《杨献珍与彭德怀的交往(三)》,《纵横》,1998年第4期。

舒济编:《老舍讲演集》,北京:生活·读书·新知三联书店,1999年。

[美]斯诺:《红星照耀中国》,李方准、梁民译,石家庄:河北人民出版社,1992年。

苏春生:《从通俗化研究会到大众文艺创作研究会——兼及东西总布胡同之争》,《现代文学研究丛刊》,2003年2期。

苏光文:《抗战文学概观》,重庆:西南师范大学出版社,1985年。

苏光文编选:《文学理论史料选》,成都:四川教育出版社,1988年。

孙晶:《文化霸权理论研究》,北京:社会科学文献出版社,2004年。

谭达先:《中国评书(评话)研究》,香港:商务印书馆,1982年。

唐小兵编:《再解读——大众文艺与意识形态》,香港:牛津大学出版社,1993年。

陶行知:《陶行知文集》,江苏省陶行知教育思想研究会、南京晓庄师范陶行知研究室合编,江苏人民出版社,1981年。

田间:《赶车传》,北京:人民文学出版社,1958年。

汪晖:《地方形式、方言土语与抗日战争时期"民族形式"的论争》,收入汪晖:《现代中国思想的兴起》,下卷,第二部,北京:生活・读书・新知三联书店,2004年。

汪曾祺:《晚翠文谈新编》,北京:生活・读书・新知三联书店,2002年。

汪曾祺:《汪曾祺自述》,郑州:大象出版社,2002年。

汪曾祺:《赵树理同志二三事》,《古今传奇》,1990年,第5期。

王德威:《想象中国的方法》,北京:生活・读书・新知三联书店,1998年。

王蒙、袁鹰编:《忆周扬》,呼和浩特:内蒙古人民出版社,1998年。

王晓明编:《二十世纪中国文学史论》(上、下)(修订版),上海:东方出版中心,2003年。

王瑶:《中国新文学史稿》,上海:上海文艺出版社,1982年。

王增如、李燕平:《丁玲自叙》,北京:团结出版社,1998年。

王增如:《无奈的涅槃:丁玲最后的日子》上海:上海书店出版社,2003年。

王中忱等:《丁玲生活与文学的道路》,长春:吉林人民出版社,1982年。

王中青:《赵树理作品论集》,太原:北岳文艺出版社,

1987年。

温儒敏:《文学史的视野》,北京:人民文学出版社,2004年。

文天行:《国统区抗战文学运动史稿》,成都:四川教育出版社,1988年。

文天行等编:《中华全国文艺界抗敌协会资料汇编》,成都:四川省社会科学院出版社,1983年。

文振庭编:《文艺大众化问题讨论资料》,上海:上海文艺出版社,1987年。

吴晓黎:《作为关键词的"大众":对二三十年代中国相关讨论的疏理》,《思想文综》,广州:暨南大学出版社,1999年。

西北战斗剧社集体创作:《刘胡兰》,出版地缺:新华书店,1949年。

西北战斗剧社集体创作:《刘胡兰》,北京:人民文学出版社,1952年。

夏志清:《中国现代小说史》,刘绍铭译,香港:香港中文大学出版社,2001年。

新凤霞:《新凤霞回忆录》,天津:百花文艺出版社,1980年。

邢小群:《丁玲与文学研究所的兴衰》,济南:山东画报出版社,2003年。

徐懋庸:《徐懋庸回忆录》,北京:人民文学出版社,1982年。

徐迺翔编:《文学的"民族形式"讨论资料》,南宁:广西人民出版社,1986 年。

宣浩平编:《大众语文论战》,上海:上海书店,1987 年影印本。

薛宝琨:《侯宝林和他的相声艺术》,哈尔滨:黑龙江人民出版社,1983 年。

延安鲁艺文艺学院集体创作:《白毛女》,北京:人民文学出版社,1962 年。

延安文艺丛书编委会编:《延安文艺丛书》(1—16 卷),长沙:湖南文艺出版社,1984—1987 年。

阎焕东:《老舍自叙:一个平凡人的平凡生活报告》,太原:山西教育出版社,2000 年。

严文井:《赵树理在北京胡同里》,《中国作家》,1993 年第 6 期。

杨健:《1966—1976 的地下文学》,北京:中共党史出版社,2013 年。

杨景震编:《韩起祥说书的故事》,西安:三秦出版社,1999 年。

杨小滨:《〈红旗歌谣〉及其他》,香港:《二十一世纪》,1998 年 8 月号。

杨中:《大后方的通俗文艺》,成都:四川教育出版社,1990 年。

[英]以赛亚·柏林:《俄国思想家》,彭淮栋译,南京:译林

出版社,2003年。

尹在勤:《何其芳评传》,成都:四川人民出版社,1980年。

于光远:《周扬:风雨苍黄的一生》,北京:档案出版社,1998年。

袁良骏编:《丁玲研究资料》,天津:天津人民出版社,1982年。

[英]约翰·哈里特:《从权力到识别:大众新闻与后现代》,马戎、周星主编,《二十一世纪:文化自觉与跨文化对话(一)》,北京:北京大学出版社,2001年。

曾广灿、吴怀斌编:《老舍研究资料》,北京:北京十月文艺出版社,1985年。

[美]詹姆斯·R·汤森、布兰特利·沃克马:《中国政治》,顾速、董方译,南京:江苏人民出版社,2003年。

张桂兴:《老舍年谱》(上、下),上海:上海文艺出版社,1997年。

张桂兴:《老舍资料考释》,北京:中国国际广播出版公司,2000年。

张静:《国家与社会》,杭州:浙江人民出版社,1998年。

赵树理:《赵树理全集》(1—5卷),太原:北岳文艺出版社,1986—1994年。

赵孝萱:《"鸳鸯蝴蝶派"新论》,兰州:兰州大学出版社,2004年。

赵毅衡:《村里的郭沫若:读〈红旗歌谣〉》,香港:《今天》,

1992 年第 2 期。

赵勇:《可说性本文的成败得失——对赵树理小说叙事模式、传播方式和接受图式的再思考》,《通俗文学评论》,1996 年第 4 期。

郑振铎:《中国俗文学史》,北京:东方出版社,1996 年。

中国社会科学院《左联回忆录》编辑组编:《左联回忆录》,北京:中社会科学院出版社,1982 年。

中国社会科学院科研局编:《周扬集》,北京:中国社会科学出版社,2000 年。

中国社会科学院新闻研究所等编:《延安文萃》,北京:北京出版社,1984 年。

中国赵树理研究会编:《赵树理研究文集》(上、中、下),北京:中国文联出版公司,1996 年。

中国作家协会山西分会编:《山西革命根据地文艺资料》(上、下),太原:北岳文艺出版社,1987 年。

中华全国文学艺术工作者代表大会宣传处编:《中华全国文学艺术工作者代表大会纪念文集》,北京:新华书店,1950 年。

中华人民共和国文化部办公厅编印:《文化工作资料汇编(一):1949—1959》,1982 年。

钟敬文、苑利:《二十世纪中国民俗学经典·学术史卷》,北京:社会科学文献出版社,2002 年。

钟敬文:《民间文艺学及其历史:钟敬文自选集》,济南:山东教育出版社,1998年。

重庆地区中国抗战文艺研究会、四川省社会科学院文学研究所编:《国统区抗战文艺研究论文集》,重庆:重庆出版社,1984年。

[美]周策纵:《五四运动:现代中国的思想革命》,周子平译,南京:江苏人民出版社,1996年。

周立波:《暴风骤雨》,北京:人民文学出版社,1952年。

周良沛:《丁玲传》,北京:北京十月文艺出版社,1993年。

周末报社编:《新中国人物志》,香港:周末报社,1950年。

周扬、萧三、艾青等:《民间艺术和艺人》,出版地缺:东北书店,1946年。

周扬:《周扬文集》,北京:人民文学出版社,1984年。

[意]朱塞佩·费奥里:《葛兰西传》,吴高译,北京:人民出版社,1983年。

朱泽甫编著:《陶行知年谱》,合肥:安徽教育出版社,1985年。

2. 主要中文杂志、报纸(按刊名音序排列)

《北京文艺》,1955年4月—1966年5月。

《大众文艺通讯》,大众文艺创作研究会主编,共三期,1950年2月—7月。

《曲艺》,1957年1月—2004年8月。

《人民日报》,1948年—1966年。

《说说唱唱》,1950 年 1 月—1955 年 3 月。

《文艺报》,1949 年—1966 年。

《新华日报》(华北版),1941 年 1 月—6 月,1943 年 9 月
(缩微胶卷)。

《中国人》周刊,现存第七号至四十九号,共 43 期,1940 年
9 月 30 日—1941 年 12 月 17 日间出版(缩微胶卷)。

3. 主要英文文献

Chang-Tai Hung(洪长泰), *War and Popular Culture:
Resistance in Modern China, 1937—1945*. Berkeley:
University of California press, 1994.

Jessica Milner Davis and Jocelyn Chey (Edited).*Humour
in Chinese life and Culture: Resistance and Control in
Modern Times*, Hong Kong: Hong Kong University
Press, 2013.

后　记

　　这里奉献给各位的这本小书，是我博士阶段读书的一些小小心得，也是对我的故乡山西（祖籍）和北京（出生地）的一次文学回望。我怀着忐忑和惭愧的心情期待着每一位读者的晒正。文学史的研究并不是一门凭借聪明就可以应付的艰苦工作。我很惭愧我没有达到自己最初的目标，但我也很庆幸自己为走向这个目标迈出了第一步。

　　在撰写本书的过程中，我一直深感写作现当代文学史的困难和危险。因为人们越靠近一个历史时代，就越难把握它的重要特点。在对通俗文艺改造运动的描述中，最折磨我的是材料的收集，我曾经因为材料过多而感到无所适从，又因为材料的缺乏而感到捉襟见肘。这一方面是由于我目前学力的限制，另一方面也是由中国现当代文学史研究水平所决定的。我发现，在这个领域中我们仍然有很多更细致、更艰苦的工作有待完成。希望这本小书有助于完善这一工作。尽管它还显得相当粗糙,但我仍对我的研究有一个小小奢望。这个愿望或许可以用美国历史学家莫里斯·梅斯纳在他的名作《毛泽东的中国及其发展》的《序言》中的一句话来表达:"我只希望,我没有把历史上重要的东西遗漏过多,或者把那些最终将成为微不足道的东西包括得太多。"

在这本小书的背后凝聚了无数师友的关怀,以至于我无颜以这本粗糙的小书来报答他们对我的厚爱。先师程文超教授自强不息的精神以及他在病榻上对我的教诲、鼓励,都是对我永恒的鞭策,没有他的首肯和期望,我恐怕永远都没有勇气向新的领域进行开拓。程老师过世之后,林岗教授接手了指导我学习与论文写作的工作。他花费了很多宝贵时间与我交换意见,没有他的耐心指教和严格督促,论文当初就很难如期完成,也更不会有如今的这本小书。

我特别要感谢黄修己先生对我十几年来的谆谆教诲与热情帮助,没有他渊博学养的浇灌,没有他对后辈无私的关怀与提携,我的论文就不会完成得如此顺利,也不会得到更多赵树理研究专家的悉心指点。

我要对南京大学文学院的师友们致以最崇敬的谢意。我的硕士导师王爱松教授始终关怀着我的成长,没有他的肯定和帮助,我无法坚持到今天。感谢潘志强教授,他对思想史的广泛关注深刻地影响了我的学术兴趣。感谢周宪教授、周欣展教授多年来对一个普通学生的提携,他们给予我的教诲与机遇让我受益终生。

　　我还要向曾对本书的写作给予无私帮助的诸位先生致以最衷心的谢意。首先感谢两位著名赵树理研究专家董大中先生和李士德先生。他们与我多次通信，细心回答我在赵树理研究中的各种疑难问题，并无私地赐予我珍贵资料。著名作家邓友梅先生曾与我多次通电话，耐心回答我有关《说说唱唱》杂志的问题。我还要衷心感谢中国青年政治学院中文系邢小群老师接受我的采访，她的大作《丁玲与文学研究所的兴衰》为本书写作提供了重要的线索，她还慷慨地允许我借鉴她的一些学术观点，并为本书有关章节的写作提供了非常富有建设性的意见。同时，北京大学谢冕教授、洪子诚教授给予我的热心指点也让我感激不尽。我要感谢香港中文大学中国文化研究中心主任熊景明女士，她给了我去香港中文大学中国研究服务中心访问的机会，在那里我获得了许多资料，并得到诸多师友的点拨。感谢香港教育大学讲座教授陈国球先生，他让我有机会与其他学科的青年学者讨论我的课题。

　　我要感激我的中山大学的同学张均、郭冰茹、魏朝勇、黄灯、申霞艳、曹霞、李春梅、陈伟华、张俭、黄群等好朋友，在本书写作过程中他们都给予我许多有益的点拨和鼓励。

　　感谢中国社会科学院文学所的师友董之林先生、吕大年先生、程凯、何浩、刘卓、杨早在本书修订过程中对我的无私提携和热情鼓励。

　　感谢上海的师友陈建华教授、倪文尖教授、毛尖教授、孙晓忠教授,杜英、魏泉、张春田等好友对我的诚挚关怀。

感谢北京外国语大学的慷慨资助和南京大学出版社对本书的细致审定。

请允许我在这里感谢所有关心我的老师、朋友、同事和学生。他们支持我度过了人生中的艰难时刻。

最后,特别感谢我的家人,虽然其中的一些人已经完成了人生的旅行,无法看到本书的出版,但是他们的爱将激励我重新出发,继续探索人生。

张　霖

2019 年 4 月于北京

图书在版编目(CIP)数据

赵树理与通俗文艺改造运动:1930—1955/张霖著.
—南京:南京大学出版社,2020.7
ISBN 978 - 7 - 305 - 23536 - 8

Ⅰ.①赵… Ⅱ.①张… Ⅲ.①文艺评论-中国-现代
②文艺评论-中国-当代 Ⅳ.①I206.6

中国版本图书馆 CIP 数据核字(2020)第 117000 号

出版发行 南京大学出版社
社 址 南京市汉口路 22 号 邮 编 210093
出 版 人 金鑫荣

书 名 赵树理与通俗文艺改造运动(1930—1955)
著 者 张 霖
责任编辑 石 旻

照 排 南京紫藤制版印务中心
印 刷 徐州绪权印刷有限公司
开 本 880×1230 1/32 印张 10.625 字数 203 千
版 次 2020 年 7 月第 1 版 2020 年 7 月第 1 次印刷
ISBN 978 - 7 - 305 - 23536 - 8
定 价 50.00 元

网 址:http://www.njupco.com
官方微博:http://weibo.com/njupco
官方微信:njupress
销售咨询热线:(025)83594756